把自己
STUPID
DETECTIVE
推理成凶手的
名侦探

亮亮 著

长江出版社
漫娱文化

了不起の推理系列

漫娱文化
了不起的推理系列

我的救命恩人是个小妹妹，我知道有一天她会在一个万分紧急的情况下出现，身披礼贤中学校服，手牵拉布拉多名犬赶来救我。

——狄之茗

CONTENTS
目 录

班级

密

姓名

封

得分

线

不要对丑男妄动杀机

——来自家长会的歌谣犯罪

第一话

🔍家长会后天举行

中午，坐在前排的姜鑫传来噩耗："期末成绩出来了！"

杜鹏的脸上现出了罪有应得的惊恐："真的么？"

姜鑫叹了口气："我退步了，刚被班主任叫到办公室批了一顿。"

杜鹏说："不能吧？你学习一直不错啊，又是三好学生。"

"三好学生？今年是没戏了。班主任下午就会给我调座位，不和你们坐一块儿了。"

"为什么啊？"

"班主任当时把我调过来，就是想带动你们好好学习。结果，带了一学期，没把你们带好，反倒把我自己拉退步了。"

说到这儿，姜鑫的眼睛里散发出幽怨的光："和你们同桌啊，成天上课不是双口相声，就是单口评书，除非你俩都睡着了，我才能安安静静听会儿课。班主任说了，这次家长会，以你同桌杜祥为圆心，一米为半径画圆，圆内所有同学都要被重点批评。"

杜鹏紧张地说："老师又要告我状啊，这都成了家长会的固定节目了！唉，姜鑫，这次我考了多少分？"

姜鑫说出了杜鹏的成绩，虽然在总分上感觉是少考了一门，但在班级排名上却提前了一名，由期中考试的 58 名升至 57 名，也就是从倒数第一名提升至倒数第二名。

再微小的进步也能预示一个好的开始，即便挨揍，起码强度会减弱。

杜鹏怀揣着乐观的人生态度，开始关心被自己赶超而成为倒数第一的同学的身份。

姜鑫向杜鹏身旁的空位努了努嘴。

杜鹏立刻心领神会意识到是自己的同桌，竟然欣喜异常地说："是杜祥？！我这次考过他啦？"

"你俩一个倒数第一，一个倒数第二。"

杜鹏很认真地说："我俩算是在攀比着进步。"

姜鑫着眼全局，纠正道："是攀比着退步，他年级倒数第一，你年级倒数第二。"

"等等，你说什么？"

"我说，你俩不只是班里倒数一二，在年级也是倒数一二。"

"这不可能！期中考试，我班里倒数第一，年级还倒数第五呢。这期末考试，我班里名次进步了，怎么年级名次还落后了？"

"不是你进步了，是你退步了，而杜祥退步程度更甚。"

"那也不至于我俩年级垫底啊，一个年级十四个班呢。"

"你俩拉低了平均分，咱班成绩年级垫底。班主任的'个人先进'肯定是评不上了，绩效奖金也不会有了。所以，这次家长会，班主任点名要找你俩的家长好好谈谈。"

杜鹏正悲伤时，杜祥从外面走进教室。

姜鑫热情地隔空打招呼说："杜祥，期末成绩出来了！"

杜祥原本天真烂熳的笑容立刻消失殆尽，取而代之的是一张悲伤的脸，他整个人跟要奔丧似的，精神世界似乎立刻就要崩塌！

姜鑫说："你考了 120 分！"

杜祥一愣，悲伤之中燃起一线希望："120 分？是语文，还是数学？不对，我语文作文几乎是空着的，而数学的应用题也是胡诌，根本不可能得那么高的分。难道是英语？可是英语卷子，我除了中文题干能看懂，其他一窍不通啊！等等，让我回忆回忆考试情形。所有科目中，只有英语是涂答题卡，全是选择题。难道我是赌神，蒙出 120 分？对，一定是这样！"

"120 分不是英语成绩！"

"那是？"

"它就不是单科成绩！"

"那是？"

"它是你的总成绩！"

"你说什么？！"

"你所有科目加起来一共考了 120 分！"

"啊——！！！"

确实，以杜祥的总成绩，分数桀骜不驯得如果不作特别说明，很容易被误会是只考了一门。

姜鑫看了看杜祥，又看了看杜鹏，甩出杀手锏："老师说了，鉴于你俩成绩太拖后腿了，家长会上，她会从你俩之中选出一个暂时休学留级！"

"留级？"两个悲催的同桌发出白狼一般的惨号！

"我爸不会放过我的！"

"我妈也不会轻饶我！"

姜鑫跟着宣布刑期："家长会后天举行！"

"同桌，怎么办？初中才上了一半就要被留级，我爸知道这件事一定会揍死我的！"

"杜鹏，你别闹了，考倒数第一的是我，被留级的那个肯定是我好不好！"

"可是，你家有钱，你爸妈一定会走关系让你不留级的。而我呢，普通家庭，长得也不好看，从来不受老师同学的待见。"

"拜托，留级和长相又没关系，再说，咱们班主任铁面无私，我家再有钱再有关系也没用。"

"那怎么办？看来咱俩中真的要有一个被留级了？"

"不，其实，想想办法，也许咱俩谁都不用留级。"

"办法？你还有什么办法么？"

"咱们要是能抓住班主任的把柄，发现有什么不光彩的事情，这样就可以要挟老师取消留级的决定。"

"唉，我也想啊，可是咱们班主任的为人，你又不是不了解，最看重自己的名声，哪里会有什么把柄。"

"没有把柄，咱们可以制造把柄啊。比如说，你去行贿，我在暗处偷偷拍照，不管老师受不受贿，有这照片为证，就可以要挟她啊！"

"你，你这是诬陷啊！"

"同桌啊，马上就要留级了，这也是没办法的办法！"

"唉，你说的也对。不过，咱俩一个行贿，一个检举，一看就是咱俩合谋设的圈套，没有人会相信。"

"这倒也是。唉，拍照取证的事不能由咱们来做，最好是个外人，要是大人就更好了。毕竟，他们当大人的不会轻易相信孩子说的话。"

"杜祥，我倒认识一个侦探，可以雇他来帮咱们做这个事！"

"同桌，你怎么会认识侦探？"

"我不认识，是咱们班长认识。"

"班长？罗小梅？"

"嗯，前几天，她家的狗走丢了，让我帮着找，找了半天没找到。后来没办法了，班长通过电线杆上的小广告联系了一个私家侦探，花了三十块钱雇佣他来找，结果两天就找到了！"

"三十块钱，这么便宜？罗小梅找的这个侦探靠不靠谱？"

"咱们又不是真找侦探查案，就是糊弄他入咱们的圈套，拍下陷害老师收贿的照片。这样的侦探，当然是越笨越好了。"

"啊，杜鹏，那你快跟罗小梅要来侦探的联系方式，家长会后天就要开始了，事不宜迟啊！"

🔍 没见过百元大钞的名侦探

世上有一种职业，以跟踪尾随偷拍窃听为服务内容，那就是侦探。

所以，在现实中，私家侦探这一行当似乎感觉仿佛好像是完全不合法的，所以狄元芳在工商局压根就没有备案。至于他开设的侦探事务所也不叫侦探事务所，而是含糊其词地称为调查事务所。

像这种名不正言不顺既无市场环境又被政策打压并且与警察竞争同犯罪分子为敌的苦逼事务所，自成立以来，就一直保持着入不敷出的经营状态。

当然，身为 CEO 的狄元芳一直试图扩大业务范畴，从捉奸在床到催债讨账再到帮人寻亲。为了解决温饱，他甚至放下名侦探的尊严，从上周开始替初中生找狗，最后终于顺利找到，并且得到三十元的酬金。

也许是因为自身与生俱来的侦探天赋在找狗这件小事上展现得淋漓尽致，所以狗主人，那个初中女生，在感激之余，也一定在同学之间好好宣传了一番。否则，找狗案件结束的第二周怎么会紧跟着又有初中生上门求助。

要知道，以之前事务所的生意状况，业务周期通常是按季度计算。

所以有客户上门，虽然只是一名初中生，但狄元芳还是很高兴的。

按照名侦探的礼仪，他应该奉上一杯香醇的咖啡，卡布奇诺或者拿铁，然后自己躺在安乐椅上，一边面带微笑地看着客户品尝咖啡，一边凝神倾听对方叙述案情。

可惜，事务所长期的经营不善，已经让狄元芳无法摆出那样的排场，但他还是非常热情地招呼男生坐小板凳，自己则是坐马扎。考虑到上一次替女生找狗的报酬只有三十元，所以狄元芳这次没有煮咖啡——准确地说是冲咖啡，而是因人而异地冲了一杯爽歪歪——爽歪歪不月冲吧？呃，其实就是兑上水，毕竟要顾忌成本。

"请问，这次，是要找狗还是找猫呢？"

传说每一个名侦探都有未卜先知的神技，可显然狄元芳这方面还没发育好。

"不是，不是。"男生毫不犹豫地否定，然后拿起杯子喝了一口里面的液体，注意力立刻被液体奇怪的味道转移了，"咦，大叔，这水里面怎么有股爽歪歪的味道，不会是你没洗干净杯子吧？"

"怎么会呢！"

"算了，还是先说正事吧！"男生将杯子推到一边，似乎不会再喝了。

"大叔，我这边惹上了麻烦，非你出面解决不可。"

"哦，那你可真是找对人了，我们二侦探的专门就是为人解愁替人分忧，你快说来听听。"

"我们马上要开家长会了！"

"哦？"

"而我考了倒数第二名！"

"啊？"

"老师一定会跟我爸告状的！"

"哇！"

"我爸看到试卷一定会揍我的！"

"噢！"

"所以一定不能让我爸看到试卷上的分数！"

"等等，同学，你不会是想让我趁家长会开始之前，溜进办公室改分数吧？"

"改分数这种掩耳盗铃的方法，奸诈狡猾的老师一定会觉察出来，并且毫不留情地戳穿的。"

"那么，难道是让我去偷试卷？'

"唉，我不是一门成绩考倒数第二，我是总成绩考倒数第二，好几门科目的卷子呢！"

"你是想让我怎么做？"

"大叔，我想让您冒充我爸参加家长会！"

"冒充你爸？不行！会被你们老师识破的。"

"之前一直都是我妈来参加家长会，谁也没有见过我爸。"

"那也不行！"

"为什么啊？"

"骚年，我可是优雅的名侦探，不是下三滥的骗子，怎么可以做见不得光的事呢！"

"但是，大叔，您之前还帮我同学找小狗来着。"

"呃……"

"大叔，我会给你钱的！"

"不是钱的事，是职业原则！"

"大叔，你连找小狗这种活儿都接，还……"

"喂，可不能这么说，找小狗怎么了，解开事物的消失之谜，可是名侦探的职责！"

"那么，大叔，我问你，名侦探的使命是什么？"

"揪出罪犯啊！"

"你说的只是普通侦探的使命，对于名侦探而言，在罪犯还没出手之前，阻止罪犯，预防犯罪发生，这才是最终极的使命！"

"这和冒充你爹参加家长会，有什么关系么？难道，难道家长会上会有犯罪发生？"

男生目视远方，脸上现出忧伤又不乏肃穆的神情："如果你不参加家长会，我爸会狠狠地揍我的；如果你参加，我就不用挨揍了。这是预防家暴！"

"喔，让我好好想想。对于名侦探来说，冒充他人参加家长会，毕竟不光彩。但站在法律的角度来看，家暴也是犯罪，如果能及时制止，防止你爸爸走上犯罪的道路，这确实也是名侦探的职责。可是，这样一来，自己又像是做错了事，良心很不安！"

狄元芳沉思了半天，忽然咬了咬牙，说道："算了，直奔主题，说重点吧。

这个案子你能给多少钱？"

　　不等男生开口，狄元芳急忙又打断道："骚年，先跟你打声招呼，不是我坐地起价，像这种违背良心道德的匡扶正义，可不是几十块钱的标准。"

　　"一千块，行不行？"

　　"多少？"

　　"一千块！"

　　"一千块钱啊！你只是一个初中生，你真能拿出一千块钱么？你知道一千块钱意味着什么吗？"

　　"意味着什么？"

　　"像那种红色的百元大钞，这些年，我只在别人的手里见过。而一千元则意味着十张百元大钞啊！"

　　"好吧，大叔，不瞒你说，我爸曾许诺过我，只要我这次期末考试不再是倒数第二，就额外奖励我一千块钱！"

　　"呃，你爸真是个好人。等等，我替你爸参加家长会，可是你爸并不知道你的成绩，怎么奖励你呢？"

　　"大叔，这一千块钱其实是包含两件事，第一件事是你冒充我爸去参加家长会，第二件事是你冒充老师来我家家访。"

　　"欧了，明白！"

　　"大叔，你拿笔记好了，我叫杜鹏，我爸叫杜国强。如果老师问起来，你一定要清楚地说明你是杜鹏的父亲，因为我同桌也姓杜。"

　　"你同桌也姓杜？"

　　"嗯，他叫杜祥。"

　　"杜鹏？杜祥？你俩是双胞胎？要是冒充双胞胎的父亲，可要收双倍价格昂！"

　　"不是！"

　　"堂兄弟？"

　　"我俩没有任何亲缘关系！"

　　"那你俩怎么被安排坐在一起？"

"因为，我俩都成绩不好！"

"哦，哈哈哈哈，还是有家族共同点嘛！"

"总之，大叔，你千万别把我俩名字记混了，如果跟老师报错名字的话可就前功尽弃了！"

"怎么可能呢，骚年，要知道我可是名侦探呢！杜鹏，杜祥，杜鹏，杜祥，名字明明差别很大，根本不会搞错的！我是你的父亲，你叫杜鹏，我叫杜祥！"

"拜托，大叔，杜祥是我同桌，我爸叫杜国强！"

🔍同桌要自杀？！

位于上海路 7 号的礼贤中学，身兼着省重点中学和百年名校的双重虚名。它坐落在旧城区的一个小土坡上，却能给人一种整座学校居高临下，不可仰及的错觉。

学校里面，几栋教学楼沿着山坡依次排开，威严庄重，从外表看来神圣不可侵犯，可是楼里面早已年久失修以致于上个楼梯用力猛了都能体验到摇摇欲坠的刺激感。所以说啊，校规三令五申明文规定，学生坚决不准在教学楼里打闹喧哗，不仅仅是为了学生的安全，更是为了楼的安全。

现在，是下午 3 点，距离可怕恐怖令人胆战心惊闻风丧胆的家长会的开幕，还有不到一个小时的时间。

在这个人世间最伤恸的日子里——当夜幕降临，很多小朋友会被亲爸亲妈揍得鬼哭狼嚎——寒风凛冽，白雪皑皑。伴随着肃穆沉重悲痛压抑的校园音乐，身着素装表情冷峻的家长们已经陆续进入各自孩子的教室。

而此时，我们的名侦探狄元芳和那个名叫杜鹏的男生，正赶在通向家长会的路上。

杜鹏背着一个巨大书包，里面似乎装了很多课本，鼓鼓囊囊。

狄元芳瞧在眼中，不住点头，内心暗暗赞许：别看骚年成绩不好，考试分数连年稳居倒数，但他依然坚持着自己身为学生的天职，无时无刻不在学习文化知识。即便因为先天造成的智力因素使之无法成为栋梁之才，但是为了长大后不拖祖国后腿，他仍旧奋斗不息。单论这份精神，就足以让人敬仰！

狄元芳感悟极深，转眼回视身周与之同行的家长学生，个个面色肃穆沉重，仿佛赴刑奔丧一般。一瞬间一刹那，他更加体会到了身为祖国花朵所肩负的那份厚重的历史使命感和荣誉感。

也就在这个时候，迎着纷飞的大雪，不知是谁领头唱起了代表童年幸福的《上学之歌》。

"太阳当空照，花儿对我笑，小鸟说早早早，你为什么背上小书包……"

先是一人小声低吟，跟着余众纷纷立和，歌声也随之越来越响，在寂静的街道婉转悠扬！

"我要上学校，天天不迟到，爱学习爱劳动，长大要为人民立功劳！"

狄元芳被歌曲中欢快的旋律所误导："多么励志的歌声，多么幸福的生活啊！"

"大叔，你小时候学习成绩很好么？"杜鹏抬头问道。

狄元芳猝不及防了吹牛："不，成绩也很差，和你差不多吧！"

"那你怎么会做出这么不切实际、这么肤浅的判断？"

"骚年，他们要是不幸福，怎么会这么用力地唱这首歌谣？"

"大叔，有时候，大声唱歌是为了壮胆。"

"……"

说话间，狄元芳在杜鹏的引领下已来到学校门口。

杜鹏在雪中驻足："大叔，我们教室在一教201，我就不进去了，你自己进去吧！"

"为什么啊？"

"我怕被人识破！"

"不是之前都是你妈参加家长会，没有人见过你爸么，你怕什么？"

"但是有人见过你啊！"

"谁？"

"罗小梅！"

"没印象。"

"我们班长，上周狗丢了，你帮她找回来的。"

"哦，哦，就是那个善良可爱长得有点呆萌的小女生啊，我还记得她脸挺大的，几乎占了半个身子呢，哈哈哈哈！"

"大叔，不要闹啦，说正经事，她父母今天也来参加家长会，她如果也跟着来的话，咱们很可能会碰上。"

"那太好了，我正好可以当面谢谢她给我介绍业务呢！如果把这次家长会利用好了，大力宣传一番，将来学校的业务一定会越来越多的。对了，还有学生家长，这些大人难免没有个债务纠纷婚外情出轨……所以，哈哈哈哈！咦,骚年，你怎么用这种眼光瞪我？放心,我会先好好扮演你的父亲，然后再以职业侦探的身份向学生家长们发送名片，推销业务的！"

"大叔，罗小梅不知道我找你冒充我爸！"

"啊，你说什么？不是她把我推荐给你的么？"

"嗯，我是问她要过你的联系方式，至于让你冒充我爸参加家长会，是我自己智慧的结晶，她根本不知道，何况她是班长，也不能让她知道。"

"对对对，骚年，你这么考虑很周到，什么班长、学习委员、团支书，统统都是老师安插在学生中间的眼线，绝对不能轻信！"

"咦？"杜鹏像是突然被什么东西吸引住了，口中发出惊疑声。

"怎么了，骚年，你表情好诡异，你看到什么了？"身为侦探的狄元芳，似乎也感觉到了不祥，不自然地开始紧张起来。

他顺着杜鹏的目光望去，只见铺着大雪的红旗路上，一个同样身穿校服的男生头也不抬地朝校园深处走去！

"是杜祥！"

"杜祥？你同桌？"

"嗯。"杜鹏点点头，上前两步，朝着杜祥高喊："喂！同桌！同桌！"

也许是距离远没听到，也许是听到了故作未闻，反正那个埋头走路的男生像是在逃避什么，非但没有应声，反而走得更疾了！

"大叔，不对劲啊，我感觉有问题！"

"怎么了？"

"他鬼鬼祟祟不去教室，往学校里面走做什么？那可是老师办公楼啊！"

"呃，这没什么问题吧。"

"啊，大叔，你看你看，我同桌走路时一直低着头，情绪很不对劲！你说，他会不会想不开寻短见啊！"

"寻短见？哈哈，你考倒数第二都没想不开，他怎么会自杀，别开玩笑了！"

"其实，我同桌是倒数第一。"

"……"

"不行，我要去看看他！"

"哦，骚年，看不出来，你还挺关心你同桌的！"

"那当然，万一他一时想不开自杀了，以后考试我就稳妥妥的都是倒数第一了，我决不能容忍这种悲惨的事情发生！"

说这句话的时候，骚年已奋不顾身地朝着那个身影追去！

🔍抓住老师受贿的证据

在西方的童话世界里，每个山林深处都会有一间女巫的邪恶小屋。同样是深处，如果换作东方的神话传说，则是黑风老妖的洞府。

那么在礼贤中学的深处，会有什么呢？

当然是令学生们望而生畏，不敢轻易踏近一步的教师办公楼。

除了教师办公楼，还有什么？

还有一栋被称作木头楼的二层别墅，矗立在校园的另一端。那里因为存放着掌握学生前途命运的考试试卷，从而被视为不可企及的禁地。

此时此刻，罗小梅刚从教师办公楼出来，正急急忙忙往教室走去。现在距离家长会开始还有半个小时的时间，她接到班主任的指令，要在老师未到之前赶到教室，引领诸位家长入座。

对于班长来说，这是一个神圣而又光荣的任务，她要义不容辞地圆满完成。

可是，就在罗小梅赶往教学楼的途中的时候，她忽然看到了一个人的身影。

"咦，那个背书包的男生不是杜鹏么？"

于是，罗小梅扯着嗓子呼喊："龙！"

这里的龙，不是九五之尊，而是恐龙的意思。

于是，那个五官布局带着侏罗纪时代风格的男生驻足回首，看到班长朝自己跑来，他脸上闪过一丝紧张。

罗小梅气喘吁吁地跑过来："龙，你最近好么？"

"好，还好！"

"对了，我给你介绍的那个名侦探大叔，你联系他了么？"

"没、没有。"

"你为什么不联系他啊？你不是一直为留级的事情苦恼么？"

"我觉着我要坦然面对困境，不能逃避承担责任，这样我才能更加茁壮地成长，成长为一名德智体美劳全面发展的四有新人！"

"龙，你能这么想太好了，不就是留级一年嘛，咱们才初二，初中生涯才进行了一半，不怕失败，加油哦！"

罗小梅拍了拍杜鹏的肩膀，朝他抱以最可爱的微笑，然后准备奔赴教室执行老师交给她的任务。就在这时，罗小梅突然发现杜鹏身上的双肩背包。

"龙，又不上课，你背着书包做什么？"

"哦，没、没做什么。"杜鹏突然紧张得结巴起来。

"龙，你书包里鼓鼓囊囊的，装的不像是课本啊！"

"我、我、我……"

"龙，你书包里装的什么？"

"我不知道！"

"你的书包，你不知道？"

"这不是我的书包！"

"不是你的书包？"

"是杜祥的！"

"你同桌的书包怎么会在你这儿？"

"他上厕所去了，让我先帮他拿一下。"

"杜祥也在？开家长会，你们不回家，在学校逗留做什么，还背着这么一个奇怪的书包？"

"是班主任要找我俩谈话，估计还是成绩的事，唉，免不了又是一顿臭骂！啊，不跟你说了，杜祥从厕所出来了，我们要去见老师了。"说着，背着书包的杜鹏头也不回，转身跑去。

罗小梅抬头看去，只见杜祥果然站在厕所门口朝这边招手，她还想再问些什么，可惜杜鹏已经跑远了。

"怎么回事儿，杜鹏，班长刚才没问什么吧？"

"没有。"

"可我见她一直看你的书包，她没怀疑你么？"

"没有，你放心好了。"

"……"

"对了，侦探你雇好了么？"

"当然，这还用说么。"

"你跟侦探说清楚了，雇佣他调查咱们班主任收取贿赂？"

"这个我倒没说，我只是让他冒充家长参加家长会。"

"为什么不说明白啊？"

"你傻啊，冒充家长一个收费标准，调查收入又是另外一个收费标准。雇佣侦探那么贵，咱们两个初中生怎么能负担得起！"

"那你下面准备怎么干？"

"我刚才确定了一下，现在老师自己在办公室，你去送钱，我通知侦探来拍照。"

"同桌，我还是不太放心。"

"你又怎么了？"

"我又想了一遍之前咱俩商定的计划，利用侦探拍照，下套诬陷老师受贿，这样能成么？"

"放心，我已经反反复复脑演了好几遍了，没有漏洞。"

"可是，他们毕竟是大人，在他们眼中，咱们都只是孩子，和大人要心眼能行么？"

"嘿嘿，其实大人们也不像他们自以为的那么聪明！"

"嗯，但愿吧，反正开家长会的事我没跟父母说，我现在也没别的选择，只能这么干了！"

"对了，还有一件事，你一定要注意！"

"什么事？"

"一会儿你贿赂的时候，我会引诱侦探从窗外偷拍，所以你的站位一定是靠门的位置，千万别露头。"

"我明白，这样只能拍到老师拍不到我，对不对？"

"嘿嘿，所以，加油哦！"

"嗯，同桌，一起加油！"

"大叔，你，你不是帮我寻回小狗的名侦探大叔么？"罗小梅没想到自己一踏进教室，就遇到了大恩人！

"呃，哦，啊，哈……"狄元芳没想到自己一踏进教室，身份就暴露了！

"大叔，你怎么会出现在家长会啊！"

"这个——那个——我……我为什么会出现在这里啊？"

"我知道了，是不是龙联系你了？"

"龙？谁是龙？"

"龙是我给杜鹏起的外号。"

"龙？真龙天子，九五至尊？哈哈，小妹妹，看来杜鹏在你心目中的位置很重哦！"

"大叔，不是真龙天子的龙，是恐龙的龙！"

"恐龙？"

"是啊，大叔，他长得很丑啊！丑得跟恐龙似的！"

"像恐龙？没有啊，我看他长得还行啊！"

"还行？别闹了，现在的大叔审美的尺度好没下限啊！"

"你才别闹了，现在的初中生还有审美观么？"

"大叔，你才闹呢！还审美观？不对，等等，大叔，你认识杜鹏？"

"啊！不，不，不，谁说我认识他！"

"你刚才明明亲口说'我看他长得还行啊！'你可不要不承认！"

"啊！我有说过么，小妹妹，你听错了吧！"

"奇怪，我刚才问过杜鹏，他明明说没联系过你，可是，大叔你又偏偏出现在家长会上，还认识杜鹏，那么杜鹏为什么要撒谎呢？"罗小梅偏着头，一边自言自语，一边陷入沉思。

狄元芳心想：完了，完了，她会不会看穿骚年花钱雇佣我冒充他爸参加家长会的真相。如果我现在宣称我是杜鹏的父亲，很有可能会被当众揭穿，这可怎么办呢？怎么办呢？

罗小梅像是想起了什么，猛地抬起头，很真诚地问："大叔，你真的觉着杜鹏长得不丑么？"

我靠，现在的初中女生怎么总是纠结这么肤浅的问题呢？可是我该怎么回答她呢？如果改口说丑，显然是作贼心虚，现在只能硬着头皮说帅了！

狄元芳想到这里，说道："反正，我觉着他不丑！"

罗小梅怔了一下，然后若有所思地点头，喃喃自语道："杜鹏的丑全校都毋庸置疑，可是大叔，您却始终坚持他长得还行，而且你说这句话的时候还丝毫没有作伪，完全是发自肺腑之言。我想来想去，只有一种可能！"

"哪种可能？"

"这么昧着良心大言不惭还说得如此理直气壮，正好应了一句古话，母不嫌儿丑。所以杜鹏一定是你亲生的，才会让你蒙蔽了双眼。换句话说，你是他爸！"

"我靠，小妹妹，你太聪明机智了！"

"呃，不对，杜鹏姓杜，你姓狄，你俩不是一家人啊！"

"这个，这个，其实狄元芳是我的代号，我真名叫杜国强！"

"哇，大叔，你太帅了，居然还有代号，只有名侦探才会这么谨慎，不以真名示人。怪不得，你起狄元芳这么没文化的名字，实际上是在故意麻痹敌人，对不对？"

"哦，算是吧！"

就在狄元芳感到尴尬的时候，突然手机响了，进来一个陌生电话。

狄元芳特意走到一边，用手捂住话筒小心接听，这可是名侦探必备的职业素养。

"喂？哪位？"

"大叔，我是杜鹏。"

"哦，哦，你打电话是来检查我的工作么？"

"不是啊，大叔，我这边有很重要的事需要你帮助。你想没想着刚才在校门口，我瞧出我同桌神情异样，于是去追上去察看。"

"怎么了，骚年，你同桌不会真有什么问题吧？"

"嗯，他是去贿赂老师！"

"什么？贿赂老师？是改分么？"

"不，比改分更严重。其实，这次考试，我们老师跟学校争取到一个留级名额,从倒数一二名中选拔。本来他是倒一,铁定留级,但现在看来他贿赂老师,老师很可能会把留级名额留给我!"

"这是不公平竞争啊!太可恶了!小小年纪居然学会贿赂!"

"大叔,我没有手机,所以需要你过来帮忙,用手机偷拍!"

"没问题!跟踪偷拍取证,这才是名侦探应该干的事情!你在哪里?我马上过去!"

十分钟之后,狄元芳和那个叫杜鹏的男生一同隐蔽在窗台下,探出脑袋偷偷朝办公室里张望。

"这个角度,只能看见你们老师,看不到你同桌啊?"

"我刚才亲眼看见杜祥走进教师办公室,应该是他!"

"桌子上那个大袋子装的是什么?"

"当然是钱啊!"

"这么多钱,上百万有了吧。拿那么多钱出国留学都够了,哪还用得着在这儿啊!"

"呃,大叔,其实都是零花钱攒起来的,看着数量多,但面值都不大。"

"哦,哦,原来这么回事!"

"大叔,快拍照啊!"

"是,是。"狄元芳赶紧掏出他的智能手机,调出相机功能,对着办公室里猛拍!

"咦,骚年,你看,你们老师没收钱,看来还挺正直的。"

"大叔,拜托,不要这么急着下结论,诸葛亮还讲究个三顾茅庐呢,她是在客气。"

"咦,骚年,你看,你们老师发火了,好像在喝斥你同桌!呀呀呀,她在赶你同桌离开!真是一位铁面无私的好老师!"

"但杜祥赖着不走啊,只要他还没离开这间办公室,老师就有可能收受贿赂!"

"我靠,骚年,你还真是执著!你看你看,你们老师起身推他出屋了。"

"但他扒着门框死不放手，不肯离开！"

"快看快看，没扒住，被老师推出办公室了！这下，你该相信了吧！"

"大叔，我还是不放心，你能把手机借我用下么？"

"我的手机？为什么啊？"

"我觉着杜祥不能就这么死心，他一定还会想办法贿赂老师的，所以我想把手机里的照片存到网络硬盘里。"

"骚年，你做事很谨慎啊！"

"老师没收钱，她非但没收钱，还训了我一顿，把我赶出来了。"

"我都看见了。"

"照片呢？你都让侦探拍好了？"

"拍好了。"

"在哪儿？"

"上传到网络硬盘了。"

"下面再怎么做？"

"你现在给班主任打电话。"

"现在打？正开家长会呢！"

"对，就是现在打！"

"那我和老师说什么呢？"

"你就说，钱已经放到她的办公桌上了。"

"啊，说这个？老师会骂死我的！"

"你放心，不会的！她之前不收钱是碍于面子，如果你私下给，不让别人知道，她一定会半推半就收下。"

"如果，班主任还不收呢？"

"同桌，这里有侦探拍下的照片，我洗出来，到时可以拿出来威胁她取消留级的决定！"

"我明白了！"

"对了，记着，用公用电话，不要用手机！"

🔍 我要炸学校

冗长的家长会在班主任抑扬顿挫慷慨激昂的训责声中有条不紊地进行。由于这次班级平均分年级垫底，所以几乎半数以上的同学都在老师训斥的范围之内。而身为学生的家长们则一个个阴沉着脸，卯足了劲儿随时准备回去教育孩子。

狄元芳的旁边，坐着一位女士，想必是杜祥的妈妈。

作为影响同班同学学习的罪魁祸首的母亲，她和狄元芳从坐到座位上的那一刻起便遭到几乎全班所有学生家长的仇视。可是杜祥的妈妈显然没有同仇敌忾的胸襟，在她的意识里儿子学习不好完全是被同桌杜鹏带坏的，所以冒充杜鹏爸爸的狄元芳一直遭受到杜祥妈妈的冷眼警视。

虽然不是真爹，但已经成为全民公敌的狄元芳一直如坐针毡，他无时无刻不企盼着家长会快点结束。

很快，家长会终于进行到了最激动人心的高潮时刻，下一环节将是由班主任老师宣布休学留级的人选会花落谁家。

一时之间，满座家长顿时屏住呼吸，目光齐刷刷望向杜祥、杜鹏的父母，身为害群之马的代名词，他俩不论谁休学留级，必将会给班级平均分带来质的飞跃。这样，不论是对老师、对家长还是对同学，都是一件额手称庆大快人心的喜事！

一刹那，一瞬间，狄元芳恍惚间仿佛登上了好声音终极 PK 的舞台上，所有的目光和灯光都打在了他和杜祥他妈身上。

接着，狄元芳看到班主任化身成评委站到讲台上，然后她掏出一份名单——虽然上面只写了一个人的名字，郑重其事地宣布："我，宣布，本学期将被淘汰留级的学生是……"

班主任说到这儿这一顿，似乎是在预留广告插播时间。

于是，整个教室顿时鸦雀无声，安静得仿佛只能听到心跳的声音。

短暂的寂静之后，班主任再次开口，暗示着广告插播结束。

"本学期将被淘汰留级的学生是杜……"

杜祥的妈妈激动地捂住起伏的胸口，狄元芳亦不甘示弱，开始翻白眼表示紧张，大家都在静候杜姓后面跟着的那个名字！

就在这关键的时刻，手机铃声骤然响起！

这么严肃的时刻，是谁的手机在响？

是班主任的！

刺耳的手机铃声在激张的氛围里回荡。

班主任皱了皱眉头，向诸位家长示意抱歉，然后一边走下讲台一边小声接听电话。

"喂？谁？"

"什么事？"

"你说什么！你怎么能这么做？简直是胡闹！"

班主任的声音越说越大，引得家长们纷纷侧目。

似乎是发生了出人意料的事情，班主任挂断通话后，情绪激动。她登上讲台，迟疑了一下，对众家长说："不好意思，这边有些事需要处理，家长会先就此结束吧！"

众家长颇感意外的同时，却没有再听下回分解的耐性，于是纷纷探问："老师，老师，你还没说谁留级呢！"

"哦，对，对，差点忘了最重要的事情！"

班主任深吸了一口气，郑重地宣布："我宣布，本学期即将被留级的学生是杜鹏！"

此言一出，杜祥的妈妈仿佛自己的儿子成功晋级一般，兴奋地欢舞起来。

冒充杜鹏父亲的狄元芳因为不是亲爹的缘故，所以并没有表现出太多的悲伤，但他还是下意识地提出了抗议。

"杜鹏考了倒数第二，而杜祥考了倒数第一，为什么留级的是杜鹏不是杜祥？"

班主任冷艳的脸上现出了一丝不屑，她瞅了狄元芳一眼，义正言辞道："我们礼贤中学倡导素质教育，不是应试教育。你懂什么是素质教育么？素质教育是综合考虑德智体美劳全面发展，其他不说，单论美上，你家杜鹏就不过关！"

说完之后，班主任头也不回，昂首挺胸走出了教室。

家长会一结束，便立刻接到杜鹏从公用电话打来的电话。

狄元芳抱着汇报工作的态度赶紧发言："骚年，老师在家长会上宣布了你留级的决定！"

"什么？我留级？凭什么是我留级啊？杜祥考得比我还差，为什么不是他留级？"

"这事我也质问过你们老师，她说是德智体美劳综合评定。"

"胡说，肯定是杜祥贿赂老师了！"

"可是，之前咱们也看到了，你们老师并没有收杜祥的钱！"

"不管怎么样，那些照片我已经洗出来了，我要拿着照片去质问老师。"

"骚年，用我帮忙么？"

"谢谢你，我自己能搞定。"

"你来做什么！"班主任喝问。

"老师，求求你改变留级的决定！"

班主任当自己一言九鼎，大义凛然道："开什么玩笑！"

"这袋子里的钱都给你。"

班主任瞟了一眼钱袋，里面有五角，有一元，还有五元，再就是十元，二十元，五十元，一整套人民币几乎全在里面。

"这里一共有五百六十二元四角三分。"

班主任蔑视道："你死了这条心吧！"

"老师，你执意不改变留级决定么？"

"你想干什么？"

"这是你刚才受贿的照片！"

"你，你怎么会有这个？"

"因为我雇佣了侦探拍照片！"

"你这是要诈，我没有收钱。"

"老师，请你仔细看照片，上面只有你和这个钱袋，根本没有拍到行贿者。"

"什么意思？"

"看到照片的人一定会认为是我同桌在行贿！"

"小小年纪居然学会恶意中伤！"

"老师，我给你五秒时间，如果你执意不取消留级决定，我就把这些照片交给……啊啊啊！老师你要赖，你怎么还抢照片！快，快放手，放手！撕啦！撕啦！撕啦！哎哟，头！磕着我头了！"

"血，流血了，我头破了！救命啊！"

办公室里传出了男生声嘶力竭的哭喊。

罗小梅锁好教室门，回头见狄元芳还在走廊上逗留。

"大叔，家长会都结束了，你不回家么？"

"呃，我等杜鹏。"

"你是要等着揍他么？"

"开什么玩笑，我其实是很开明的家长，我从来不会揍孩子的，我都是与孩子沟通。"

"大叔，可是从杜鹏的成绩上还真看不出你的教育方式会这么开明。"

"呃，都是他妈管，我插不上手。"

狄元芳话音刚落，手机铃声又响，他拿出手机一看，识得来电显示，猜是杜鹏又用公用电话打来，忙走到一边接听。

"喂，骚年，怎么样了？"

听筒里传出杜鹏哭泣的声音："大叔，照片被老师夺去了！"

"可恶，居然敢欺负孩子！还抢夺照片，毁灭证据！你不用担心，我手机里有备份！"

"大叔，没用的，你只拍到老师和那袋钱，根本没拍到行贿者。"

"有这些就足够证明你们老师受贿啊 "

"老师可以诬陷我行贿，然后拿这个作为让我留级的理由！"

"太卑鄙了，我决不能容忍这种事情发生！"

"晚了，一切都晚了，老师已经把留级名单报到教务室了，很快，我父母就会收到留级通知书！到时，我爸会揍死我的！"

"骚年，你，你别这么悲伤，要不，要不，你来我事务所躲两天？"

"大叔，算了，我早已经做好最坏的准备了！"

"最坏的准备？你，你要干什么？"

"大叔，你还记得来学校的路上，我背着的那个书包么？"

"书包？书包怎么了？"

"书包里装的不是书！"

"不是书，是什么？"

听筒里传来杜鹏凄惨的笑，在笑声中，他缓缓说道："大叔，你听过这首歌谣么？"

"什么歌谣？"狄元芳迟疑了一下。

这时，听筒彼端的杜鹏在打着节拍吟唱，于是里面传出了江湖上失传已久的歌谣！

"太阳当空照，花儿对我笑。小鸟说，早早早，你为什么背上小书包。我要炸学校，老师不知道。一拉弦，我就跑，轰的一声学校炸飞了。"

欢快的歌声中埋藏着一颗仇恨的心。

一瞬间一刹那，狄元芳终于反应过来了，骚年书包里装的是炸药！他是要炸学校！

这难道就是传说中，推理小说里最让读者闻风丧胆不寒而栗的歌谣犯罪么？

"喂！喂！杜鹏！你听我说！"

可惜，回应狄元芳的只有挂断电话的忙音了。

"大叔，你说什么？杜鹏要炸学校？"

"是的，刚才他在电话里这么说的，他背了一书包的炸药。"

"哦，就那个书包啊，我看着了！可是，学校那么大，他那点儿炸药也不够啊！"

"炸学校是泛指，可能是打算炸某一栋楼，或者某间教室！"

"是因为被留级，泄愤么？"

"哎呀，不要纠结原因了，小妹妹，如果他要炸学校的话，会去炸哪里？"

"老师办公室，那里有他最痛恨的老师。再就是木头楼的教务室，那里有他最痛恨的试卷！"

"我不认识什么木头楼，我去老师办公室。"

"大叔，那我去木头楼看看。"

丑少年死了

在推理小说里，即便再优秀的侦探也无法阻止罪案的发生，何况罗小梅只是一名脸比较大却不失秀美的初中女生。

所以当她赶到距离木头楼还有十几米地方的时候，她突然听见有人尖叫！

罗小梅循声望去，先是看见端庄静雅的班主任站在木头楼前簌簌发抖，跟着她又透过玻璃窗户看到一楼存放试卷的教务室里吊着一个人。

罗小梅大惊，走近，被用绳子吊在天花板上的那个人不是别人，正是有恐龙之称的丑少年杜鹏！

罗小梅下意识掩嘴惊呼。

班主任回首侧目，见是自己座下班长，急忙借着解释洗清嫌疑："我，我也是刚发现！"

"老师，杜鹏死了么？"

身为死者生前最痛恨的人，班主任赶紧盖棺定论："他自己上吊死了！"

"不，老师，您看，杜鹏额头上有伤痕！"每次答完试卷都要仔细检查一遍的习惯培养了罗小梅观察入微的神技。

"那，那也许是他不小心磕的吧，男生么，都顽皮。"

根据想象，看图作文亦是学霸的强项："老师，他也可能是被人打晕后，吊在天花板上伪装成自杀！"

"不可能，因为我原本打算回教务室拿试卷，结果发现门从里面反锁，怎么敲也不开！我开始以为教务室里有人偷试卷，结果绕到窗外一看，发现杜鹏吊死在里面！"

班主任为了证明自己所言，甚至拉着罗小梅进入木头楼，来到杜鹏吊死的教务室门外。她拿出钥匙开门，锁是从里面锁死，开不了。罗小梅也试了试钥匙，确实推不开。

罗小梅急了，准备抬脚踹门。班主任赶紧制止："胡闹，这木头楼建了一百年了，前年刚评上历史优秀建筑，你不能搞破坏！"

"那么办？老师，报警吧！"

"不，我觉着应该先通知校长！"

班主任说着，走出木头楼，拿出手机拨打校长的电话。

罗小梅不死心，她绕到木头楼外，察看窗户是否关闭，妄图从窗户翻进室内。结果，没想到的是，她刚准备检查第一扇窗户时，她忽然发现了一样奇怪的东西。

那样东西就挂在杜鹏的脖子，两端直坠到地上。

那是？

罗小梅揉揉眼睛，仔细一看，不错，那是一串鞭炮。

她透过窗户玻璃再回视屋内四周，发现不光是杜鹏的身上挂着鞭炮，整个教务室也四散着各式鞭炮，有二踢脚，有窜天猴，有麻雷子，有大地红，有魔术弹……

这些象征着喜庆幸福欢乐的烟花爆竹现在正和代表着肃穆沉重悲伤的考试试卷共聚一堂。

罗小梅看到这一幕，她脑海里忽然闪过了名侦探大叔的叮嘱。

"杜鹏要炸学校！"

罗小梅想到大叔的叮嘱，她跟着发现教务室里的微波炉好像正在运行中，紧接着电视上常出现的桥段突然闪入她的脑海，然后她下意识地卧倒。

果然，一瞬间一刹那，伴随着"砰"的一声巨响，跟着是噼里啪啦各种烟花爆竹同时炸开的声音，窗户上的玻璃被震得纷飞，滚滚浓烟夹杂着试卷燃烧的声音。

罗小梅躲在窗台下捂着双耳，班主任则拿着手机哇哇尖叫。

终于，她们意识到事情的严重性。

有人炸学校了！

校园一角爆炸的声音，引起了狄元芳的注意。虽然明知道为时已晚，但他还是按照侦探小说里的桥段，奋不顾身地往冒烟的地方奔去！

一起赶过去的，还有其他看热闹的家长和学生。

眼见自己的客户被炸得血肉模糊人鬼难辨，一想到他还没付佣金，狄元芳就难受得不能自已。

眼见班里的学生拼死炸毁了学校的历史优秀建筑，一想到自己势必难辞其咎遭到校长训斥，班主任就难受得痛心疾首。

"为什么会是这样！"悲痛的怒吼如恶狼的嚎叫回荡在寂静的校园上空。

"报警，报警，快报警吧！"

这时，围观人群中，有人高呼："警察不会来的！"

众人闻言大惊，纷纷侧首，见呼喊者不是别人正是狄元芳，于是问道："为什么不会来？"

狄元芳深沉地蹲下身子，捏起地上的积雪，问大家："你们看，这是什么？"

　　"雪啊！"

　　"呵呵，在你们普通人眼里这只是雪，但在我看来，这是推理小说中常出现的暴风雪山庄模式，所以警察一定会堵在路上赶不过来的！"

　　"二货！"

　　"痴呆！"

　　"彪子！"

　　十五分钟之后，象征正义的警车鸣笛声响彻整个校园。紧跟着，负责此案的市南刑警大队薛飞薛警官已带领众警员昂首矗立在冒着浓烟的木头楼前。

　　很快，现场勘察有条不紊地展开，而薛警官则承担起了最至关重要的讯问工作。

　　"唉，这么优秀的历史建筑被炸成这样，真是叫人心疼啊。"薛警官满是深情地望着冒着浓烟的木头楼，怜惜地说："是因为使用电器不当引起的爆炸么？"

　　"不！报告警察叔叔，是有人炸学校！"在大是大非面前，孩子总是义无反顾地跳出来说真话。

　　"小妹妹，你叫什么名字？"

　　"我叫罗小梅，礼贤中学初二（1）班，学号2012090146，家住甘肃路67号。对了，警察叔叔，将来寄表扬信，你们是寄学校还是寄街道居委会？"

　　"哦，小妹妹，这要看你提供的线索有没有价值。"

　　"警察叔叔，如果线索有价值，能两边都寄么？"

　　"你先说说什么线索吧"。

　　"是杜鹏炸的学校。"

　　"他是谁？"

"同学！"

"你同学？初中生？炸学校？"

"是的，他书包里装着鞭炮，他要炸学校，老师不知道，一拉弦，他就跑，轰的一声学校炸飞了。"

薛警官将信将疑之际，忽然有警员来报，现场发现大量爆竹的纸屑。

"小妹妹，你同学为什么要炸学校啊？"

罗小梅大而不失秀美的脸盘上现出一丝哀伤："他考了年级倒数第二，家长会又被宣布留级。"

"所以他要炸学校？"

"叔叔，这里是存放试卷的地方。"

"怪不得呢，现在杜鹏在哪里？"

罗小梅伸出右手，轻轻地指了指浓烟渐散的木头楼。

"藏在里面？"

"死了！"

"死了？爆炸的时候，没跑出来？"

"不，他压根就没跑！"

"学董存瑞，和视为死敌的试卷同归于尽？"

"叔叔，他不是被炸死的！"

"那是怎么死的？"

薛警官疑惑不解之际，忽然又有警员来报，现场发现一个上吊的男生尸体。

薛警官低头沉吟道："原来是迫于学习压力上吊自杀啊，学校可脱不了干系。"

眼见涉及学校名誉，身为校方代表的班主任奋不顾身地站出来："警察同志，其实情况是这样的……"

密室杀人的诡计

听完班主任的叙述，薛警官脸上现出了拨云见日般的明朗。

"老师，这么说杜鹏本来是打算炸试卷的，因为你返回木头楼拿取试卷，他见自己行迹暴露，所以上吊自杀？"

事关人命和学校名誉，班主任展现出了难得一见的斟字酌句之能："也不能这么绝对，反正我回教务室拿试卷，用钥匙打不开门，门是从里面反锁的。我想教务室里有人，可怎么敲门也不开，绕到窗外一看，发现杜鹏吊死在里面。"

薛警官若有所思地点头。

班主任惋惜道："因为成绩不好，居然想到炸学校，然后又上吊自杀，现在的小孩太难管教了，动不动就做出一些出格的事情！"

"这样说来，那个被炸得面目全非的男生肯定是上吊自杀了？"

班主任拼命地点头。

可就在这时，身为班长的罗小梅忽然举手说话。

"警察叔叔，我觉着杜鹏也可能是被人打晕后吊在绳上勒死的！"

"罗小梅，别乱说！"班主任急忙喝止。

"小妹妹，你说什么？"与此同时，薛警官警觉地追问。

罗小梅怯懦地看看自己的老师，又看看薛警官，一时不敢开口。

薛警官先用锐利的眼光震慑班主任，跟着又用温和的眼光抚慰罗小梅。

"小妹妹，你为什么觉着他是被人打晕的呢？"

"因为之前隔着窗户，我看到杜鹏前额有伤口。对了，老师，你应该也看到了吧？"

薛警官偏头问班主任："老师，你看到杜鹏额头上有伤口么？"

"哪有什么伤口，小孩子乱说。"

"杜鹏额头上明明有伤口啊，老师，您为什么不肯承认啊！"

"罗小梅，注意自己的身份，你还想不想当班长了！"

"那好吧，我没看到额头有伤口！"

"你们这么说，肯定有问题。喂喂，小冷，你去查看一下男生的前额！"

被唤作小冷的警员噔噔噔跑进冒烟的木头楼，过了一会儿又跑出来报告道："尸体脸部被炸得面目全非，辨认不出来，恐怕要等法医的结果了！"

班主任赶紧插言："警察同志，其实不论杜鹏额头有没有伤，都不会改变他自杀的事实。因为杜鹏上吊时，教务室是内锁的，外面人进不去，里面人也没出来，要是不信，你可以问罗小梅。"

"小妹妹，发现尸体时，教务室的门是内锁的么？"

"是的，警察叔叔，我用老师的钥匙也试过，门打不开，是从里面锁死的。"

"小妹妹，你确定你所用的钥匙是和教务室门锁配套的，不是别的钥匙？"

"我扭动钥匙的时候能听到开锁声，门之所以打不开就是因为从里面反锁了！"

班主任长吁了一口气："怎么样，警察同志，小孩子总不会说假话吧！"

薛警官回视木头楼，说道："像这种德式建筑，窗户这么宽敞，如果杜鹏是被人砸晕吊死，凶手从窗户离开，也是很有可能。"

"警察同志，你完全多疑了，其实我在教务室爆炸前已经检查过窗户，同样是从里面锁死，无法进出。"

"老师，窗户被锁这件事，除了你，还有别人能证明么？"

"那个……对了，还有罗小梅。爆炸前，罗小梅也检查过窗户，对不对啊，罗小梅？"

面对班主任殷切的盼许，身为班长的罗小梅又举手表态了。

"警察叔叔，其实，我刚靠近窗台，还没检查窗户，教务室就爆炸了！所以我并不能肯定窗户有没有从里面锁死！"

"罗小梅！！！你还想不想当班长了！"

"看来，窗户被锁只是老师您的一面之词！"

薛警官心生怀疑之际，忽然再次有警员来报，教务室朝外的三扇窗户的玻璃虽然震得支离破碎，但窗框上的插销锁却是处于被锁状态。

"怎么样，警察同志，你这次总该相信我了吧，杜鹏是死在一间内锁的房间里，外面的人进不去，里面的人也出不来，所以他只可能是自杀！"

薛警官凝视着很像谋杀现场的自杀现场，心有不甘。

就在这时，围观的家长中忽然有人发出一声长笑，跟着又听那人朗声道："谁说房间内锁就一定是自杀，难道你们都没有见识过密室杀人的诡计么？"

薛警官有种风头被抢的危机感，大声急呼："谁？"

通常，在武侠小说里，半路杀出来的都是绝世高手。

同样，在推理小说里，半路登场的则一定是名侦探。

于是，在万众瞩目之下，狄元芳费力地扒开人群，谈笑自若地站出身来！

成立事务所这么多年，自诩为名侦探的狄元芳终于名正言顺地出现在案发现场。站在名侦探的立场上，无论如何他也不能允许这起案件以自杀了结！

"这绝对不是一起简单的自杀事件！"

"喂，喂，你是谁？不要妨碍我们警方办案！"

虽然都是从事伸张正义惩治犯罪，但作为警方的同行竞争者，狄元芳还是刻意隐瞒了自己的真实背景。

"我是谁并不重要，重要的是我已经看穿了密室内杀人的诡计！"

"你说你看穿了密室杀人的诡计？是什么诡计？"

"哼哼，其实在密室杀人的案件里，诡计并不重要！"

"等等，你说什么？密室杀人里诡计不重要？那什么重要？"

狄元芳深邃的眸子里散发出他自以为充满睿智的目光。

"动机！作案动机，才是打开密室杀人案件的钥匙！"

薛警官奇道："你是不是知道什么内情？"

狄元芳笑而不语以示自己的高深莫测。继而，他用最锐利的目光注视着不远处的班主任。

在这种无声的注视下，眼神无疑是最好的答案。围观者们亦心领神会，目光也齐刷刷地盯着班主任，纷纷小声议论。

刚刚脱离警方怀疑的班主任，中间休息不到五分钟，又再次登上嫌疑人的舞台，接受车轮战式的质疑。

狄元芳冷笑着一步步逼近，身为名侦探的他展露聪明睿智的同时亦不忘彰显自己的博学多识，藏在东川笃哉的书名里质问嫌疑人："老师，请把密室的钥匙借给我！"

"钥匙？哦，哦。"班主任一边说着，一边匆忙掏出教务室的钥匙。

狄元芳暗喻暗得太隐晦，只好亲自翻译："不，我说的是杀人动机，你杀害杜鹏的动机！"

相对于警察来说，没有营业执照的私家侦探最大的优势就在于说话可以肆无忌惮，不用担心被投诉。这种在麻将竞技里称之为诈和的神技，运用在讯问上总会起到意想不到的效果。

当时，班主任就怒不可遏了，同样打着比喻回击："拜托，你用脑子好好想想，学生好像祖国花朵，我们老师就如同辛勤园丁。园丁是培养保护花朵，哪有残害花朵的！"

不知不觉间，审讯演变成了一场文学的盛宴，问与答的交锋隐藏在比喻修辞之间，不露锋芒。

狄元芳不屑地笑，他率先撕下文艺的面具直奔主题："杜鹏成绩不是最差，你为什么不让最差的学生留级，却让杜鹏留级？"

班主任理直气壮道："我们推行的是素质教育，不是应试教育，评价一名学生的优劣是从德智体美劳全面考虑，而不单单是成绩。"

"哼，杜鹏得知自己被留级之后，是不是去办公室找你质问过原因？"

"这个……"班主任迟疑了一下，咬咬牙说，"不错，他是来问过我。"

"然后，你俩发生了争执！"

"没有！"

"小妹妹说过，曾看见杜鹏额头上有伤口，一定是你们争执时造成的！"

"你胡说！"

"杜鹏撞伤了头，然后晕过去，于是，你把他吊死在教务室里伪装成自杀！"

"开什么玩笑，我怎么可能为这点儿小事杀人？"

"你当然不会为这点小事杀人，你真正的杀人动机，是想掩盖你收取学生贿赂的真相！"

此言一出，围观者们一片哗然。

"你，你血口喷人！"班主任脸色涨得通红。

狄元芳却血脉偾张，他慷慨激昂且言辞激烈："你不让成绩最差的留级，却把杜鹏留级，是因为收了最差生的贿赂，你们说对不对？"

他虽然是在质问嫌疑人，但却面朝围观者，他俨然当自己身处演说家的舞台上，与听众开始互动！

众人们群情激奋，纷纷回应："原来是这样，老师太可恶了！"

班主任气得脸色苍白："你，你拿出证据来！"

狄元芳嘿笑一声，高举手机，振臂高呼："你受贿的照片就在我手机相册里！"

班主任双手掩嘴："你，你怎么会有？"

本该身为主角的薛警官憋在幕后太久，终于强行登台："胡闹，这么重要的证据，你怎么可以拿出来显摆！"

狄元芳从亢奋中清醒过来，赶紧将手机毕恭毕敬捧给警官。

薛警官翻看了几张照片，脸色冷峻，亮给嫌疑人，喝问："老师，照片，怎么解释？"

班主任脸上现出悲痛的表情：'你们知道照片里为什么没有拍到行贿者么？"

"咦，对啊，是没有行贿者。"

"难道是因为拍摄角度原因？'

班主任无奈地笑，她脸上原本悲痛的表情已经自动升级到伤心欲绝的程度，然后她声音几乎哽咽："对于老师来说，每一个学生都如同自己的孩子。看到自己的学生犯错，身为授业老师的我心如刀割。本来，杜鹏已经死了，我不愿提，可事到和今，我不能不说明真相了！"

"什么真相？"众人好奇，纷纷探问。

班主任收起脸上的悲伤，变换出一副大义灭亲的决绝，朗声道："照片上之所以没拍到行贿者，因为行贿者不是别人，正是杜鹏本人！他行贿不成，遭我严厉喝斥，于是改拿照片要挟，而我正是基于这个原因才让他留级的，毕竟我们是素质教育，品德为先，成绩为次！"

被倒打一耙的狄元芳当时就急了："你胡说八道！"

班主任冷笑，脸上神情变为冷峻，调转枪头对狄元芳喝斥道："你是杜鹏的父亲，照片在你这儿，原来这些卑鄙的诡计，都是你这个当爹的一手策划。唉！好好的孩子被你教坏，大家说，杜鹏的自杀，作为父亲的是不是要负全部责任！"

班主任虽然是在斥责狄元芳，但最后的喝问同样是面朝围观者，她俨然也化身成演说家，开始与听众互动！

围观者们展现出了墙头草的随机应变，纷纷喝骂狄元芳："这样的父亲，太可恶了！"

狄元芳施展着横眉冷对千夫指的临危不惧，谈笑自若道："哈哈，看来不亮出杀手锏，凶手是不会认罪的！"

"你还有杀手锏？"

"警官，我问你，破解密室杀人的案件什么最关键？"

"不是杀人动机么？"

"其实在这起案件里，诡计最关键！何况，聪明机智的我已经看穿了凶手的密室诡计！"

说这句话时，狄元芳脸上露出了异常自信的笑容！

🔍 其实我是一名侦探

"对于一个对考试试卷深恶痛绝的学生来说，要毁掉教务室里的试卷，为什么用鞭炮炸呢？按理说，点火烧更容易一些啊！'

"不是有那么一首改编了的歌谣么，唱的是一个学生背着书包去炸学校，杜鹏也许为了模仿歌谣才这么做的。"

狄元芳呵呵笑道："所谓模仿歌谣犯罪，向来都是一个幌子，是犯罪者用来掩盖真实目的的假象！"

众人未曾听到过如此高深莫测的专业术语，纷纷求教："什么真实目的？"

"密室杀人的诡计！"狄元芳目光深邃表情肃穆，他刻意顿了一下，接着说道，"凶手用鞭炮炸教务室的真实目的其实是要伪造杀人现场是密室的假象！"

"喂喂，你能不能别那么多废话，直奔主题好么？"等着抓人收工的薛警官急不可待地催促。

"明白！明白！"狄元芳调到快进键，直接揭露谜底，"其实，凶手是从窗户离开的！"

薛警官说道："刚才不是检查过么，窗框上的插销锁是被锁状态。换句话说，玻璃被炸碎前，窗户是内锁的。"

"问题就在这儿，窗户虽然是内锁，但并不影响凶手通过窗户离开，因为他完全可以用玻璃刀划破玻璃！"

"你的意思是，用鞭炮炸教务室，其实要炸的是玻璃，而炸碎玻璃的真正目的是为掩盖玻璃被划破的真相？"

狄元芳欣慰地点头："不错，这就是凶手密室杀人的诡计！"

就在真相即将大白的关键时刻，罗小梅突然开口了。

"等等，大叔，玻璃没被划破！"

"什么？你说什么？！"

"爆炸之前，我和班主任老师透过窗户看到杜鹏上吊，并没有发现玻璃被划破的痕迹。老师，您发现了么？"

面对自己学生毫无征兆地倒戈投诚，班主任简直是感激涕零："罗小梅啊，你终于想起你的身份，不再拆老师的台了。啊，啊，警察同志，罗小梅说的没错，玻璃完好无损，根本没有被划破的迹象！"

狄元芳回击道："你们也太没常识了吧，凶手划破玻璃肯定是沿着窗框一整块割下，离开教务室后再用胶固定上，怎么会让人轻意察觉！"

这时，身为班长的罗小梅展现出了学霸难能可贵的质疑精神："大叔，如果按照你的假设，玻璃是被沿着窗框整块割下，可是你看现场，爆炸之后的窗户，窗框上残留的玻璃碎片，不像用玻璃刀切割过啊！"

"啊！"狄元芳登时反应过来，身为侦探的自己忽视了他职业生涯中最重要的一件事，那就是勘察现场。如今再回视窗框，只见上面确实残留着不规则的玻璃碎片，或大或小。

"呃，小妹妹，你说得好像有点儿道理。"

"什么叫好像，明明就是很有道理！"薛警官铁青着脸冷视狄元芳，"喂，你说的密室诡计就是指割玻璃么？"

"……"

"哼，割玻璃这个伎俩，其实我早就想到了，这种一眼就看出的不可能犯罪，你却在这里叨叨了半天。你知道你的所做所为是什么性质么？"

狄元芳小心翼翼地说："热心提供线索，积极协助警方破案？"

"哼哼，往轻了说耽误我们收队浪费警方资源，往重了说则是误导我们破案！"

"啊！啊！啊！误会，完全是误会！"

薛警官咳嗽了一声，开始作最后总结准备收队下班："嗯，明明是再寻常不过的自杀事件却被你硬说成密室杀人，害得大家在这瞎忙活，以后不要这样了……"

话没说完，班主任突然插言道："等等，警察同志，你真的认为这只是一起简单的自杀事件么？"

薛警官有一种不祥的预感，他感觉自己可能还要加班。

"老师，你又怎么了？"

"如果杜鹏只是自杀，那是他个人行为，可是他自杀前用鞭炮无情地炸学校，他所破坏的不仅仅是学校财产，还是著名历史建筑。虽然鞭炮威力不大，但是就性质而言，等同于极端分子人肉炸弹恐怖袭击啊！"

听到这里，狄元芳隐隐预感到一直被动挨打的班主任老师要开始放手反击了。

果然，听她继续说道："身为监护人并且很可能是同谋的死者家长难道不应该被带到警局问话么？"

薛警官也早就看狄元芳不顺眼了："是，应该带去问话。喂，你跟我们走一趟吧。"

"哇！哇！哇！凭什么要抓我啊！"

"你是死者的父亲，我们要找你了解情况啊！"

"呃，呃，我可以告诉你们一个秘密么？"

"哼哼，你难道是想说你不是他爹？"

"哇！警官，你真是神人啊！"

薛警官呵呵一笑，转身发号施令："小吴、小铁、小崔、小冷。"

被喊名的四大警员一起答到。

薛警官指着狄元芳道："把他带走！"

于是，四大警员一齐扑上。

狄元芳一边挣扎一边叫道："说了不是他爹了，干吗还抓我？"

挣扎过程中，啪的一声，狄元芳的钱包掉落在地，原本夹在里面的身份证也摔了出来。

小冷警员拾起身份证一看："咦，狄元芳，他不姓杜！"

薛警官剑走偏锋："难道死者随妈姓？"说着拿过身份证对照本人验明正身无误。

班主任跳出来落井下石："杜鹏母亲我见过，也不姓杜！"

薛警官大惊失色的同时亦不忘马后炮，大喝道："如我所料，你果真不是杜鹏的父亲，你是假冒的！你到底是谁？"

狄元芳见再也隐瞒不下去，终于被迫以真身示人："好吧，其实我是一名侦探！"

"啥？"

"侦探，名侦探！"

"就是在小说电视里，成天侮辱我们警察的侦探？哈哈，在现实中终于让我逮到了！"

"警察同志，呃，呃，警官大人，你，你表情好恐怖，你，你要做什么？"

"哼，哼，你不是说你是侦探么，营业执照看一下呗。"

"呃，试营业期间，执照还没下来。"

"无照经营，无业游民呗！"

"呃，反正我不是杜鹏的父亲，可以不用带我去警局吧？"

"呵呵，小吴、小铁、小崔、小冷。"

"到！"

"拷上手铐，带走！"

"啊，为什么还拷上手铐了呢？"

"狄元芳先生，我们有理由怀疑杜鹏是受校外不良分子蛊惑才炸学校并且自杀，而你则很有可能直接参与谋划此事。"

"冤枉啊，我是侦探！"

🔍放学后再推理

市南分局。

罗小梅见到了史上最倒霉的名侦探狄元芳。

"小妹妹，你来看望我，你真是个好人啊！"

"大叔也是个大好人，曾经那么热心地帮我找回小狗。"

"哇，哇，你真认为我是好人？其实，炸学校这件事我根本不知情。"

"我信！我信！"

"小妹妹，要不，你帮我跟警察解释解释吧。"

"大叔，我只是个初中生，大人们怎么可能听我的！"

"对了，你是班长，你可以带着你们班同学帮我喊冤，把舆论造起来，警察们或许就会重新审视。"

"大叔，我是班长不错，可是你得罪了我们班主任，我还想继续当班长呢！"

"天呐，难道身为名侦探的我第一次办案，就要被诬陷为炸学校的同谋，锒铛入狱么？"

"大叔，不要这么悲观，只要找到杀害杜鹏的凶手，就能洗清你的冤屈。"

"唉，小妹妹，有件事，我一直没告诉你。"

"什么事啊，大叔？"

"其实，我自始至终也认为杜鹏是自杀的！"

"啊！那你为什么在现场一口咬定是密室杀人呢？"

狄元芳叹了口气，深邃的眸子里现出了对理想的执著。

"因为，我是名侦探。在名侦探的守则里是不允许以自杀结案的，但凡死人，必要揪出凶手！"

罗小梅突然也变得认真起来。

"大叔，你一定要坚持住自己的观点。"

"什么意思？"

"因为，我也觉着杜鹏是被人害死的！"

"什么，你也觉着？小妹妹，你是不是发现了什么蛛丝马迹？"

"没有。"

"那你为什么也认为杜鹏是被谋杀？"

罗小梅略大但不失秀美的脸盘上现出了让人肃然起敬的神情。

"因为作为忠实的推理小说迷，我也决不能容忍身边的同学死于自杀！"

"小妹妹，你赢了！"

"大叔，你放心，我会担起你对我期望，以推理迷的荣耀起誓，替你洗清冤屈的！"

"好吧！"

"不过，在替你洗清冤屈之前，有个问题你必须回答我。"

"哦？"

"这个问题你必须如实回答我，不能说假话，因为事关凶手的身份！"

"啊？这么严重？究竟是什么问题，你快说吧！"

罗小梅双眉紧皱，像这种聚精会神的冥思苦想，是身为学霸的她只有在做奥数竞赛试卷时遇到五星难度的应用题才会出现的表情。

"喂，班长，好了没有啊，已经晚上 7 点多了，我要回家啦！"同被拉来木头楼参加大冒险活动的杜祥很不情愿地催促着。他一边回视教务室，一边抱怨说："同桌昨天刚在这里上吊自杀，黑漆漆的，多瘆人啊！"

罗小梅没有应声，她脸紧贴在窗框上，当她发现锁孔里有被火药熏黑的痕迹时，原本紧皱的眉头舒展开来。

"不，杜祥，杜鹏不是自杀！"

"你说什么？！同桌不是自杀？可他是吊死在密封的房间啊！"

"这是密室杀人！凶手运用了推理小说中最本格最烧脑的密室杀人诡计！"

"密室杀人诡计？"

"不错，你知道这起案件为什么是炸学校，不是烧学校么？因为鞭炮的爆炸可以完美隐藏密室诡计！"

"班长，你不会说是通过鞭炮爆炸炸碎窗户玻璃来掩盖玻璃被切割的真相吧？这个观点，昨天那个号称名侦探的大叔已经提出过，而且被当场否定，还给抓起来了呢！"

"杜祥，其实凶手所设计的诡计远没有大人们想得那样复杂，他只是运用了咱们初中物理课本里的一个考点。"

"什么考点？"

罗小梅深吸了一口气，缓缓说道："能量守恒定律，将内能转化成动能，从而完成密室诡计。"

"班长，我学习差，你能解释明白点儿么？"

罗小梅拿出为同学讲解试题的热情，招呼杜祥过来，指着窗锁说："你看，窗户所用的都是最常见的插销锁，锁孔在下方，锁棍在上方。凶手只需要在锁孔里塞上一枚鞭炮，把锁棍对准锁孔放下。因为锁孔里塞着鞭炮，所以锁棍插不进锁孔。然后凶手从没锁的窗户离开，在窗外点燃引信，鞭炮在锁孔里爆炸，锁棍落入锁孔，窗户因此内锁。"

"班长，你这套理论很精彩，但在现实中并不实用啊！你想，鞭炮在锁孔这种狭小的空间里爆炸，巨大的爆炸力会将锁棍弹开，等锁棍再落回时，很难对准锁孔。万一没有插进锁孔，凶手的密室诡计不就前功尽弃了么？"

"其实，关于如何能让锁棍不偏离锁孔，解题的关键就在于能量守恒定律，将内能尽可能转化成动能，最大限度降低爆炸的冲击力。"

"班长，我还不懂，你能举个例子么？"

"这个方法很简单，只要将鞭炮从中掰开，将火药暴露在外，然后把带引信的半截鞭炮塞进锁孔，点燃引信后，火药只会燃烧不会爆炸，而燃烧的火药会冲击着鞭炮从锁孔里窜出。这就是咱们初中物理课本中最重要的知识点考查，能量之间的转换！"

"啊！班长，原来凶手是通过这种方式完成密室诡计的！那你知道凶手是谁了么？"

"说到凶手的身份，有一件事我本来一直想不明白。"

"什么事？"

"凶手杀害杜鹏后，为什么不直接点燃鞭炮，偏要做延时引爆，他应该知道班主任开完家长会后会来教务室拿卷子，他是故意让班主任看到鞭炮爆炸。"

"班长，凶手这么做的目的很好解释啊，因为爆炸会炸碎玻璃，为了证明窗户是在爆炸前已经锁死，而不是等玻璃破碎后再锁死。"

"不，杜祥，凶手压根就没有想过通过窗户玻璃设计密室。众所周知，木头楼的窗户安装的是加厚玻璃，非常坚固，可能是因为年岁久远的原因吧。反正，最后玻璃被鞭炮炸碎，完全是凶手意料之外。他让班主任看见爆炸，是另有目的！"

"什么目的？"

"凶手用鞭炮炸教务室，除了要掩盖密室诡计，还要掩盖一样东西！"

"啊？掩盖什么？"

"杜鹏被炸得面目全非，当然是要掩盖杜鹏的脸！"

"不对啊，班长，如果凶手真要掩盖杜鹏的身份，更应该在杀他之后直接引爆鞭炮，避免被班主任见到啊！"

"你没听清我说的话，凶手要掩盖的不是杜鹏的身份，而是杜鹏的脸！"

"这有什么区别么？"

"当然，杜鹏不论被炸成什么样，他的身份永远掩盖不住，但他的脸却不能被某个人看到！"

"不能被谁看到啊？"

"名侦探大叔！"

"就是被杜鹏雇佣冒充父亲参加家长会的那个侦探？为什么不能被他看到啊？"

"呵呵，因为名侦探大叔一看到杜鹏的脸就会发现一个问题，雇佣自己当爹的杜鹏和大家认识的杜鹏，不是一个人！"

"班长，你什么意思？"

"这是推理小说中常见的身份诡计，有人冒充杜鹏雇佣侦探参加家长会，最后设计了这么一出上吊自杀炸学校的假象。"

"啊，班长，你觉着谁会这么做呢？"

"呃，杜祥，其实我觉着你会这么做！"

"班长，你别闹，好好说。"

"杜祥，我是认真的。你考了年级倒数第一，按理说留级非你莫属。你害怕父母知道你留级会揍你，你就想贿赂老师。可是你知道咱们班主任高风亮节大公无私，万一贿赂不成自己必然留级。于是，你想出了一个恶毒的计划。"

"什么恶毒计划？"

"你和杜鹏合谋，让杜鹏贿赂，你雇侦探拍照。这样，不论班主任收不收贿赂，不论班主任让谁留级，被留级的一方都可以拿着照片要挟老师。"

罗小梅说到这儿，顿了一下，接着道："这个计划虽然恶毒，却有漏洞。"

"什么漏洞？"

"如果班主任收下杜鹏贿赂，让你留级，你拿照片去要挟，班主任铁骨铮铮威武不屈，事情必然闹大，杜鹏若是因为行贿留级，他必然会把你俩合谋的事情说出。同样，班主任拒收杜鹏贿赂，并因此让杜鹏留级，他也一样会把你俩合谋的事情说出。所以这个计划从一开始就是一步死棋！"

"我去，班长，你的逻辑思维好缜密！"

"别打岔，听我往下说。"罗小梅用班长之威严喝止学渣的插话，继续道，"你用这个计划只是蒙骗杜鹏入局，你真正的目的是想借大叔之口伪装杜鹏自杀的假象，这才是你的万全之策！"

罗小梅看了杜祥一眼，接着道："想必你以杜鹏的身份在电话里已经跟大叔暗示得很明白，你要炸学校，你要自杀，但是你却忘了大叔的职业。他是一名名侦探，在名侦探的守则里是不允许身边的命案以自杀了结！"

杜祥叹了口气："所以大叔一口咬定是谋杀，拼命地查案，结果查到最后自己被抓起来！"

罗小梅哼了一声，秀美的大脸上现出了代表正义的神情："今晚，我以推理迷的荣耀起誓，一定要洗清名侦探大叔的冤屈！"

"喂，喂，班长，你说得这么起劲，根本没有证据，好不好！"

"哼，有大叔的指认，说你是雇佣他的杜鹏，不就是最好的证据么？"

"拜托，靠一面之词作为证据很难立住脚的。何况，大叔自己都还是嫌疑人呢！"

"我还有物证！"

"什么物证？"

"如果拜访事务所的人是你，那么身为名侦探的大叔一定会请你喝一杯爽歪歪。"

"什么爽歪歪？"

"就是那杯兑了水的爽歪歪。哦，准确地说，应该是兑了爽歪歪的水。"

"有什么问题么？"

"以名侦探的生活作风，向来只有在招呼下一位客户的时候才有可能刷杯子，所以，那天你留在杯子上的指纹和唾液就是你冒充杜鹏的最好证据！"

"啊！可恶！这么完美的计划，居然毁在一杯爽歪歪上！"

"怎么样，杜祥，你终于承认自己的罪恶了！"

"班长，这么天衣无缝的计划，你是什么时候觉察出事情的真相的？"

"今天上午。"

"今天上午？"

"今天上午，我去警局见了大叔。"

"见他做什么？"

"我见大叔，只想问他一句话！"

"哪句话？"

"杜鹏丑不丑！"

"什么意思？我不太明白。"

"这是我第二次问大叔这个问题了。第一次问的时候，大叔回答我不丑。当时，我以为大叔是杜鹏的父亲，所以不觉着自己儿子丑。可是，今天上午再问大叔时，和杜鹏非亲非故的他仍坚持说不丑。那么只有一种可能，大叔所见到的杜鹏不是真正的杜鹏！"

"去他大爷的，原来漏洞在这儿！"杜祥恨得咬牙切齿，是啊，上天为什么要给他安排一个丑同桌呢！

"杜祥，作为凶手，你犯了一个大忌！"

"什么大忌？"

"在推理小说里，凶手有十大忌讳，其中有一条便是，不要对丑男妄动杀机！"

杜祥终于低下罪恶的头颅，他无精打采地问："班长，我杀人的事，你已经告诉警察了么？他们是不是很快就来抓我？"

善良的罗小梅用期盼浪子回头的目光凝视杜祥，温柔地说道："你杀人的事我谁都没说，今晚在这儿与你相见也没告诉任何人，身为班长的我希望你能主动承认错误！"

一听无人知晓，杜祥立刻精神大振重整旗鼓，他抬起头来，目露凶光。他从口袋里掏出一把铅笔刀，狞笑着步步逼近！

罗小梅美丽的脸盘上泛起惊恐的涟漪："杜祥，你要杀我灭口么？"

"班长，扮演侦探，你也犯了一个大忌，不该单独约凶手见面！"

"你，你竟然敢对班长不敬！我，我警告你，我，我不是一个人在战斗！"罗小梅一边说，一边做出要吹哨的口型。

"班长，别吹了，我刚才偷偷观察过，这木头楼里只有咱俩，没有别人！"

"你不信是不是？"

"哈哈，吹，你接着吹！"

于是，罗小梅真吹了一声口哨，然后她对着走廊高呼："小欧，你报恩的时候到了！"

话音刚落，一只品种为拉布拉多的大龄公狗从黑暗中疾驰而来，直向杜祥扑去！

传说，这只单身狗曾受过名侦探大叔的恩惠！

ENDING SCENE

"木头楼被炸的事，你听说了吧？"

"听说了，听说了，学生干的不是么？"

"呵呵，会有这么凑巧的事么？"

"啊，老大，难道你怀疑木头楼被炸是和咱们的行动计划有关？"

"嗯，难说，不过听说木头楼的窗户玻璃都给炸碎了？"

"是，是碎了！"

"呵呵，那可是加厚玻璃，怎么可能被鞭炮炸碎？是你做的手脚，把玻璃给换了，对不对？"

"哦，老大，不是我故意瞒着你，如果这样下去一直没有进展，我就打算强行……"

"胡闹！愚蠢！你如果真从窗户强行进入，到时警方一定会发现玻璃有问题，然后顺着玻璃这条线查到我们的。"

"可是总不能干等下去吧？"

"木头楼刚发生案件，不宜轻举妄动，再等等看吧。"

"老大，炸楼案已经结了，凶手是个学生。"

"哼哼，可是据我所知，破案的也是个学生，还是个女学生！"

"这又怎么样？"

"一个初中女生怎么有本事破案呢？"

"啊！啊！老大，你怀疑……"

"不错，我怀疑真正破案的另有其人！"

"难道，难道有破案高手隐藏在背后？是冲着我们来的？"

"不知道，难说。但有一点，事情不明朗之前，千万别再去木头楼打探查看！"

"可是，老大，如果不去木头楼打探查看，怎么能确定那里面藏着我们要找的东西？"

"笨蛋，我们可以先打校长的主意啊！"

"打校长的主意？"

"嗯，木头楼地下室的钥匙，校长肯定会随身携带。"

"校长那老顽固，不好接近啊。"

"再过一段时间，市里又要组织中学生运动会了。哼哼，校长是教体育出身，会打太极拳。往年运动会闭幕式上，他都会带着体育组的老师们表演太极。"

"老大，我懂了！我懂了！他要表演太极，就要换武术服，他换衣服，我就有机会偷钥匙，对不对？"

"哈哈，更主要的是，运动会那天，全市几十所学校参加，上万人来来往往。即便校长发现钥匙被偷赶紧报警，警察也一时调查不出来！"

"哈哈，老大圣明！老大圣明！"

"哈哈哈哈哈！"

"哈哈哈哈哈哈！"

邪恶的笑声，如同恶鬼的嘶鸣，一时之间游荡在这无尽的黑夜里，不休不止。

胖子的肥肉借给你

——来自校运会的预告杀人

第二话

🔍恐吓信

赶在压场哨吹响之前，范文勋迟疑了一下，还是站在三分线上将手中的篮球抛了出去。

准确地说，他是站在自己篮下的三分线上，如果不是比分被逼到了绝路，没有谁愿意通过这种超远距离投篮来拼死一搏。身为中锋的他施展出了连得分后卫都不敢妄想的神蒙绝技。全场的观众们本来已经站起来准备转身离开，在这一刻，他们又都停下了脚步，屏息注视。

这场索然无味催人入眠的篮球热身赛，终于在最后一秒，意想不到地出现了扣人心弦的高潮。

伴随着万众瞩目，被范文勋脱手而出的篮球，在天空中划出一道弧度圆润光滑且非常丰满的抛物线后，以三不沾之势毅然决然地飞出场外。

于是，全场响起热烈的唏嘘声，礼贤中学史上最一边倒最虐菜的篮球赛终于以这种滑稽搞笑的方式告终，而最后的比分则定格在 13：63 上。

本着球可以不进但姿势必须帅的理念，在观众一如既往的倒彩声里，范文勋的投球动作保持了两三分钟，才缓缓收起招式，然后淡淡地说了一句："有风！"

冲动的球迷扑上来质问："又不是只有最后一球没中，好不好？全场各种投不进！"

"全场有风！"

"有风，都有风！为什么对方能投进，你们投不进？"

"他们顺风，我们顶风。"身为队长的范文勋表现出了像答记者问那样的敷衍塞责。

"可恶，要不是因为学籍原因，我们才不会支持你们这么烂的篮球队呢！"

不知是谁喊出了礼贤中学所有篮球迷的心声。

当愤怒的球迷在一声声恨铁不成钢的叹息中渐渐散去，范文勋这才拖着疲惫的身躯返回教室取书包。

"范胖子，你放水了，我要告诉老师！"被公认为班里最好多管闲事并时刻准备着打小报告的女生姜鑫，从阴暗的角落里跳出身来。

"没有，没有，我们这是在隐藏实力。"

"隐藏实力？我怎么感觉你们就是这么个水平呢。"

"你又不懂篮球，这叫战术。"

"范胖子，中学生校运会后天就开幕了，首场对战就是育仁中学，你们这么个水平有把握将他们打得落花流水么？"

范文勋的脸上闪过一丝完全没有把握的神情，然后他拍着胸脯做保证："你放心好了，我们会像今天热身赛上对手痛击我们一样，狠狠地痛击他们的！"

"哦，好，但愿吧。反正咱们班的情况你也清楚，文化课的成绩已经很烂了，班里每次考试的平均分都在年级垫底。现在，班主任唯一的寄托就是在你们体育生身上。你们可要好好努力，在市里的校运会上，为学校争光也为班级争光。喂，喂，范胖子，你有没有认真听，别总是心不在焉！"

"知道了，姜大美女，没别的事我可要回家了，刚打完篮球很累的。"说着，范文勋将书包从桌洞里抽出。

姜鑫突然冲到前面伸手拦住去路："范胖子，我还有最后一句话要叮嘱你，今年运动会的篮球赛好好打，如果成绩好的话，班主任会把你以体育特长生的方式重点推荐给学校，到时中考是要加分的哦！"

范文勋愣了一下，他看着眼前的姜鑫就如同看到班主任的光辉形象灵魂附体，他听着姜鑫的叮嘱，就如同在聆听班主任的谆谆教诲循循善诱。

"班主任……真这么想？"

"呃，我猜她一定会这么想的。"姜鑫有虚张声势的勇气，却没有假传圣旨的胆量。

"你猜？呵呵，那管什么用！"

范文勋哼了一声，抡起书包背在背上，抬腿欲走。结果，他抡书包用力过大，一张精致的信封从书包里被甩飞出来。

姜鑫施展出好管闲事者的眼疾手快，赶紧蹲下将信封从地上拾起。

"你书包里怎么会有封信？很像是女生写来的，是情书？一定是情书！好，范胖子，你居然敢早恋！我要报告老师！"

待范文勋反应过来，原本疲惫的脸上登时现出惊恐不安的表情！

"啊！你别看！不是情书！"

在范文勋惊恐声中，姜鑫像一个夺取情报的间谍特务，以迅雷不及掩耳之势将密封的信封撕开。

"真不是情书！快还给我！"范文勋冲上前去，伸手反夺。

姜鑫仗着身材娇小，腾挪转移的同时，迅速从信封里抽出信纸，然后在奔跑中快速阅读。

"死胖子，别以为你变了模样我就认不出你。四年前，在上海路小学篮球场上发生的事情，我没忘，相信你也没有忘。如果，你不想当年的事故重演，后天的比赛，你知道该怎么做吧……"

姜鑫读着读着，突然读不下去了，因为她知道她手里拿着的不是情书，而是一封恐吓信！

"范胖子，有人恐吓你？"

范文勋一把夺回姜鑫手中的信："别胡说，只是别人的恶作剧！"

"怎么看也不像是恶作剧！是谁在恐吓你？育仁中学的队员么？对，一定是他们！"

"别胡思乱想，没有的事！"

"你居然不承认，还想遮掩？你是不是屈服了？我明白了，怪不得今天热身赛打得这么差，原来你是在故意放水，为校运会上输掉比赛做准备！”

“拜托，我那叫隐藏实力，是战术好不好！”

“别装了，范胖子，你身为篮球队长带头放水，你辜负了班主任对你的栽培，你辜负了同学们对你的信任，我，我，我要报告老师！”

“哼，行，你想告就告吧，无中生有搬弄是非，等后天我们赢了比赛，看班主任怎么惩罚你。造谣生事？扰乱人心？哈哈，有本事你就去告。”

“可恶，你，你，你不用得意，我会找班长汇报这件事的，你快把信纸交出来！”姜鑫咬牙切齿地再次扑了上去。

🔍 杀人预告的前奏

众所周知，礼贤中学位于旧城区的一个小土丘上，整座学校依傍山坡，当然这里也包括了操场。

最初，学校是想发扬光大足球运动，将整个操场修建成足球场。结果，足球场是沿着山坡而建，与生俱来的坡度与万有引力的完美结合，使得足球不用踢自己就可以在球场上翻滚，而且越滚越快，有时候球员们还追不上它。

所以，在礼贤中学的足球场上，你看到的其实不是同学们在踢球，而是在围追堵截地跟着足球跑。

后来，校方意识到了发展足球运动的不适宜性，于是一狠心将足球场改建成了几个篮球场，这才有了现在兴起的校篮球队。

此时此刻，身为队长的范文勋正带领着篮球队员们，为了明天的比赛在篮球场上加紧训练。一个个橘红色的篮球被从队员们手中抛出，但却像是受到了魔鬼的诅咒，在天空划出靓丽的弧线之后，直接飞出场外。即便是传统意义上的三步上篮，也是罕有球能入框。

像这种惨不忍睹的训练过程，足以让人打消任何对明天比赛能取得佳绩的憧憬。

"小妹妹，你确定，以你们校篮球队的水平还要参加明天市里组织的中学生运动会么？我觉着还是弃权比较好，起码能维护学校的声誉。"坐在看台上的狄元芳，一边喝着手中的碳酸饮料，一边诚恳地提出自己的建议。

"大叔，为什么要弃权啊？我们还要和育仁中学决一死战呢！"被大叔称为小妹妹的女生，正是礼贤中学初二（1）班的班长罗小梅。

"小妹妹，虽然我不懂篮球，但我还是表示怀疑。以你们学校的这种水平，按理说在小组赛里就会惨遭淘汰，应该遇不到你说的那育仁中学。"

罗小梅则表现出了国足的乐观主义精神："这个你放心，育仁中学和我们分在同一小组，而且是小组赛的第一场。像这种生死大决杀提前上演，我们所有喜爱篮球运动的姐妹们早就期盼已久了。要知道，他们育仁可是我们礼贤中学多年来的劲敌，所以今年一定要打败他们！"

"哦，小妹妹，你们今年校篮队的实力似乎是史上最差，听说昨天的热身赛，还被一个路人球队灌了个13∶63。"

提起昨天如噩梦般的回忆，罗小梅略大但不失秀美的脸盘上现出了深深的哀痛和悲伤："大叔，这届校篮队的实力确实很叫人失望。但是——"说到这儿，罗小梅语气停顿，话锋一转，与此同时，脸上的忧伤一扫而尽，变换出了阳光般灿烂的笑容，"但是，这一届育仁中学的实力也不容乐观，据说他们中锋在无人防守的情形下三步上篮的命中率仅33.3%。"

"哦，要是这样的话，你们学校的胜面还是比较大。"狄元芳一仰而尽杯子里的饮料，然后意味深长地做出了一个相对准确的判断。

"不能这么乐观，还是存在很大变数的，现在唯一担心的就是我们篮球队长比赛放水！"

"这么烂的技术还用放水么？"狄元芳深深感觉到孩子世界的不可思议。

罗小梅遥指活跃在球场上的中锋，像介绍嫌疑人一样说道："看到那个胖子了么，他就是篮球队长，我们班的同学范文勋。"

　　"哦，哦，我看他几次投篮虽然都没有命中，但应该是真实实力，不像故意放水啊！"

　　"大叔，那是因为你还不了解内情。"说着，罗小梅神秘兮兮地从口袋里掏出一张信纸递了过去，"这是昨天，我们班姜鑫无意中从范胖子的书包里发现的，后来经过反复抢夺才交到我的手中！"

　　狄元芳打开一看，立刻被上面的文字吸引住了。

　　"死胖子，别以为你变了模样我就认不出你。四年前，在上海路小学篮球场上发生的事情，我没忘，相信你也没有忘。如果，你不想当年的事故重演，后天的比赛，你知道该怎么做吧！"

　　"小妹妹，这，这是恐吓信啊！"

　　"不，大叔，恐吓信这个名词太低俗了，站在准理小说的技术角度来分析，这分明就是杀人预告！"

　　"杀人预告？还没到这种程度吧，充其量只是恐吓信啊！"

　　"大叔，你这么想，只要我们几个球迷紧紧盯死范胖子，阻止他在比赛中放水，强迫他赢下比赛，就完全可以把恐吓信升级到杀人预告的程度，你说对不对呢？"

　　"哦，这么理解也对。"

　　"所以这封恐吓信完全可以看作是杀人预告的前奏！"

　　"小妹妹，你邀请我观看明天运动会上的篮球赛，不会是想让我调查你这起所谓的杀人预告的前奏吧？"

　　"大叔，事关我们礼贤中学的名誉啊！何况我们班文化课成绩已经很烂了，班主任只能指着体育成绩争夺'先进个人'了。"

　　"我觉着，这种事情应该先找警方处理吧？虽然他们在聪明机智上远不如我这个侦探，工作能力也稍欠火候，但是至少会起到一些威慑作用！"

　　"大叔，我们这些当学生的，怎么可以不经过老师直接联系警察呢？再说，我们还只是孩子，警察也不会相信我们说的话！"

"哦，说得也对，那你们告诉老师了么？"

"姜鑫本来是打算报告老师来邀功，但后来她害怕万一只是恶作剧，到时虚惊一场反而受到老师责骂！"

"所以她把这件事告诉你了？"

"嗯，毕竟我是班长嘛。"

"可是，这样一来，如果出了问题，责任就要你来担啊，小妹妹。"

"所以我才会找大叔你来帮忙啊。"

"唉，小妹妹，不是大叔不想帮你，主要是上次案件，我和你们班主任闹得有些不愉快，如果这次我再来你们学校查案，恐怕她会报警抓我的哦！"

"大叔，你放心吧，这次不来我们学校查案，是去运动会。"

"运动会？体育场？"

"嗯，而且运动会那天，我们班主任不会去的！"

"你们班主任为什么不会去啊？"

"哎呀，大叔你好讨厌，这都要问。她来例假了呗，请了假，哎，大人好麻烦。"

"我靠，小妹妹，你们老师这种事你都知道。"

"我是班长啊，班主任的心腹亲信呢！"说到这，罗小梅瞅了狄元芳一眼，问道，"那么，大叔，话说回来，眼下这封恐吓信，你觉得真是杀人预告呢，还是只是一场恶作剧？"

排除了外界压力的侦探大叔，开始陷入沉思。过了许久，他才抬起头来，缓缓说道："小妹妹，你忘了么，我是名侦探，在名侦探的守则里，是不允许把恐吓信简单归为恶作剧而置之不理的。何况……"

"何况什么，大叔？"

成立事务所多年但只侦破了一起案件却一直自诩为名侦探的狄元芳脸色突然凝重起来，他盯着那张信纸，上面的字歪歪扭扭仿佛一条条蚯蚓在蠕动。

然后，他深沉地往下说道："何况，写信者刻意掩盖自己的笔迹，信里内容又煞有其事地提到四年前，这明显是在暗示动机！哼哼，像这么一封词语通顺、内容丰满、条理清晰的恐吓信，绝对不可能仅仅是恶作剧这么简单。"

"哇哇哇，大叔，这么一来，只要我们违逆恐吓者的意思，毫不留情地将对方激怒，那么它肯定会演变成一起杀人预告，对不对啊？"

"如果非要这么做的话，是很有这种可能的！"

"哇噻！大叔，我们将要面对的真的是推理小说里最高智商最烧脑筋的杀人预告犯罪啦？太期待啦！嗯嗯，大叔，让我们一起毫不留情地激怒恐吓者吧，然后在他伸出罪恶之手的一刹那，将他绳之以法！"

"小妹妹，你知道名侦探最大的耻辱是什么吗？"狄元芳深沉地问。

"长得丑？名字还那么难听？"罗小梅仰着脸，天真地反问。

"唉，身为名侦探，最大的耻辱是收到了杀人预告，却没能阻止杀人，还让凶手给跑了！"

罗小梅惊讶地双手捂嘴："这太悲惨了吧！"

"所以，在我辉煌的职业生涯里绝对不允许这么屈辱的事情发生！"狄元芳笃定地自己跟自己发誓。

四年前打架事件

"大叔，你把我带到这里来，是想让我和你一起查案，对不对？"说这句话的时候，罗小梅正站在上海路小学校门前的台阶上。

"不错，那封信上提到了上海路小学，这很可能是你们班范文勋遭到恐吓的动机。如果查清楚四年前在这所小学的篮球场上发生了什么事，或许就能锁定恐吓者的身份。到时咱们只要守株待兔盯死了嫌疑人，等到他明天篮球赛上出手行凶时……"

罗小梅兴奋地打断道："咱们就如神兵天降，突然出现在嫌疑人面前，将他人赃并获、绳之以法。"

"小妹妹，预告杀人里好像没有人赃并获这一说法吧？又不是偷东西。"

"哎呀，大叔，反正就是那个意思啦。噢，对了，我想起一件很重要的事。"

"什么事？"

"四年前，嫌疑人也就是小学四五年级学生的年龄，这样一来，他很可能是上海路小学的学生。"

"嗯，确实有这种可能。"

"大叔，你知道小学升初中的升学规则么？"

"啊，不是九年义务教育么，小学升初中还有什么规则？"

"当然有啦，大叔，我们礼贤中学是重点中学，不是什么样的学生都能进来就读的。通常小学毕业考试年级前十名的学生，才会被礼贤中学录取。至于其他学生，则是按区域划分，进入附近的初中上学。好像上海路小学对应的初中正是育仁中学！"

"小妹妹，这样一来就全都对上了。为了篮球比赛发出恐吓信的只有可能是你们礼贤中学的劲敌——育仁中学。而恐吓者一定是上海路小学毕业。话说回来，现在的初中生四年前也只是些四五年级的小学生。就恐吓信内容来看，感觉你们班的范文勋好像做了见不得人的事被人抓住了把柄，但是一帮四五年级的小学生又能发生什么事啊？"

"大叔，那是因为你不了解我们班的范文勋，他就是一个卑鄙无耻让人讨厌的坏胖子。殴打男生欺负女生，旷课逃学抄袭作业，还有什么坏事他干不出来？"

说到这儿，罗小梅已经忘了原本的意图，代表正义的脸上现出了敌我不分的愤怒。她斗志昂然道："大叔，来，让我们一起来揭露范胖子的罪恶，看看他当初到底做了什么勾当，才会遭人恐吓威胁，然后不顾班级体荣誉妄图在篮球赛上放水！"

"呃，小妹妹，不是我打击你情绪，四年前的事情，又是小学生间的打闹，恐怕是很难打探出消息的。"

"大叔，不要这么说嘛，总要试试的，只要有一点儿线索就不能放过。咦，那边走过来一位阿姨，我问问她，看看会不会有什么收获。"

"唉，小妹妹，那一看就是接孩子放学的家长，你问她是不会有用的，你应该问问学校的老师。"

可惜，说话间，罗小梅已奔跑过去。

"阿姨，您好，关于这所小学，有件事想跟您打听一下。"

"你不要问我啊，我只是一个接孩子放学的家长，什么都不知道。"

"拜托啦，阿姨，您先听我问完，是发生在校内篮球场上的一件事。"

"事关校内篮球场？那我更不知道，我一直在校门外接孩子，就没进过校园一步，所以你问我也没用，还是去问别人吧。'

"是这样啊？好吧，阿姨，谢谢您。唉，可是，四年前发生在篮球场上的事情应该问谁才可能知道呢？"

"等等，小妹妹，你说什么？四年前篮球场上的那件事？难道你是问那几个小学生打架的事情？"

"啊！阿姨，您知道那件事？"

"呃，我也是凑巧接孩子的时候看到的，当时看到两个小学生满身淤泥地从校园里跑出来，其中有个小胖子跑得最卖力，跟着校园里就传出了救命的哭喊声！"

听到这儿，狄元芳也忍不住凑上前来。

"啊！那个小胖子肯定是范文勋，他绝对是干了坏事，阿姨，您知道当时发生什么事了么？"

"这我就真不知道了，你还是去问别人吧！啊，我孩子放学了，不和你说了。"说着，阿姨领着放学的孩子转身离去。

罗小梅望着家长远去的身影，叹息道："可惜啊，大叔，她要是知道发生了什么就好了。"

狄元芳哼笑道:"小妹妹,我刚才告诉过你,问这些家长是问不出什么来的,你还偏要去问。身为名侦探,是不可能把宝贵的时间浪费在这些无用的询问上的,你好好学着点吧。"

结果,狄元芳话音刚落,那个原本领着孩子离开的阿姨忽然转过身来。非但转过身来,她脸上还挂着我什么都知道的神秘表情,牵着孩子小跑着奔了过来。

"小妹妹,真是太凑巧了,虽然我什么都不知道,但是我儿子好像知道些什么,让他讲给你们听吧。"

"弟弟,四年前,在这座小学的篮球场上到底发了什么?"

"姐姐,那天下午来了两个外校的学生,一个胖哥哥,一个瘦哥哥。那个瘦哥哥可高了,至少要有一米六呢!"

罗小梅忍不住笑道:"男生一米六还高?我都一米六三呢!"

"姐姐,那是四年前,当时是小学生,也就小学四五年级。我们男孩子小学一米六算高的呢。"

"好吧,好吧,弟弟,他俩来你们学校做什么?"

"嗯,他俩跑我们学校是来挑战打篮球的。当时,正好有两个高年级男生在操场上瞎逛,于是就接受挑战了。唉,姐姐,要是那会儿操场上还有其他同学的话,即便是个女生出来应战,也许就赢了呢。"

"弟弟,他们打得很烂么?"

"嗯,总之各种犯规投不进,正是因为他们双方打得都很烂,而彼此又都不肯承认自己烂,反倒指责对方犯规,才导致最后打球升级成打架。"

"他们是为什么打起来的啊?"

"好像是外校的那个胖哥哥三步上篮得分后,我们学校的学生指责他说是走步犯规。你想啊,像这种结合了篮球技术和数学运算的犯规行为本来就很难澄清,所以胖哥哥死活不承认。双方争执越来越大,最后胖哥哥一怒之下捞起地上的一块砖头拍到那名说他犯规的学生的脑袋上。"

罗小梅听到这里,忍不住点头:"这是范文勋的作风,那个打人的胖哥哥就是范文勋没错！"

狄元芳催问下场："后来呢？后来那个被打的学生怎么样了？"

"据说那学生本来就不聪明，成绩也不好，挨了一砖头之后引发了脑震荡，智商变得很不稳定，跟班就读是不可能了，休学治疗，好像一直也没恢复。"

罗小梅又问："弟弟，那个打人的胖哥哥抓到了么？"

"听我们高年级的学生说，后来只找到外校的那个又高又瘦的哥哥，没找到那个打人的胖哥哥。据瘦哥哥交待，那个胖哥哥是他在游戏室认识的，那天一时兴起，结伴去上海路小学打篮球。发生打人事件之后，胖哥哥再也没去过游戏室，也没有人见过他！"

说到这儿，弟弟叹了口气，接着道："那个瘦哥哥可倒霉了，是胖哥哥打伤的学生，因为找不到胖哥哥了，所以最后责任是瘦哥哥承担的，好像支付了所有的医药费，还被留级一年。其实，根本就不关瘦哥哥的事，胖哥哥打人的时候，我因为上课说话，正在走廊上罚站呢。我亲眼看见瘦哥哥还上前去拉架呢，结果反倒背了这么一顶大黑锅！"

听到这里，狄元芳和罗小梅互望了一眼，彼此互相点头。

"小妹妹，看来这就是事情的动机了，四年前打了人的范文勋逃避责任连累别人顶罪。而顶罪的人很可能就是育仁中学篮球队的队员，他认出了范文勋，然后写恐吓信威胁他比赛放水。"

"不错，大叔，这么复杂的恩怨情仇终于被咱俩通过严谨的推理分析清楚了！"

"小妹妹，现在只要知道替范文勋顶罪的那个男生的名字，咱们就可以在明天的比赛上守株待兔将他绳之以法！"

"你说得没错，大叔！"罗小梅脸上现出欣喜的表情，继而转头问道，"弟弟，你知道那个瘦哥哥的名字么？"

"我不知道啊。"

"那你后来又见过他么？"

"他又不是我们学校的，怎么会再见呢。不过，嗯，有一次放学，在街上，我见到一个人，很凑巧，长得非常像他，但肯定不是一个人啦！"

"弟弟，你为什么这么肯定啊？"

"哈哈，那个哥哥又高又瘦，我见到的这个人比他矮一些，怎么可能是呢？只是脸形相似而已啦。"

罗小梅不放过任何一种可能性，追问道："也许他们是亲戚也说不定，弟弟，你知道那个人住哪儿么？"

"大街上擦肩而过，一个路人，我怎么可能知道他的住址！"

"好吧，弟弟，谢谢你啊，告诉了我这么多重要的事情。"

恋恋不舍地惜别了积极提供线索的母子二人之后，罗小梅展现出了从未有过的激情斗志："大叔，下面该询问谁了？对了，该问学校老师了，他们一定知道顶罪学生的姓名。"

"呃，小妹妹，其实就算咱们去问老师，老师也不会告诉咱们的。"

"为什么啊？"

"因为咱们不是警察。"

"可你是侦探啊！"

"咳咳，现在试营业期间，营业执照还没下来。"

"喂，大叔，你怎么还没拿到牌照啊！已经查到这么重要的线索，难道就这么中止调查么？"

"其实啊，小妹妹，对于名侦探来说，这些线索已经足够破案了。替范文勋顶罪的那个男生又高又瘦，所以，只要明天篮球赛上，把育仁中学篮球队里那些又高又瘦的队员筛选出来，盯死他们，就一定会发现罪犯的端倪的。"

"可是，大叔，打篮球的，基本上不都是又高又瘦么，你有把握阻止犯罪发生么？"

狄元芳微微一笑，目视远方，他深邃的眸子里现出坚定的眼神，然后，他缓缓说道："放心吧，小妹妹，名侦探是从来不会说大话的。而你要做的，就是不停地给范文勋鼓励助威，让他专心致志地备战明天的比赛，不要有任何放水的念头！"

"我明白了，大叔，只有这样才能刺激嫌疑人出手犯罪！"

"哼哼，到时候就该我名侦探闪亮登场了，哈哈哈哈——！"

🔍又一封恐吓信？

随着裁判的一声哨响，中学生校运会史上最烂的两支球队在万众期待下狭路相逢。

由于礼贤中学篮球队整体实力本来就弱，在队友技术也很烂的前提下，是很难分辨队长范文勋有没有在故意放水的。同样，作为对手的育仁中学，他们中锋连续几次三步上篮都将球带出了界，反倒为到底是谁在打假球这个争论蒙上了一层不可预料的悬疑色彩。

时间无情地流逝，两支弱旅在喧闹的篮球场上擦出激烈的火花。原本礼贤中学的啦啦队员们在班长罗小梅的带领下还能非常卖力地呐喊助威，但是随着球队一次又一次致命的失误，满怀期望的呐喊助威渐渐湮灭在绝望的咒骂声中。

然而令人欣喜的是，在礼贤中学篮球队失误频出的同时，育仁中学的篮球队也不甘示强争先恐后地犯着错，两支球队的得分相互咬合着交替上升，共同将比赛氛围推向白热化。

最后，在哨声响起的一刹那，对方中锋以一记精彩的四步上篮给第二小节比赛画上了一个圆满的省略号。

校运会的篮球赛采用了国际上通用的四小节制，即在第二小节与第三小节之间会有十五分钟的中场休息。

在前两小节的殊死搏杀之后，礼贤中学与育仁中学的比分定格在17：17上。

"大叔，范胖子明明是在放水，可是对方似乎打得也很差，尤其是那个中锋好几次三步上篮三不沾，他是在故意掩护范文勋打假球么！"

罗小梅望着正在退场的球员，愤怒地抱怨。

化装成球场工作人员的狄元芳则站在另一个角度发表看法："小妹妹，我觉着他打得差并不能代表是在放水，这也许是他真实水平的体现。双方比分还没有被拉开，相互咬得很紧，范文勋现在一定正进行着激烈的思想斗争，一边是班级荣誉，另一边则是个人声誉，他难以抉择反复纠结。所以哦，小妹妹，你更要坚定范文勋的立场，让他义无反顾地投入到比赛，拼尽全力战胜对手！"

"我明白了，大叔，用尽一切办法激怒嫌疑人呗，我这就去给他打气。"

"嗯嗯，我站在这里盯死对方球员的一举一动！"

在狄元芳的注视下，范文勋正在场外与自己的队友交流，与其说是交流其实更像是在互相埋怨推责。而育仁中学那边也好不到哪里去，他们的中锋连续几次低级失误已经引起众怒，遭到全队的指责。终于，那名中锋抵挡不住围骂，愤而离场，向后台的更衣室走去。

狄元芳警觉得很，赶紧往礼贤中学院的阵容望去，只见范文勋不知何时也已离场。

"不好，要出事了！"狄元芳下意识感觉到嫌疑人终于要动手了，他兴奋不已的同时，赶紧离开看台，也往后台跑去。

跑的过程中，他碰到了罗小梅。

"咦，大叔，你不是在看台上盯人么，怎么能擅离职守啊！"

"对方中锋去后台了，范文勋也不见了，我怀疑嫌疑人是要动手了！"

"范胖子不见了？刚才看他还在场外啊。啊！真不见了，他去哪儿了呢？"

"小妹妹，你在场上继续找范文勋，我去后台跟着那个中锋，咱们分头行动，刻不容缓！"

"好的！大叔！"看着名侦探大叔远去的身影，罗小梅也不敢有丝毫懈怠，积极地开始找人。

"刘月，看到范胖子了么？"

"没有！"

"邵斌，见着范胖子了么？"

"没见着！"

"姜鑫，知不知道范胖子在哪儿？"

"啊，班长，这里有你一封信！"

"咦？我的信？怎么寄到这里来了？"

"嘻嘻，是二班赵齐兵让我捎给你的！"

"谁？赵齐兵？给我写信？写的什么啊？"

姜鑫晃了晃手中未开封的信封，笑嘻嘻地说："班长，不会是情书吧！"

罗小梅羞红的脸上顿时现出前所未见的一本正经："开什么玩笑，我是班长，怎么可能带头早恋啊！"

"哈哈哈哈，你刚才脸红了，看来我说对了。哈哈哈哈，我终于抓住班长早恋的证据了，我要报告老师！"

"别胡说，都不知道信里写的什么，就算是情书，那也是他一厢情愿，和我无关。"

"难说哦！撕开瞅瞅就知道啦！"说着，一脸坏笑的姜鑫伸手去撕信封。

"等等！"罗小梅突然喊停。

"哼，班长，你是不是心虚了？"

面对质问，罗小梅脸上现出了代表智慧的神情。然后她以班长之淫威大声喝道："姜鑫，我问你，前天，你从范胖子书包里发现那封恐吓信，当时的情形是不是和现在一样？"

"班，班长，你表情好吓人，你说什么情形一样，我，我不明白。"

"你是不是也像威胁我一样，威胁范胖子，质问是不是情书！"

"是，是，这不是我的意思，是，是班主任的意思，她让我抓班里早恋。

呜哇，班长，你不要带着同学孤立我啊！不关我的事！"姜鑫突然哽咽起来。

"你不要哭，我不是问你这个。"

"那你想问什么？"

"你质问范胖子情书的时候，他是怎么回答你的？"

"他，他，他一口回绝，坚决不承认是情书！"

"后来呢？"

"后来？后来，我撕开信封一看，果真不是情书！"

"对，我就要听这个！"

"听哪个？"

"听你刚才那句话！"

"我撕开信封一看，果真不是情书！"

"啪"的一声，罗小梅对拍双手，凝重的脸上现出如沐春光般的灿烂。她兴奋地叫道："我明白是怎么回事了！"

跟着，罗小梅像是想起了什么，惊呼道："坏了！"

姜鑫一头雾水，莫名其妙地问："怎么了？班长？"

罗小梅灿烂的脸上已然蒙上一层阴影，她像是在喃喃自语："这将是名侦探大叔职业生涯上最大的耻辱，我绝对不能让它发生！"

说着，身为班长的她头也不回，挤开人群，径直往后台跑去。

姜鑫愣了半晌才反应过来，挥舞着手中的信，对着罗小梅的背影遥呼："班长，你的信，二班赵齐兵送来的，怎么办啊？"

"我不知道里面写的什么，你打开替我看一下吧。"

"班长，你跑得那么慌张，出什么大事了么？"姜鑫心生疑惑，暗自嘀咕，她忽然像是明白了什么，惊恐地将手里的信丢掉。

"这，这，这里面装的不会还是恐吓信吧！"

🔍犯罪进行时

尾随跟踪对于名侦探来说，可是极具讲究的职业技能。跟得太近容易打草惊蛇，距离太远则容易放虎归山，所以间隔一百米无疑是最好的距离。

当狄元芳把握这个尺度，以若即若离之势相随其后的时候，当对方拐过走廊的某处拐角而自己尚未跟进之际，在这一瞬间一刹那，忽然寂静的走廊里传出一声惨呼，接着是人快速离开的脚步声。

狄元芳愣了一下，随即明白嫌疑人已然出手而范文勋危在旦夕，想到这里，他身上充满了力量，他知道现在是身为名侦探的他闪亮登场的时刻了。

一念至此，不及多想，狄元芳以迅雷不及掩耳之势冲到拐角处，他开始朗声背诵准备已久的台词："骚年，快停下你罪恶的双手，在正义的审判降临之前，忏悔吧！我就是……咦？"

狄元芳背到一半的时候突然背不下去了，因为走廊上空无一人。

"奇怪，刚才明明听到惨叫，还有脚步声啊！"

狄元芳回视四周，忽然，他发现了地板上残留的血迹，一滴一滴往前延伸。

"难道还未等自己出场，罪犯就已经得手了？"

狄元芳大吃一惊又立刻镇定下来，他屏住呼吸沿着血滴前行。大约也就走了五六步，他被地上的血迹引到了一个房间的门前。

狄元芳谨慎地抬头，看到房门牌上赫然写着男更衣室四个大字，跟着他发现房门是虚掩着的，里面似乎传出挣扎的声音。

"犯罪还在进行！"

狄元芳欣喜若狂的同时，飞起一脚踹开本来就没有上锁的房门，冲进了更衣室。

果然，如他所愿，只见更衣室的角落里，范文勋被人掐着脖子逼到墙根，而行凶者不是别人，正是育仁中学篮球队的中锋队员。

此时，范文勋已经被掐住咽喉，憋得满脸通红气若游丝，眼见下一刻就是双眼翻白撒手人寰的节奏。

在这千钧一发之际，狄元芳大声喝道："住手！"跟着他抓紧时间开始背台词，"骚年，快停下你罪恶的双手，在正义的审判降临之前，忏悔吧！我就是……"

说到这儿，狄元芳又刻意顿了一下，他清了清嗓子，力求后面的自我介绍吐字清晰且有力度："我就是令犯罪分子闻风丧胆的罪恶克星，名侦探狄元芳！"

显然这段代表正义的开场白非但没有使行凶者闻风丧胆，反而刺激他更加丧心病狂地狠掐范文勋的脖子。

"你，你，你要是不敢……不敢救……救我，就……就去走廊上，喊……喊别人来救……"

"啊！你这胖小子，竟然看不起我！"狄元芳顿时火冒三丈，趁行凶者无暇分顾，直接开启了偷袭模式，上来一拳将行凶者打倒在地！

行凶者吃痛惨叫，再爬起来时，顺手从地上拾起了一样凶器。

是箭！

箭？

不错，是箭，不是剑。

这是运动会上射箭比赛中使用的箭支，箭尖虽然被磨圆，但上面滴着的鲜血仍让人不寒而栗。

行凶者手持长箭，准备拼死一搏。

狄元芳和范文勋亦不甘示弱，先是范文勋背贴墙根作负隅顽抗状，而狄元芳则伺机绕后以图前后夹击。

行凶者聪慧，识破这是语文课本里，"一狼假寐一狼洞其中"的阴谋诡计，当即大叫着向狄元芳反扑。

狄元芳吃惊之余伸手夺箭，范文勋上前协助，打得难分难解纠缠不休之际，行凶者不知中了什么招式，仿佛受了内伤，呼吸越发急促，手上劲力也渐渐消去。

狄元芳没有点到为止的胸怀，他瞅准时机，夺下长箭，飞起一脚。行凶者"啊"的一声闷呼，身子后仰，一头撞到墙上，然后萎靡倒地，再也爬不起来。

　　虽然占据了二打一的优势，狄元芳依然累得气喘吁吁，他倚靠在墙壁上一边稍息一边默念 10 个数。待数到 10 后，还不见行凶者站起身来，这才象征胜利似的自己跟自己击掌。

　　"嘿，大叔，你是谁啊？"范文勋刚刚死里逃生，反应过来问道。

　　"我，哈哈哈哈，你不用太感谢我的救命之恩，我是按标准收费的。"

　　"按标准收费？你是干什么的啊？"

　　"我？哼哼，我就是名侦探狄元芳！"

　　"名侦探？对对，我想起来了，你刚才好像自我介绍过。可是，你为什么会出现在这里呢？"

　　"因为有人委托我保护你。"

　　"为什么要保护我啊？难道你们已经意识到有人要来谋杀我么？"

　　"哈哈，骚年，你太年轻太单纯了，把那封恐吓信当成恶作剧了，对不对？"

　　"恐吓信？我真是把它当作恶作剧来对待的啊！"

　　"哼哼，骚年，如果仅仅是恶作剧，对方会来谋害你么？"

　　范文勋若有所思地点头："嗯，也是，想不到对方这么狠毒。咦，大叔，你看他躺在地上一动不动，不会是死了吧？"

　　"不能吧，我只是轻轻踹了他一脚，怎么可能死掉，肯定是晕过去了。"

　　范文勋将信将疑，慢慢靠近，摇了摇对方身体，见没有反应，又去试他鼻息，然后忽然惊呼道："大叔，他没呼吸了！"

　　"不可能！"狄元芳三步并作两步走上前也去试鼻息，"就踹了一脚，怎么可能踹死人呢？咦？啊？哇！真没呼吸了！难，难道是死了？不，不能吧！"

　　范文勋脸上现出了惊恐的神色，他吓得连连后退，说道："大叔，这可不关我的事啊！是你踹死的！"

"喂喂，骚年，你怎么能这么说话啊！我可是为了救你，是见义勇为啊！"

"大叔，见义勇为没让你打死人啊，你这是典型的防卫过当，情节严重是要坐牢的！"

"防卫过当？坐牢？少，少年，等警察来了，你可千万别这么说啊！我觉着咱，咱俩还是先对对台词吧！"

结果，狄元芳话音刚落，外面便传来了刺耳的警笛声，然后，似乎是警车由远及近疾驰而来！

"怎么，怎么这么快警察就来了？"

正疑惑间，大约也就是三四分钟之后，四名身穿制服的警员以迅猛矫健的身姿冲进男更衣室，跟着是代表正义的嗓音大声喝止："警察办案，全都不许动！"

狄元芳看到熟悉的身影，听到熟悉的声音，整个人如从噩梦中惊醒一样，转身催问范文勋："骚年，这运动场隶属于哪个区？李沧？四方？市北？还是……"

他话音未落，门外已有人响亮地回答："市南刑警大队办案，闲杂人员请勿靠近案发现场！"

说话间，只见一个高大威武的身影，踢着正步昂首挺胸地走了进来。

来者不是别人，正是市南刑警大队的队长薛飞薛警官！

⌕凶器是一支箭？！

日理万机兼贵人多忘事的薛警官看着狄元芳似曾相识的脸，不停地拍打自己的额头，仿佛在呼唤沉睡已久的记忆。

"咦？咦？咦？你，你，你好像在哪儿见过？"

"呃，警官大人，我是上次那个被你误当成凶手的私家侦探。"

薛警官使劲对拍双手，以示自己恍然大悟豁然开朗。

"对，对，对，你就是那个讨人厌的侦探！在推理小说里，总是和我们警察抢风头的可恶角色，在现实中终于又一次让我逮着你了。哈哈哈哈，这次我不会给你破案的机会！小吴、小铁、小崔、小冷。"

被喊名的四大警员一起答到。

"把他给我赶走，赶得越远越好，不准给他开口推理的机会！"

"报告警官，还不能赶他走。"

"为什么啊，小冷？"薛警官警惕地问。

"因为死者被害时，他就在凶案现场，他是犯罪嫌疑人。"

"什么，又是犯罪嫌疑人？哈哈哈哈，这次我一定不会再让你逃脱法律的制裁！"

"警官大人，听我说，我是冤枉的，我只是轻轻地踹了他一脚，怎么可能把他踹死！"

"你踹他了？你承认你踹他了？哈哈，这就好办多了！谁说踹人踹不死的？像死者这种十四五岁的未成年人，身体还没发育完全，怎么可能经得住你这一脚呢？要我说啊，肯定是被你踹成内伤，五脏六腑破裂致死！"

"啊？"狄元芳闻此噩耗如遭五雷轰顶，几乎瘫坐在地。

也就在这一刻，忽然有法医来报，说经过初步检验，死者不是死于内伤，而是外伤。因为死者后背有明显伤口，并且找到疑似凶器。

薛警官大失所望的同时，狄元芳却长吁了口气。

薛警官追问道："是什么凶器？"

法医回报："是一支箭。"

"好，查指纹，上面很有可能会残留凶手的指纹！"

薛警官话音刚落，便听狄元芳啊的又一声惨呼，整个人差点又昏厥过去。

"警官大人，我有重要线索提供！"

薛警官戒备地瞪着狄元芳，冷冷道："哼，你既然非要提供线索，那就说吧，反正我不一定采纳。"

　　"警官大人，其实凶器上可能也许说不定会有我的指纹。"

　　薛警官愣了一下，复问道："你说什么？"

　　"我说上面会有我的指纹。"

　　"哈哈哈哈，你这是在自首，想坦白从宽呗！"

　　"不，不，警官大人，你误会了！"

　　"误会？别狡辩了，你看，是你先承认你踹了死者一脚，跟着又承认杀害死者的凶器上有你的指纹。"

　　"是死者拿着箭杀人在前，我被逼无奈正当防卫，上前夺凶器才留下的指纹。"

　　"哼哼，别闹了，你老大不小了，即便没有四十岁也三十好几，跟一个未成年人正当防卫，还把人家孩子防卫死了，说出来谁信？"

　　"我真没杀他！"

　　"可是凶器上有你的指纹！"

　　"我说了我是正当防卫夺凶器才留下的指纹。"

　　"这个理由不能叫人信服。"

　　"反正我没有用箭捅他，不信，你可以问这位同学。"狄元芳隆重推出了自己最有力的证人。

　　"啊！警察叔叔，当时打斗那么混乱，我什么都没看清！"

　　在案发现场，有时证人和嫌疑人之间的转换是非常微妙的，显然范文勋深知这一点，所以毫不留情地反水了。

　　"你这个死胖子，你怎么可以恩将仇报呢？"

　　"拜托，大叔，你见义勇为舍命救我，这一点我非常感激你。但你防卫过当致人死亡，却是不争的事实，你还是承认了吧！"

　　薛警官哈哈大笑，跳出来仲裁："喂，我说，人证物证俱在，你还有什么好狡辩的。小吴、小铁、小崔、小冷！"

　　"到！"

　　"把他给我拷走！"

　　"等等！"在这紧急关头，狄元芳突然大声喝止，似乎要做最后挣扎！

"警官大人，就算我在搏斗中，不小心用箭尖捅伤死者，但所伤部位是后背，又不是致命伤，现场流血也不多，不至于死人啊！"

"咦，说得也对啊？难道是踹死的？"薛警官若有所思，问题又回到了起点。

就在这时，法医突然再次来报，说死者伤口乌黑，怀疑中毒身亡，凶器是否有毒需拿回警局鉴定后才能下定论。

"什么！凶器怀疑有毒？看来这不是单纯的过失杀人，更不是防卫过当，这是蓄谋已久的谋杀啊！"

薛警官大为吃惊的同时，亦不忘横眉冷对嫌疑人。

狄元芳被盯得簌簌发抖，赶紧解释："凶器有毒？我不知道啊！如果真有毒，也是死者抹上去的！"

"哼哼，你说死者用抹了剧毒的箭攻击你们？"

"是啊！是啊！"

"然后，你们没有被毒箭伤着，他反倒死在了自己的毒箭之下？"

"是啊！是啊！警官大人，这就是自作孽不可活啊！"

薛警官冷笑了两声，忽然大声质问："那么你告诉我，死者伤口为什么不是在前胸而是在后背？"

狄元芳愣了一下，身为名侦探的他隐隐觉察出这个问题至关重要，但又参详不透其中的玄机，遂不敢冒然回答，于是小心翼翼地探问："警官大人，伤口的位置很重要么？"

薛警官义正言辞道："当然，如果真像你说的那样，你是从死者手中抢过凶器反将他误伤，那么死者的伤口应该是在身前。而实际上，死者伤口是在后背，那只有一种可能，他分明是被你偷袭杀死！"

说到这儿，薛警官面色铁青，他已然是包青天附身，拿右手当惊堂木狠拍自己的左手，厉声喝道："你好大的胆子！如今铁证如山，还敢在这里妄言诡辩！"

狄元芳被薛警官气势震慑，一时无从辩解，他病急乱投医，赶紧向范文勋求助："骚年，你快和警察说说，凶手是怎么要杀尔，我又是怎么救的你，我是见义勇为，不是杀人害命啊！"

范文勋见大势已去，赶紧见风使舵彻底叛变："哇哇哇，大叔，我脑子一片混乱，什么都记不清了，你不要总是纠缠我啊！"

"我靠，你这个死胖子！"

"哈哈，你这个可恶的贱侦探还不乖乖束手就擒！来人，把他给我拷起来！"

"等一等！"背腹受敌黔驴技穷的狄元芳决定使出最后的杀手锏。他大喝一声："谁都不要过来！"跟着右手伸进衣服口袋。

众警员被他气势唬住，以为他口袋里藏着枪支弹药火箭炮，意图同归于尽，纷纷下意识后退，一齐劝导："你不要干傻事！冷静！"

于是，现场的气氛陡然紧张起来。然后，在万众瞩目之下，狄元芳从衣服口袋里掏出了一封信。

这是一封恐吓信！

当初，就是因为这封恐吓信，才把狄元芳卷入这起杀人事件中。身为名侦探的他破案不成，反被误当凶手，这种悲惨的事情已经不是第一次发生了。而现在，这封信正是他洗清自己冤屈唯一的救命稻草了。

狄元芳神情肃穆且不乏悲痛，他像宣读圣旨一样，在众人面前认认真真地把信的内容重念了一遍。

当他念完最后一个字的时候，警察们开始窃窃私语。

"这是恐吓信啊？"

"看来是蓄谋已久的啊！"

"因为篮球比赛而恐吓杀人，太不可思议了啊！"

跟着又有警员在旁边小声提醒薛警官："队长，咱们之前接到报警电话，不就是跟恐吓信有关么？"

薛警官一想也是，暂时放下行业之间的恩怨，开始重新审视整个案件："不错，我们是接到匿名报警电话才赶过来的。报警人是个学生，他在电话里声称他们班的篮球队长收到了恐吓信，而且他还发现男更衣室有人打斗，怀疑是恐吓者行凶，所以向我们警方报警。"

狄元芳心想，一定是罗小梅小妹妹报的警。于是赶紧解释："不错，不错。"然后指着死者介绍身份，"他就是恐吓者，他要行凶。"

继而指着范文勋接着道："他就是被恐吓的篮球队长。"

薛警官若有所思，幽幽道："这么说来，你早就知道恐吓信的事情了？"

身为名侦探的狄元芳终于暂时摆脱了罪犯的嫌疑，可以安安静静地在众人面前推理分析案情了。

"薛警官，你有没有认真思考过这样一个问题，难道真有人会为了运动会比赛成绩恐吓杀人甚至投毒么？这又不是为国争光的奥运会，像这种名不见传、跟玩过家家一样的中学生运动会，至于为它杀人么？"

在狄元芳张嘴展开推理的这一刻，一直霸占主角的薛警官不知不觉间已经开始戏份缩水，降为配角了。

"你的意思是，恐吓者真正的目的不是为了赢得篮球比赛，他是另有目的？"

狄元芳故作高深莫测，道："要想知道犯罪分子的目的，就必须先了解他的动机！"

"喂，你是不是已经搞清恐吓者的动机了？"

狄元芳呵呵一笑，脸上现出一切尽在掌握之中的装逼表情，然后淡定地说道："动机就在这封恐吓信里。"

薛警官抢过恐吓信，重新默读了一遍，当即提炼出了文章的中心思想和主旨大意，若有所思道："恐吓信里提到了四年前上海路小学，四年前在那所小学里发生了什么？"

狄元芳嘿嘿冷笑，他知道自己绝地反击的时刻来临了，于是他用手指指向了范文勋。

他指着眼前这个多次陷他于险境的范文勋，大声喝问："范文勋，四年前你犯下的罪恶，时至今日还想再隐瞒下去么？此时此刻，就让我名侦探揭开你丑陋的嘴脸吧！"

证人死了

狄元芳慷慨激昂地将四年前发生在上海路小学篮球场上的那次打人逃逸事件添油加醋地渲染完后，在场的听众无不义愤填膺怒不可遏。

尤其是象征正义的薛警官更是愤愤不平道："太可恶了，居然因为打球犯规将人家学生打成重伤住院休学！"

众警员们亦是愤慨："最可恨的是，打人者跑了，拉架者却受牵连被留级。"

狄元芳叹了口气："没办法，他俩一起来的，找不到那个胖子，只能拿另一个瘦子来问责。"

薛警官心有不甘："那个打人的胖子就真的消失得无影无踪，找不到了么？"

狄元芳佯装出悲痛的神色："他俩虽然结伴来上海路小学打篮球，但都是外校学生，彼此互相不认识！"

听到这里，众人一片唉声叹气。

把握住气氛，名侦探忽然话锋一转，悲痛的脸上也浮现出欢喜的神色，然后听他说道："如果不是这封恐吓信，当年伤人逃罪的胖子恐怕就会永远藏匿起来不为人知。我说的对不对啊，范文勋，范胖子！"

众人闻言大惊，把目光一起投向了范文勋。

"范文勋，范胖子？难道他就是当年那个打人跑了的胖子么？"

"是的，是的，小学时就那么胖，现在上中学了还这么胖，一定是他，错不了！"

范文勋愣了一下，力排众议，辩解道："喂喂，警察叔叔们，你们不会真把我当成四年前打人的胖子了吧？你们误会啦，不是我啊！"

狄元芳厉声喝道："范文勋，身材就是你最好的证据，你还想狡辩什么！"

范文勋不肯示弱，拿着岁月举证："大叔，岁月是把杀猪刀，我小学根本不胖，只是上中学才开始胖起来的，不信，你可以问我的小学同学！"

狄元芳无意在人证上纠缠，进而转战物证："这封恐吓信呢？开头称呼你死胖子，不就是最好的证明！"

范文勋反驳道："那封恐吓信只是恶作剧好不好，再说也不是写给我的！"

狄元芳仰天大笑，随即冷冷道："恐吓信分明就是从你书包里发现的，你说不是写给你的？骚年，铁证如山，你这么狡辩有用吗？"

范文勋叹了口气，无奈地说道："好吧，大叔，像你这种智商我现在说什么也没有用。我只问你一个问题，四年前，在上海路小学篮球场打人的那个胖子，他是哪所小学的？"

狄元芳愣了一下，迟疑道："光听说是外校的，具体哪所小学，我怎么会知道，反正不是上海路小学的。"

"这不就行了，我是上海路小学毕业的！"

"什么？你说什么？"

"我说，我是上海路小学毕业的！"

"你不是胖子么？"

"大叔，我说过多少遍了，我现在是胖子，但小学的时候可不胖啊！"

"那这恐吓信里称呼的死胖子指的是谁？"

范文勋以神逆转的手势指了指倒在地上的死者，幽幽道："他原来很胖的，不知道为什么变得这么瘦，也许是因为当年的事情，他虽然躲过了人们的谴责，但内心的煎熬可能让他这些年并不好受，所以最后就瘦成这样了吧？"

狄元芳怔了半晌没回过神来，他看了看范文勋，又看了看地上的死者，带着不可思议的口吻说道："恐吓信里的死胖子是称呼他的？他才是当年打人的胖子？他变得这么瘦，一身的肥肉都被你借走了？"

说到这儿，名侦探忽然想起了什么，他脸上现出了惊恐的表情："等等，让我好好想想，如果死者是被恐吓者，那么恐吓者是……乱了！乱了！脑子全乱了！"

也就在这一刻，男更衣室外传来了小姑娘的声音："大叔，大叔，你在里面么？"

狄元芳听到罗小梅的声音，如同再次抓住救命稻草："啊！小妹妹，你快进来，和警察们说说，你们班范文勋收到恐吓信的来龙去脉！"

得到警方允许，罗小梅冲进了案发现场。

"大叔，不好啦，咱们全搞错了！"

听到这儿，狄元芳隐隐有种大祸临头的感觉。

果然，罗小梅继续说道："原来范胖子不是收恐吓信的人，而是写恐吓信的人！"

狄元芳急呼："这不可能！"

"是啊，本来我也不相信，后来仔细回忆姜鑫发现恐吓信的经过，才反应过来！"

"怎，怎么？有问题么？"

"当时姜鑫发现范胖子书包里的信封，以为是情书，以此要挟报告老师。但是范胖子一口咬定不是情书，结果姜鑫撕开信封后发现真的不是情书，而是恐吓信。"

狄元芳疑惑不解道："这件事，你昨天讲过一遍，没什么不对劲的地方啊！"

"大叔，你仔细想啊，姜鑫是撕开信封后才发现不是情书。也就是说原来信封是密封的，既然信封密封，可是范胖子却能确定里面不是情书，那只有一种可能，范胖子不是收恐吓信的人，而是写恐吓信的人！"

"啊！我的天呐！"狄元芳大惊之下，险些晕厥过去。

罗小梅吁了口气，赶紧说道："所以，大叔，咱们要保护的人不是范胖子，而是范胖子准备恐吓的人。大叔，你知道那个人在哪儿么？大叔，你怎么不说话啊？大叔，你脸色好难看哦。咦，大叔，怎么地上躺着一个人，他是谁啊？"

狄元芳面如死灰，一言不发。薛警官却突然活跃起来，抢答道："他就是遭到恐吓的学生。"

"他？！他为什么躺在地上一动不动呢？"

"因为他死了！"

罗小梅听到薛警官的回复，忍不住惊讶地双手掩嘴："大叔，你到底来迟了，都是因为我，让你背上了名侦探的耻辱。收到杀人预告，却没能阻止杀人。让你职业生涯蒙羞，对不起，全是我的错！"

"哇！小妹妹，你不要再说了，现实比你想的更加残酷！"

"大叔，还有什么事能比你没有阻止犯罪更残酷啊？"

"我，我收到了杀人预告，却搞错了预告者和被预告者的身份，然后，我好像还帮凶手杀死了被害人！"

"啊！大叔！躺在地上的学生是被你杀死的啊！"

"苍天啊！我只想安安静静地做一个名侦探，可为什么每次破案，破到最后，我都成凶手了呢！"

就在这时，始作俑者的范文勋突然开口说话了："喂，我说你们这些大人好有意思啊，我写个恐吓信纯粹是恶作剧吓唬他一下而已，怎么让你们搞得我真要预谋杀人似的。拜托，这只是中学生运动会，又不是世界杯NBA，至于么！"

失去话语权的薛警察终于重新登场，开始主导破案了。

"同学，请你注意，现在已经闹出人命了，怎么可能再当成恶作剧处理！"

"警察叔叔，是他收到恶作剧信件后，心理素质太差，心生歹念反过来要杀我，好不好！"

薛警察冷笑道："被恐吓者死在恐吓者面前，你反说是他要杀你，哼哼，这只能算是你的一面之词。"

范文勋说："好吧，好吧，警察叔叔，我不跟你争论是他杀我还是我杀他，我就问你一个问题。"

"什么问题？"

"杀死死者的凶器是那支带毒的箭，是不是？"

"是啊！"

"箭上没有我的指纹，有侦探大叔的指纹，对不对？"

"对啊！"

"这不就行了，不管是他要杀我，还是我要杀他，反正最后杀死死者的是侦探大叔，不是我，那也就和我无关哦！"

"呃，好像是这么个事！"

听到这样的一问一答，身为名侦探的狄元芳当时就崩溃了，他不停地惊呼："啊！不要啊！关我什么事啊！我怎么这么倒霉，又成凶手了呢！"

薛警官喝斥道："好了！别喊冤了，人证物证俱在，你还是束手就擒吧！"

说着，回身对众警员发号施令："小吴、小铁、小崔、小冷！"

被点名的警员赶紧答到！

"给他拷上手铐，押回警局！"

"明白。"

四大警员一脸正气，围将上来，实施逮捕。

薛警官继而又对范文勋道："同学，你也需要跟我去警局走一趟。"

"为什么啊？"

"因为案发时只有你在现场，究竟是蓄谋杀人还是防卫过当，需要你提供证词。"

狄元芳声嘶力竭地高呼："骚年，替我多美言几句啊！"

范文勋无视名侦探的哀求，对薛警官道："哦，警察叔叔，我这是属于证人了吧！"

"同学，在成为证人之前，你需要先跟我们警方说清所有事情的来龙去脉，证明你写恐吓信真是出于恶作剧的目的，才算是洗清你的嫌疑。"

范文勋不以为然道："这好办，我这边有人能证明我写恐吓信是为了恶作剧，本意只是想吓唬死者，让死者产生心理负担，然后在篮球赛上发挥失常。哎呀，其实这个主意也不是我想出来，是那个人提出来的。"

薛警官愣了一下，问："那个人？是谁啊？"

"我的一个球迷。嗯，警察叔叔，去警局之前，我能换件衣服么？打完半场篮球赛，刚才又好一阵折腾，满身汗，再穿着篮球服出门，容易着凉。"

薛警官表现出人民公仆难得一见的体恤民情："行，我们等你，你快换衣服吧。对了，你提到的那个球迷粉丝是谁，叫也一起来警局做笔录。"

范文勋走到自己的衣柜前，脱下篮球服塞进衣柜里，然后又从里面拿出一条毛巾，一边擦汗一边说道："那个球迷粉丝是谁，我还真不知道，毕竟每天看我训练比赛的球迷那么多，我也不可能都认识。不过，我们互加了 QQ，找他出来作证也不难。"

"你说一下你的 QQ 号和密码，我们登录上去联系他！"

"唉，你们大人真是麻烦。我的 QQ 号是 637254……啊……呃……啊……"

范文勋脸上突然现出痛苦的表情。

"同学，你怎么了？你没事吧？"

借了薛警官的吉言，他刚问完"没事"，范文勋便"啊"的一声惨呼，翻倒在地，没了声息。

"法医，法医！"

很快，正准备收工的法医又被薛警宫召唤回来。

"法医，你快看看，他怎么了？"

经过一番检查之后，法医传来噩耗："他应该是死于氰化钾中毒。"

薛警官大为不解道："我们正说着话呢，他是怎么中的毒啊？"

"可能是毛巾，毛巾上提前被人抹上了氰化钾。"法医看了一眼范文勋临死前手里攥着的毛巾，淡定地回答。

"狄元芳，你敢杀人灭口！"愤怒的警官在咆哮！

"警，警，警官大人，我都被拷起来了，关我什么事啊！"

"毒可以提前下，不要再狡辩了！如今，唯一能证明你防卫过当的证人被毒死了，你敢说和你无关么？"

"真的和我无关啊！"

"带走！"

🔍 我相信永恒，你相信么？

市南分局。

罗小梅见到了史上最倒霉的名侦探狄元芳。

"小妹妹，你又来看望我，你真是个好人啊！"

"大叔也是个大好人，如果不是为了帮我查案，你怎么会又被关进来呢。"

"哇，哇，你真认为我是好人？范文勋毛巾上的毒不是我下的。"

"我信！我信！"

"可是，他们警方找不到投毒者，认为我最有嫌疑！"

"大叔，其实我这次来找你，就是想帮你洗清嫌疑。但我只是一个初中生，感觉力不从心，所以请你帮我一起帮你洗清嫌疑啊。"

"请我帮你一起帮我洗清嫌疑？呃，小妹妹，你太客气了！"

"您可是这世上除了班主任之外，我最崇拜的人了。我决不能让你再被误当成凶手，所以大叔，你也绝对不能放弃啊！"

"啊，小妹妹，你能这么说，我太感动了。其实我一直都没有放弃，从关进来的那一刻起，就不停地喊冤。"

"大叔，光喊冤不行，要用证据说话。"

狄元芳的脸上现出了悲伤的神色："杀害死者的凶器上有我的指纹，范文勋被毒死前又指证我防卫过当，物证人证俱在，我只能靠喊冤打动人心了！"

"大叔，我就问你一个问题，你要认真回答。"

"什么问题啊，小妹妹。"

"死者背上的箭伤，是不是你捅的？"

"小妹妹，说实话，当时的情形一片混乱，究竟是不是我捅的，我真记不清了。那个学生莫名其妙就死了，然后警察莫名其妙就来了。"

"大叔，什么叫警察莫名其妙就来了，不是你报的警么？"

"啊！小妹妹，不是你报的警？"

"不是啊，大叔，我一直以为你发现范文勋遇到危险了，先报的警。"

"没有啊，我发现范文勋时，他已经快被那个学生掐死了，哪里还有时间报警！"

"大叔，你把当时发现范文勋遇袭的经过再说一遍。"

"呃，我本来远远地跟踪育仁中学的那个中锋，当走到走廊拐角处时，突然听到一声惨呼。我以为范文勋遇袭了，赶紧追上去。结果发现走廊上没有人，只看到地上有血滴。我是顺着血滴来到男更衣室，发现他俩在搏斗。"

"大叔，你说听到惨呼，又看到地上的血迹，可是范文勋身上并没有外伤啊！"

"啊！小妹妹，你的意思是，惨呼声是那个男生发出来的，而地上的鲜血也是他的？这么说，死者背上的伤口，是在我见义勇为之前就已经有了？"

"哇，大叔，你好聪明，一下子就明白了我的意思。其实，我觉得呀，那个男生是在走廊上被人偷偷射了一箭。他中箭之后，以为是写恐吓信的范文勋干的，于是，一怒之下来到男更衣室找范文勋报复！"

"等等，小妹妹，我脑子又乱了，死者怎么知道恐吓信是范文勋写的？他又怎么知道范文勋在更衣室里？难道，难道是范文勋故意暴露自己，引诱死者前往男更衣室，然后埋伏在走廊上放冷箭？'

"不能吧，大叔，如果范文勋真这么做的话，他又是被谁毒死的呢？"

"呃，小妹妹，这么说来说去，我怎么也感觉是我毒死的范文勋呢？"

"不，大叔是名侦探，怎么可以再充当凶手，这是推理小说里永远不允许出现的桥段，所以凶手必须另有其人！"

"小妹妹，谢谢你的信任，不过，我个人觉着，单纯依靠你在推理小说方面渊博的学识，是很难让警方信服凶手另有其人的。"

"大叔，其实，我已经有眉目了。"

"哦，小妹妹，快说来听听。"

"大叔，我觉着要想挖掘事情的真相，找出凶手，还是要从四年前上海路小学篮球场上那次打人事件说起。"

"小妹妹,四年前的那件事还有什么好说的啊?被打者不是一直在家休养治病么,而打人的胖子已经遇害死了,这不都已经两清了么?"

"大叔,你仔细想想,四年前的打人事件,先是上海路小学的两名男生,一个是被打者一直在家休养,另一个则是范文勋,被毒死了,然后是那个打人的胖子也死了。当年牵扯到的四名学生,只出现了三个,还差一个人呢,你不觉着奇怪么?"

"小妹妹,你是说那个背黑锅被留级的又高又瘦的男生?其实我也怀疑过他,但是没有人知道他的姓名身份住址啊!"

"上海路小学的老师肯定知道啊!"

"唉,小妹妹,我是嫌疑人,你是孩子,警察不会听信咱们的一面之词,在毫无证据的前提下去调查那个学生的!何况这么多年过去了,也没有人知道他在哪儿,搬家了也说不定,根本没法去查啊!"

罗小梅迟疑了一下,小心翼翼地说:"大叔,他一定还在本市,我一定能找到他!"

"小妹妹,是什么信念,让你这么有把握啊?"

"永恒!"

"什么?"

"我相信永恒,大叔,你相信么?"

"我靠!"

🔍凶手的身份

漆黑的夜里,空旷的运动场上。

吕丛背对月光而站,整张脸隐在黑暗里,面无生机,仿佛是邪恶的化身。

罗小梅迎着月光而站，她略大但不失秀美的脸盘沐浴在温柔的月色里，孕育着正义的力量。

他们俩，一男一女，一邪一正，静立在黑夜里，对视于月光下，一瞬间一刹那，风无声，月无色，花无香，树无影，凄凄惨惨戚戚。

这样的场景，若是在武侠小说里，一定会让人联想起西门吹雪与叶孤城的紫禁之巅对决。

如果换作推理小说，则是福尔摩斯大战莫里亚蒂。

过了许久，吕丛先开口了："同学，你是谁？"

罗小梅笑了笑，镇定地回答："我叫罗小梅，我是范文勋的班长。"

吕丛愣了一下："我不认识你啊。"

"但我认识你。"

"哦？"

"四年前，在上海路小学的篮球场上，发生了一起伤人事件。你本来是劝架的，却被诬赖为伤人者，不但被迫赔偿巨额医药费，还因此留级。"

"你，你怎么知道？"

"哼，吕丛同学，你背着这个黑锅一直在找那个打人的胖子，足足找了四年没有踪影。直到你升进育仁中学后，观看校篮球队的热身赛时，这才无意中发现了他。"

吕丛皱了皱眉头，无奈地笑："呵呵，实在想不到，当年的胖子居然会瘦成一道闪电，如果不是他习惯性地四步上篮，恐怕我还真认不出他来。"

罗小梅淡淡一笑，又道："你不但发现了当年打人的胖子，你还发现了曾经诬陷你背黑锅的范文勋！"

"不错，当年我明明是在拉架，没想到那个范文勋和被打同学的家长串通好了，为了垫付医药费，硬是诬陷我打人，逼我家赔钱，害我留级，我这四年来，无时无刻不恨他恨得咬牙切齿。"

"所以，当你碰到这两个人时，长年积攒的仇恨终于让你萌发出杀他俩的念头。你先冒充范文勋的球迷，在QQ上蒙骗他写下恐吓信。所有人都误以为这只是恶作剧，但是谁也不会想到，真正的杀机正隐藏在恶作剧里慢慢展开！"

吕丛脸上露出了吃惊的神色，他喝问道："这些细节，你是怎么知道的？"

"我猜的！"

"那四年前发生在上海路小学操场上的打人事件呢？这你可猜不出来吧。当时，那件事只有我们四个当事人知道，你又怎么会知道？"

"其实，当时除了你们四个人，还有一个人目睹了打人事件的全过程？"

"谁？"

"一个低年级的小学生，他当时因为上课说话，被赶出教室在走廊上罚站！"

"哼哼，原来四年前的事情是他告诉你的。"

"那个学生后来在街上遇到过你一次，但是他没认出你来，以为你不是。"

"哼，既然他都没认出我，你又是怎么认出我来的？你都没见过我，却能把我从育仁中学几百名男生中筛选出来，你到底是怎么做到的？"

"其实，我还是猜的！"

"不可能，你能明确地描述我的身高和体型，这绝对不是猜的，你一定是运用了什么高超的推理手段，根据现场勘察经过严密的计算公式分析出来的！快告诉我，是什么方法！"

"吕丛同学，如果你一定想知道破案的方法，其实它就在课本里。"

"在课本里？初中数学还是初中物理？"

"不，是初中生物！"

"初中生物？那是副科啊！"

"虽然是副科，但是我觉得作为学生，身负学习的重任，应该掌握每一门知识，不能因为中考不算成绩，就不管不问。"

"好吧好吧，女学霸，请你直接说重点吧，你是怎么运用生物课本知识找到我的？"

"在生物书里，生理卫生篇章，里面有一个知识点，是关于第二性征的。我正是重新温习了那个知识点，才抓到你的！"

"什么意思，我不懂，学霸，你能解释明白点儿么？"

"好，那我打个比喻。"

"什么比喻？"

"关于永恒的比喻！"

"永恒？"

"吕丛同学，我问你，在这世上，你相信永恒么？"

"钻石呗，钻石是永恒不变。"

"除了钻石，还有呢？"

"呵呵，你这个比喻和案子有关么？"

"当然有关，为了探索永恒。昨天，我又特意去找了那个曾经目睹你们打架的学生，我找他就是想澄清一个问题。"

"什么问题？"

"我问那个学生，当初他在街上遇到你时，明明觉得你很像，为什么不敢认你呢？"

"他是怎么回答的？"

"他的回答很简单，因为你远比他印象中的你要矮很多。在他的记忆中，当年那个被诬陷打人的哥哥又高又瘦。其实，他忽略了一个问题，那就是这四年里他长高了，而你没长。后来，我跟那个学生确认过，你当时已经长胡须长喉结了，而且似乎也变声了。在生物课本里，这些称之为第二性征！于是我猜测，自从小学四年级那一年，你身高蹿到了一米六之后，在后面的四年里，直到初中二年级，你再也没有长个儿，你一直都是一米六，你以后永远都是一米六了，因为你发育过早！"

说到这儿，罗小梅刻意顿了一下，看着吕丛，做最后总结："所以，在这世上，除了钻石之外，还有一样东西是永恒不变的，那就是你的身高。"

吕丛吃惊的神色一闪而过，随即他笑了笑，说道："你下一步是不是要拿着我的照片，找那个学生确认你的猜测。那个学生一旦肯定了我的身份，你就会把你知道的一切告诉警察，让警察调查我，对不对？"

　　罗小梅点点头，缓缓说道："你用毒杀人，只要顺着毒源调查，一定会查出蛛丝马迹的！"

　　吕丛叹了口气："同学，你不能放过我么？他们的死完全是罪有应得啊！"

　　罗小梅也叹了口气："对不起，我是班长！我们班文化课成绩已经年级垫底了，范文勋是我们班唯一的体育生，你把他给杀了，我们班主任的个人评先进又没有希望了，身为班长的我必须把你交给警方！"

　　吕丛开始冷笑，他冷笑着，眼睛里闪出凶恶的目光："虽然我个子矮，但我毕竟是男生，力气大，你就不怕我杀你灭口么？"

　　说话间，吕丛已面露杀机，步步逼近。

　　在这一瞬间，罗小梅突然吹起了口哨，跟着听她高呼道："小欧，你伸张正义的时候到了！"

　　话音刚落，一只品种为拉布拉多的大龄公狗从黑暗中疾驰而来，直向吕丛扑去！

　　当吕丛被扑倒的那一刻，他突然想起了一个可怕的传闻。

　　传说，附近的某所中学里，出现了一个喜欢破案的女生，她总会在深夜里牵着一条单身狗出来惩治犯罪匡扶正义！

ENDING SCENE

　　"怎么样，钥匙偷到了么？"

　　"没偷到。"

　　"怎么？校长没带在身上？"

　　"不是，还没等下手去偷，警察来了！"

　　"你，你，你暴露了？"

"不是我暴露了，是运动会上死人了。"

"什么？又死人了？"

"死了两个学生，警察直接赶过来戒严！"

"怎么又是死学生？小熊，不对啊，怎么每次咱们要动手的时候，总会冒出其他案子来打断，这里面有问题哇！"

"老大，还有一件蹊跷的事，这次破案的还是那个女学生！"

"你说什么？又是女学生？同一个人？"

"嗯，同一个人。"

"有问题！绝对有问题！一个初中女生总是破案，她背后一定有高手！小熊，你去给我查，必须给我查明白！"

"是的，老大！"

"小样儿，跟我玩女版的名侦探柯南，开玩笑！哈哈哈哈！"

"哈哈哈哈哈！"

邪恶的笑声，如同恶鬼的嘶鸣，一时之间游荡在这无尽的黑夜里，不休不止。

谋杀处女座，请排队

——来自不完整聊天记录的交换杀人

第三话

🔍交换杀人

对于马上升入初三年级的学生来说，暑假补课的严肃程度和开学上课是一样一样的。

所以，利用午休时间抓去网吧打游戏的男生，是班主任交给姜鑫同学的一项新的神圣而又秘密的任务。于是，姜鑫同学连续三四天牺牲自己的课外时间，到处尾随跟踪、四下打探消息，最后终于不辱使命，成功发现了上网男生的身份，同班同学邵斌。

当姜鑫看到邵斌偷偷摸摸溜进网吧的时候，她本来打算也跟着混进网吧，然后利用手机拍下邵斌玩游戏的证据，再回去向班主任复命。但万万没有想到的是，她刚踏进网吧就被网管轰了出来。

"喂喂，小姑娘，这是网吧，看到这张牌子没有，'未成年人禁止入内'，快走快走！"

"我就进来看一眼，我不上机。"

"看什么看，有什么好看的，你哪个学校的，再不走，我找你老师告状了啊！"

告老师原本是姜鑫对待身边同学惯用的伎俩，她现在突然有一种被"师以夷技以制夷"的感觉。

"网管叔叔，我找个同学，求你让我进去吧！"

网管脸上现出了良心企业家特有的刚正不阿的表情，他一边毫不留情地驱赶姜鑫，一边义正言辞地警告道："这里没有你同学，去去去，一边玩去，不要影响我们营业。"

刚才明明看到邵斌进去了，为什么不让我进去？难道网管看出了我是老师的探子，奉命前来抓捕上网学生？可恶，居然胆敢包庇上网学生！

　　被赶出网吧的姜鑫心有不甘，她绕着网吧又转了一圈，终于发现了可乘之机。原来在网吧背阴的一侧是落地窗，恰巧能看到玩家在网吧里上网的情形。

　　长久充当老师内探，一直在同学中间扮演宪兵队角色，自诩为六扇门神侯府粘杆处东西厂，并且身怀锦衣卫绝技的姜鑫警觉地贴靠在墙边，透过落地窗偷偷地朝网吧里张望。

　　靠窗的一排电脑，它们的显示器正好对着姜鑫偷窥的位置，大约五六台机器。这些玩家们有在看电影的、有在浏览交友网站的、有在码字写网络小说的、有在聊 QQ 的……

　　咦，等一等，这个聊 QQ 的人好奇怪，他每次都是敲完一句话便将对话框缩小化，直到对方回复了，才打开，然后再敲字，敲完又立刻缩小对话框，好像害怕被外人看见对话内容。

　　多年从事地下工作的姜鑫警觉地反应过来，像这种见不得人的聊天方式，极有可能是初中生早恋的预兆！

　　"哈哈，来抓学生上网的同时，居然还能牵连出学生早恋，真是一箭双雕！"

　　姜鑫欣喜若狂地去辨认聊天者的身份，如果是同班同学，她则立刻报告班主任；如果是其他班的学生，她则先报告班主任，然后和班主任一起上报教导处。

　　可惜，令姜鑫失望的是，聊天者似乎不是学生，虽然对方背对着自己看不到面容，但从他秃顶的造型和魁梧的身躯不难看出他是一个已年近五十即将告别中年的老男人。

　　"真恶心，一大把年纪了，聊个 QQ 还搞得那么神秘，跟学生早恋似的！啊！啊！聊天对话框上还传女人照片的截图，肯定是婚外情玩网恋！哼哼，变态！"

　　姜鑫鄙夷地瞅了老男人一眼，继续隔着窗户在网吧里寻找邵斌的身影。

哈哈，找到了！找到了！在不远处的一台电脑显示器的后面，姜鑫终于看到了邵斌那张因沉浸在游戏中而满足和迷离的笑脸。

姜鑫赶紧掏出手机隔着落地窗偷拍起来。800万像素的手机镜头，是专门为跟老师打小报告的内探所量身打造的偷拍神器。

那个倒霉的男生做梦也不会想到，在他打游戏打得最欢快的时候，在他笑得最纯真最开心最灿烂的时候，潜伏在网吧外面的内探却在偷拍照片，做成证据呈给班主任。

他更不会想到，当他意犹未尽打完游戏，带着满足的笑容回到教室的时候，等待他的将会是班主任暴风骤雨般劈头盖脸的臭骂以及"通知家长来一趟"的噩耗！

当然这是后话。

拍照取证完毕并顺利返回学校的姜鑫，并没有急于跟班主任邀功领赏。深知"伴君如伴虎"的她早已养成了自我检查工作的优良习惯。所以她躲在自己的座位上，先检查了一下手机拍照的效果。

一张，两张，三张，手机屏幕上的画面显示邵斌或冷眉凝视或呲牙咧嘴或张牙舞爪，总之一看就是在游戏里又被虐菜了的苦逼样子。

"唉，邵斌是面对镜头而坐，可惜只拍到了他丰富的面部表情，要是能把游戏画面一并拍下来，那就更精彩了。"

姜鑫一边审视自己工作上的不足，一边继续翻看照片。

当她翻到第七张时，她突然忍不住"咦"了一声。她之所以惊疑，并不是因为照片上邵斌有什么怪异举动，而是她在拍这张照片的时候，无意中把那个秃顶大叔QQ聊天的对话框也一并拍进来了。要知道，前面六张照片，虽然也拍下了秃顶大叔的电脑屏幕，但聊天对话框都是缩小化的，所以只能看到桌面。

出于对婚外情搞网恋的秃顶大叔的鄙视和好奇，姜鑫忍不住将手机画面放大，妄图一窥里面的内容。

于是，她先看到了那张女人照片的截图。

截图里的女人身着礼服，脸上戴着化装舞会的面具，看不见长相。在截图下面，紧跟着的是 QQ 聊天对话。

"她的装扮，我已经截图发给你了，看到了么？"

"看到了。"

"好，照片不要留底，完事后，删掉。"

"明白，宴会的时间、地点，你还没有告诉我。"

"周日，下午 5 点，大拇指广场四楼。那是一场理财公司组织的，专门答谢客户的化装宴会。"

"怪不得戴着面具呢，这样也好，更加方便了。放心吧，到时我会假扮成参加宴会的客户接近她。"

"呵呵，好，你最好准备一个合适的面具，别露出马脚。"

"我知道，你也别忘了对我的承诺。"

"周日，动漫产业园，知识产权讲座，你们部长李飒，我记着呢！"

"好好，都在同一天，时间也相近。"

"嗯，嗯，也许这就是所谓的命运注定吧，让咱俩走到了一起。"

"不错，其实我也这么想。如果不是看到你在网上发的帖子，恐怕我永远都不敢迈出这一步！"

姜鑫看到这里时，不由得愣了一下，这明显是两个男人的聊天对话，不是在婚外情搞网恋。他俩似乎在交换女人的照片和信息，但又不像是在互相介绍对象。

姜鑫心生疑惑，她忽然发现在屏幕的底边还有一句对话。姜鑫将那句对话再放大，试着辨认上面的内容。

可是，当她看明白句子里的内容时，她整个人惊骇得说不出话来，因为上面写着：

"既然如此，那就让我们开始交换杀人吧！"

想当然的推理

"大叔，我怎么感觉你最近好像在躲着我呢？"身居班长要职的初中女生罗小梅，接过名侦探大叔递过来的热气腾腾的白开水，抱怨地问道。

"啊，哈哈哈，小妹妹，你太敏感了，我并没有躲着你哦，我只是故意让你找不到我而已。"身居侦探要职的中年大叔狄元芳打哈哈地敷衍道。

"大叔，我是不是做了什么让你觉得不舒服的事情？"

"呃，其实，呃，算了，也不能怪你，不说这个了。对了，小妹妹，你这次来找我只是来找我玩的吧，不会再有案件了吧？"狄元芳小心翼翼地探问。

"嗯，大叔，这次我主要是来看望你的！"罗小梅使劲地点头，然后补充道，"顺便有一件案子需要寻求你的帮忙哦！"

"小妹妹，你又有案件要找我侦破？我不接！我不接！坚决不接！关于你的案子我一律不接！"

"大叔，你真的对我很不满意啊，我做错了什么事让你这么讨厌我？"

"唉，我也是身不由己。小妹妹，你难道没有发现一个规律么，只要你委托我的案件，每次侦查到一半，我都会被警察误当成凶手给抓起来关进警局！"

"哦，没有吧？"

"怎么没有，家长会炸学校那次。"

"大叔，那次是杜祥委托的你，不是我哦。"

"好，那次不算，上一次运动会预告杀人可是你委托我的吧。结果害得我搞混了预告者和被预告者的身份，差点儿帮凶手杀死被害人。"

"大叔，上次也不能怪我哦，都是姜鑫搞错了。"

"哼，不管怎么样，反正和你们礼贤中学有关的案子，我一律不接了。"

"啊，大叔，那太好了，这起案子与我们学校没有任何关系，你一定会接，是吧？"

"真的假的，不要糊弄我啊。"

"是交换杀人啊！"

"交换杀人？！就是传说中令无数名侦探望而生畏的交换杀人？"

"嗯，嗯，因为彼此不相识的两个人互相交换了谋杀对象，以致侦探无从下手侦破。像这样棘手的案子，大叔难道没有兴趣么？"

"呃，呃，你这么一说，确实很叫人亢奋，我现在就好像胸口里憋着一团火在熊熊燃烧。"说到这儿，狄元芳叹了口气，话锋一转，忧心忡忡道，"可是前两次的破案经历，每次都被警察当作疑犯押走，想想就后怕。"

"大叔，忘掉那些不愉快的回忆吧，快拿出名侦探的神威，以代表正义之审判，阻止罪恶的发生！"

"呃，确定这次我不会再被当成凶手？"

"大叔，你不要总是自己吓自己，好不好？' 说着，罗小梅从书包里拿出了一张照片，递给狄元芳。

"哇，小妹妹，这张照片偷拍得好专业，你是从哪里搞到的？"

"是我一个同学拍的。"

"同学？初中生？"

"嗯。"

"摄影发烧友？"

"不是。"

"少年侦探团？"

"差不多吧，类似于狗仔队。"

"噢，我明白了，校广播站的小记者？"

"确切地说，她只对一个人报道。"

"嗯？什么意思？"

"她只对我们班主任报道。"

"报道什么啊？"

"谁和谁上课说话，谁抄谁作业，谁跟谁早恋，反正就是关于这方面的负面新闻。"

"呃，小妹妹，怎么感觉你那个同学好像是专门给老师打小报告的。"

"大叔，你也认识的，她就是姜鑫啦！"

"什么！姜鑫！就是上次抓早恋写情书结果牵扯出杀人预告，害得我把预告者和被预告者搞混了的那个女生？"

"是她！是她！"

"这次她又怎么了？"

"她尾随偷拍同学上网，无意中拍到了交换杀人的聊天对话。大叔，你看，这次是绝对不会再搞错了。"说着，罗小梅探过头来，在照片上指给狄元芳过目。

名侦探大叔一边辨认 QQ 对话框里的内容，一边若有所思地点头："这段对话确实很像两个人在商量策划交换杀人。"

"什么很像，明明就是。你看，最后一句，'那就让我们开始交换杀人吧。'人家自己都承认了。"

"呃，好吧，就算是交换杀人，可是仅靠这么一段对话也发现不了什么啊？"

"不能吧，大叔，我觉着多少还是会有些线索的。"

"小妹妹，你看，作为凶手之一的聊天者背对着镜头，连个正脸都瞧不见，咱们根本不知道他是谁。"

"可是，大叔，起码知道他是个光头啊！"

"哼，光头多了去了，到哪儿找啊？还有，被害者的照片是戴面具的，也无从下手啊。"

"不是啊，大叔，聊天上不是说得很清楚么，周日下午，在大拇指广场有个化装宴会，被害者一定会按照照片上的装束出席的，咱们按图索骥就可以找到她啊！"

"万一有人和被害者穿一样装束怎么办？"

"大叔，凶手发这种照片，肯定非常自信宴会上不会有撞衫的事情发生。"

"呃，即便咱们能赶在凶手出手前救下照片上的女人，可是作为交换杀人，只有将两起凶杀案一同阻止，才能揭露案情的真相，将凶手治罪。而另一个被害者连照片都没有，咱们根本没法查啊！"

"大叔，也不是一点儿办法没有。聊天记录上不是说的很清楚么，另一个被害者叫李飒，周日会在动漫产业园举办知识产权讲座，有时间、有地点、有人名，提前找出这个李飒应该不难，这样就可以先避免一场命案的发生。"

说到这儿，罗小梅顿了一下，接着又道："还有啊，大叔，你注意到没有，聊天对话里称呼那个李飒为'你们部长'，这就跟同学都称呼我为'我们班长'一样的感觉哦！"

狄元芳蒙受点拨，恍然大悟道："小妹妹，你的意思是，另一个凶手很可能和李飒是同事关系，甚至同一部门上下级？"

罗小梅认真地点头："所以，我们确定了嫌疑人的范围，只要找出周日那一天，李飒同事里有谁去了大拇指广场，那个人不就等于是凶手了么。"

狄元芳一边回味，一边不停地点头，待他终于理清前后思路的时候，他忍不住惊呼道："哇，小妹妹，怎么突然感觉你好聪明，什么都推理出来了。"

"啊？有么，大叔？你真的觉着我聪明么，哈哈哈哈，一定是跟大叔待久了，受到了大叔聪明机智的熏陶和感染！"

"呃，呃，小妹妹，你能这么想，我太欣慰了。"

"哈哈，大叔，咱们下一步该怎么办？"

"下一步？呃，让我好好想想。"狄元芳沉思了片刻，猛地抬起头来，说道，"我觉着咱们下一步先去动漫产业园，找出那个李飒告知危险，并尽可能地确定有杀人动机的同事身份，然后周日在大拇指广场守株待兔将其擒获。只要阻止了大拇指广场的谋杀，那么另一个凶手，他光头的特征终究会让他暴露身份！"

"哇！哇！大叔，你太机智了，这么聪明的方法都能被你想到！简直太让人佩服了！"

"啊？有么？哈哈哈哈，在我看来只是很一般的推理哦。不过，也许是我真的太聪明了，所以才会觉着稀松平常也说不定哦！"

"大叔，我们一起展开行动吧！"

"嗯，小妹妹，就让我施展出名侦探的神威，以代表正义之审判，阻止罪恶的发生！"

🔍第八位受害者

在物业管理员热情的带领下，狄元芳和罗小梅来到了李飒所在的知识产权公司。

"剩下的事情，你们问前台吧。"物业管理员脸上挂着送君千里终须一别的深刻表情转身欲走。

"等等，哥们，前台没有人啊？"狄元芳赶紧叫住急于回归岗位的物业管理员。

"你走近了看。"物业管理员说完后，头也不回，径直下了楼。

狄元芳依言上前两步，视线跨过前台桌面，竟然真的看到一个又矮又胖的女职员似乎以双脚离地的姿势端坐在高脚椅上。再上下打量了一番，只见女职员的胸前别着工作牌，上面写着：人事经理兼前台主管张波。

狄元芳热情地打招呼："啊，张经理，你好，请问你们公司的李飒在么？"

张波斜了名侦探一眼，如同把守紫禁城的卫士，警觉地问道："你是谁？找李部长做什么？"

狄元芳心想这应该算是工作范畴，于是回答说："我和她有业务方面的事情需要沟通。"

"哦，一个人？"张波打着哈欠问。

"两个人。"

"另一个在哪儿？"

"姐姐，还有我呢！"

罗小梅翘着脚举手，张波伸长脖子才勉强看到。

就在这时，一个又高又瘦又苗条的女青年拖着高跟鞋从外面无精打采地走进来。

张波赶紧叫住："邢彦，客户，找你们部长谈业务！"

一听有业务找上门来，那个叫邢彦的女职员顿时来了精神，原本无光的眸子散发出璀璨的光芒。这姐姐为了业绩不惜撬领导的客户，就看她将狄元芳拉到隐秘的一角，神秘兮兮地小声说道："我们部长死了，有什么业务可以交给我来做。"

狄元芳大吃一惊道："什么？李飒死了？"

"李飒？你是找新接任的李部长啊？她刚休养完身体回来，还没有适应这个工作环境，所以我觉着业务方面的事情，你还是交给我来做比较放心。"

罗小梅在旁边插言道："美女姐姐，这事只能找她。"

狄元芳跟着道："是啊是啊，这业务必须李飒来做。"

一听这话，邢彦当即就不高兴了，双手掐腰道："开玩笑，跟本大小姐较真？什么业务必须她来做？是商标注册么？"

"不是，不是！"

"版权登记？"

"不，不，你误会了！"

"那就是专利撰写呗？这也难不倒我！"邢彦展现出了一个优秀业务员多才多艺的神奇功能。

"这项业务压根和你们知识产权无关！"

"和什么有关，你尽管说，只要李飒能做的，我一样没问题！"邢彦拍着胸脯保证。

"交换杀人！"罗小梅插言道。

"什么？"

"是交换杀人！"狄元芳又复述了一遍。

邢彦愣了半晌，看来她确实做不了："对不起，我们这不是侦探社，我们也不是侦探。"

"我是侦探！"狄元芳义正言辞地继续说道，"你们的李部长就是我的客户，我是来阻止杀人事件发生的！"

邢彦怔了一下，高贵冷艳的脸上随即闪过一丝不屑的冷笑。

狄元芳不解地问："你笑什么啊？"

邢彦呵呵了一声，指着墙壁上的标语，冷冷道："你们自己看！"

狄元芳和罗小梅依言看去，只见标语上赫然写着五个大字：职场如战场。

狄元芳若有所思道："意思是说在你们这里上班竞争很激烈呗？"

"不，意思是说在我们这里上班经常容易死人！"

狄元芳大惊失色，问道："什么叫在你们这里上班经常容易死人？"

罗小梅也问道："美女姐姐，难道说你们部门以前也死过人么？"

邢彦却像是开启了自动静音功能，自顾自言道："就不能等开完这月工资再死人么？非要逼着我现在请假！"

不知怎么回事，公司要死人的噩耗瞬间传遍整个部门，所有员工都如要大祸临头一般不知所措，有的在报病假，有的在请事假，还有的打算直接旷工离开的。一时之间，办公室里，似乎只有前台的张波一脸淡定地在准备着招聘广告。

于是，在这一片慌乱紧张的氛围中，狄元芳和罗小梅终于见到了千呼万唤的李部长。

在宁静祥和的部长办公室里，狄元芳如同卖保险的业务员，为了推销产品，不惜添油加醋危言耸听，说得当事人仿佛生死就在一瞬间。

但李飒反倒镇定许多，轻描淡写地问道："你的意思是说，我即将会遇到危险？"

狄元芳用力点头以示事情的严重性，然后说道："不错，我可以负责任地告诉你，有人要杀你！"

李飒淡淡一笑："算来我在这部门已经干了三四年，怎么轮也该轮到我了。"

听到这句莫名其妙的话，狄元芳和罗小梅都是一愣，相互望了一眼。

罗小梅忍不住问道："大姐姐，听你这意思，你们部门之前还死过人？"

李飒的脸上露出无奈的苦笑，然后一个悲伤的故事从她嘴里娓娓道来："其实，这几年，我们部门每年都会死人，前年死了三个，去年死了两个，今年死了两个。算算这三年下来已经有七名同事过世，而且几乎全是我们知识产权部的职员。"

身负沉重学业压力的罗小梅深有体会地问："是累死的么？"

"不！都是被杀的！"

一听这话，身为名侦探的狄元芳顿时来了精神："啊啊啊！死了七个人，这是连环杀人案啊！警察竟然三年都没破案？太矢职了。不过，还好，李部长你遇到了我，有我名侦探狄元芳在此，绝不会让你成为第八个死者。而且我以名侦探的荣耀作保证，一定会将凶手绳之以法，昭告七名死者在天之灵！"

"哦，狄先生，死者的在天之灵就不劳烦你招告了，因为凶手已经落网了，而且它也不是连环杀人案。"

"不是连环杀人案？"

"这是三起案子，每年发生一起，都有各自的凶手。"

"李部长，你是什么意思呢？我怎么听不明白呢？"

"我这么和你解释吧，最近几年，我们部门像是受到了恶魔的诅咒，每年都会有员工如同被击鼓传花了一样，莫名其妙地跳出来充当凶手，杀死几个同事然后畏罪自杀或者被捕入狱，唉，年年如此，都快成了固定节目了。"

狄元芳和罗小梅面面相觑，狄元芳惊恐地说道："世上还有这么诡异的事情？"

李飒苦笑了两声，她突然想起了什么，看了一眼狄元芳，忍不住问道："对了，狄先生，你是侦探，经常处理凶杀案，像这种每年都会有同事按时跳出来杀人，动机方式还不重样，是基于什么原因让大家如此疯狂呢？"

"呃，呃，你问这个啊！站，站在科学的角度推理分析，理由是五花八门，但归根结底我觉着只有一种解释。"

"哪种解释？"

"风水不好！"

"什么不好？"李飒一时没有反应过来，重复又问了一遍。

"风水不好！啊哈，我觉着你们董事长把公司搬一下家，这样应该就不会再有凶案发生了吧！哈哈哈哈。"

李飒脸上的悲伤更加凝重，她叹了口气："可惜，我们董事长死了，前一阵儿刚被害，凶手没多久就落网了。"

跟着她又联想到了自己，悲伤加倍："本以为今年已经杀过人了，再轮就是明年的事。没想到，这杀人跟拍电影似的，还有加戏这一说。对了，狄先生，你是怎么知道有人要杀我这件事儿的？"

罗小梅插言道："是这样的，大姐姐，我同学抓学生上……"

狄元芳赶紧打断道："其实是我在破获一起涉及未成年人的网络犯罪案件，无意中看到关于谋杀你的聊天对话。"

"这么说，你知道要杀我的人是谁？"

"呃，这个案子比较复杂。凶手运用的是谋杀犯罪里最难侦破的交换杀人方式进行作案，但至少有一点可以确定，参与谋划杀害你的人就是你的同事！"

李飒脸上现出失望的表情，她叹了口气："这还用你说，按照以往的经验，我早就猜到了。"

"李部长，你也不要灰心，有我名侦探在此，一定会阻止犯罪，揪出凶手的。"狄元芳信誓旦旦地吹着牛皮。

罗小梅亦在旁边帮腔："是啊，大姐姐，你想想，你的同事们都有谁和你关系不好，也许从里面就能找出杀人动机呢！"

李飒陷入无尽的沉思，往日里同事之间的勾心斗角背后捅刀，这一幕幕精彩生动的素材如电影快进一般呈现在自己的眼前。

"要说和我关系不好的同事可多了，像负责商标业务的邢彦从来不听从我的工作安排，经常在公司里散播负面能量；还有撰写专利的张辉，动不动就在早会上出言不逊顶撞我，让我在公司里下不来台；对了，那个做版权登记的杜亮，他虽然没有明着和我作对，但我知道他私下和邢彦走得很近，单单这一条也可以把他纳入怀疑范围。另外，一直觊觎部长职位的王阳阳，她表面上对我言听计从，其实骨子里……"

罗小梅忍不住举手说道："大姐姐，你是处女座么？"

李飒像是受到了启发，连忙又道："对了对了，你提醒了我，站在星座的角度长远来看，还有几个同事现在跟我关系虽然还行，但是将来必然会反目成仇！比如说董事长秘书王小貌，她的星座就和我犯冲，我早瞅她不顺眼了。不过，这几天她手机掉了忙着找手机，请假没来上班，可是我觉着这并不能排除她作案的嫌疑。"

狄元芳咳嗽了一声，打断道："李部长，你提到的这些都是你杀别人的动机，现在还用不上。你能说一下别人杀你的动机么？"

李飒愣了一下，气愤地说："喂喂，你怎么说话呢，什么叫我杀别人的动机？什么叫现在还用不上？说得跟我要杀人似的！"

自知多嘴失言的名侦探赶紧解释："啊！啊！您误会了，我完全没有那个意思。我就是想问，这段时间，你有没有做什么过分的事情，逼得人家恨不得要杀了你？"

一听这话，李飒更加恼羞成怒了："我身为部门的部长，怎么可能做过分的事情？我所有的决定都是按照公司规章制度办事，并没有掺杂太多个人恩怨好不好！咦，对了，你这么一说，我想起一件事来。前一阵儿，因为工作上的处罚，我们部门的曹大朋曾在酒后大放厥词，说如果杀人不犯法，他第一个要杀的人就是我！这算不算杀人动机啊？"

听到这里，狄元芳和罗小梅突然都来了兴致，异口同声地问："有这回儿事？"

李飒认真地点头："嗯，他还发电子邮件恐吓过我！我老公担心我的安全，一直建议我报警。可我觉着，他就是心里愤懑，一时冲动发来宣泄一下。何况——"

她说到这儿，顿了一下，幽幽道："何况我当时处罚得确实过重，如果再因为他说了几句气话报警抓他，公司里的其他同事会对我有看法的，这样不利于我带团队！"

狄元芳和罗小梅相互对视了一眼，然后狄元芳说道："现在，恐怕你不能把它仅仅当作恐吓或者气话而放任不管，因为那个叫曹大朋的同事，很可能会将谋杀付诸于行动！"

"啊！"李飒脸上现出了惊恐的神色，她不安地说："曹大朋真的要杀我？那，那我赶紧报警，叫警察把他抓起来吧！"

罗小梅摇了摇头："大姐姐，警察是不会相信你的一面之词就来抓人定罪。他们最多是讯问两句，警告一下而已。"

"可是有你们啊，有你们提供曹大朋意图谋杀的证据，比如那个关于交换杀人的聊天纪录。你们是侦探，警方一定会重视起来的！"

狄元芳深深地叹了口气，身为名侦探的他，听到这句话后，脸上现出了让人心碎的的悲凉和哀痛。

"如果，你这么做，我一定会被警察抓起来的！"

"啊！警察为什么要抓你啊？在推理小说里，警察和侦探一直不都是很好的合作伙伴么？他们并肩作战，维护世界的和平和社会的公义，这是多么让人羡慕的合作模式啊！"

罗小梅小声插言道："那是小说，不是真的，在现实中，他们其实是死对头！"

狄元芳郑重其事地点头："所以，李部长，相信我，千万不要通知警方。他们非但不会相信你，还会干预我的行动，让我无法保护你！"

"难道，真不用通知警方？就靠你一个人来保护，行么？"

狄元芳微微一笑，故作自信地说道："李部长，请你放心，一切我都安排妥当，绝对能确保你安然无恙。"

"哦？狄先生，你一个人真能保障我的安全？"

狄元芳哼了一声，冷笑道："凶手原本是打算在周日的讲座上对你动手，只要你肯听从我的安排，对方就算有千军万马也伤不到你！"

李飒大喜，忙又问："你有什么安排？快说来听听！"

"只要你听我的，周日别去参加讲座，就不会有危险！"

"这么简单？"

"嗯，就这么简单！"

"哦，不去就不去，可是管用么？我还是不太放心，毕竟人命关天，还是我的命。"

"请你相信我！"

"难道真的不用报警么？仅仅通过缺席一场讲座就可以躲过一劫，是不是太儿戏了！"

"李部长，总之你千万不要报警，求你了！"

"那个，我回去跟我老公商量一下，好么？"最后，李飒还是犹豫不决。

🔍 化身毛利小五郎

位于大拇指广场的宴会厅，距离化装宴会的开始时间还有不到半个小时。

如之前猜测那样，在狄元芳和罗小梅严密的尾随监视下，曹大朋果真前往会场。

因为这是化装宴会，所以不论是参加宴会的客户，还是主办方工作人员，亦或者宴会的服务生都必须化装进入。虽然，所谓的化装，仅仅是戴一个面具或者头套，但是为了增加彼此的神秘感，主办方还是特意为大家准备了更衣室。

所以，曹大朋抵达宴会厅，先来到更衣室更换化装服饰。狄元芳也不敢怠慢，他包里装着毛利小五郎的面具，正是他此次化装宴会所扮演的人物，一个侦探界的传奇性角色。至于罗小梅则戴着一休哥的面具，对照着照片，满会场寻找目标人物。

狄元芳换装简单，连更衣室都不用进，戴上面具变身完毛利小五郎便守在更衣室门口等曹大朋出来。

在此之前，他已经牢牢记住曹大朋今日所穿的西装样式和裤子品牌，确保做到即便是对方戴着面具看不见样貌，单靠穿着也能从茫茫人海中将其辨认出来的地步。

然后，狄元芳在更衣室门口等啊等啊等。那些戴着各式各样的面具，一个个打扮得仿佛是从神话传说或者童话故事里走出来的人物，纷纷与狄元芳擦肩而过。他们当中有穿着红领西服的孙悟空，有穿着和平裤装的阿童木，还有来自海澜之家的葫芦娃，唯独不见曹大朋的服饰。

随着时间的一点点流逝，宴会开始的时间渐渐逼近，从更衣室换装出来的人越来越少。狄元芳盼犯罪嫌疑人盼得望眼欲穿，终于等得不耐烦了，溜进更衣室挨个更衣间查看。

结果，狄元芳找遍了所有更衣间并没有找到曹大朋，但是他找到了一包衣物。

那衣物是用黑色的塑料袋包裹着，然后被随意地堆放在更衣室里的一个不起眼的角落里。

当名侦探发现那个似乎装着衣物的包裹时，他猛地意识到了什么，然后他颤抖着双手慌张地解开包裹。于是，他看到原本穿在曹大朋身上的衣服此时此刻被胡乱地塞在塑料袋里，名侦探的心也跟着一起凌乱了。

也就在这个让人心烦意乱的时刻，罗小梅突然打来电话。

"大叔，你跟着曹大朋进入宴会了么？"

"嗯，是，在跟着。呃，刚才在跟着。不过，现在出了点意外，但，但还好，一切在我的掌控之中。"

"那就好，大叔，我真担心你会跟丢了呢。"

"啊，哈哈哈哈，我怎么可能会那么愚蠢啊，太小瞧我啦。对了，小妹妹，你找到被害者了么？"

"找到了，大叔，她现在就在宴会厅的水果区呢！"

"你确定没有认错，要知道面具上的花纹只要有一丝差异，那可就很容易认错人。"

"放心吧，大叔，我对着照片反复比对了好多遍！"

"小妹妹，你在那里盯好了，我这就过来！"

"大叔，你要过来？不是之前说好的么，我盯着被害人，你盯着凶手，分头行动阻止犯罪么？"

"啊，小妹妹，我刚才又深思熟虑了一下，分头行动很容易被狡猾的凶手调虎离山分散兵力，所以想来想去我觉着还是集中力量保护被害人，才是最稳妥的方法。"

"可是……"

"好了！不要可是了，我是侦探还是你是侦探？要听大人的话，懂么？"狄元芳不由分说地挂断电话，直往宴会厅跑去。他脸上戴着毛利小五郎的面具，象征着他是正义的化身。

在这场戴着面具的忽悠者与被忽悠者欢聚一堂一齐展望未来，只有共赢没有失败的化装宴会上，狄元芳拨开一群群高谈阔论互联网金融、P2P变革以及小额信贷发展的伪土豪，终于来到了被害者面前。

当狄元芳奋不顾身地赶到时，脸戴半张面具的被害者刚啃了几口西瓜，正要伸手去取服务员端盘里的红酒。

"住手！"名侦探大声喝止，跟着又解释道，"姑娘，请不要喝那杯红酒，也不要让任何人接近你！"

他这喊声极大，登时压住全场所有的高谈阔论。然后在万众瞩目之下，即将被害的姑娘忍不住问道："发生什么事了？为什么不要让任何人接近我？"

狄元芳大笑一声，以名侦探之荣耀，伸出代表正义的手指，环指四周人群，缓缓说道："因为有人准备在宴会上杀害你，而杀人者就隐藏在这一张张面具之下！"

此言一出，所有人都吓了一跳，但见狄元芳那根手指指来，登时生出《名侦探柯南》里指谁谁是凶手的魔咒，大家跟遭到机关枪扫射一样，纷纷躲闪逃避！

姑娘受气氛的渲染，立刻预感到自己马上归西的悲惨命运，颤抖着问："为什么不能喝这杯红酒？"

名侦探说出了所有人闭着眼用脚趾头想都能想出来的答案："因为红酒里有毒！"

姑娘吓得连连后退，惊恐的目光透过面具的眼洞射到酒杯上，跟着又折射在手端酒盘同样戴着面具的服务生身上。

姑娘这一望，宴会上所有人的目光也都跟着望向那个服务生。

年轻气盛的服务生从众人眼神中体味到"你就是凶手"的诬陷，当时就怒不可遏，大声道："胡说八道，酒里没毒！"话音刚落，他奋不顾身地举起酒杯，自饮下去。

浓郁的果香伴随着强劲的酒体在舌尖味蕾回旋，来自赤霞珠混合梅洛酿造发酵而成的红色液汁顺着喉咙直咽下肚。在大家的注视之下，吞咽下红酒的服务员并没有如人们期待的那样，发出"啊"的一声惨呼，然后口喷鲜血翻倒在地。而是身子微微一晃，略带醉意地打了一个声音饱满的酒嗝！

显然，酒里没毒！

名侦探一猜不中，再接再厉的同时不忘给自己脸上贴金："幸亏我及时现身，看来凶手还没有来得及在酒里下毒，但是这并不代表你是安全的！"

姑娘长吁了口气，寻求求生之道："那我该怎么办？"

名侦探展现出英雄救美的豪迈："跟我走，离开这里！"跟着又对众来宾大呼道，"都闪开！离远点儿站！如果这位姑娘出了事，你们都有杀人的嫌疑！"

众人生出被碰瓷的担忧，赶紧离远了站，闪开一条几乎能达到双车道宽度标准的道路！

于是，名侦探携着姑娘如走红地毯一样，迅速朝会场外走去。

可就在这时，刚才被误当成凶手的服务生忽然跳出身来，在他们面前十米处站住，伸手挡住去路。

狄元芳下意识把姑娘拉到身后，跟着质问服务生："你要做什么？！"

服务生借着酒劲大声喝道："酒店有规定，自助餐食物不准带离宴会厅！"说着还指了指姑娘手上啃了一半的西瓜。

狄元芳对姑娘催促道："赶紧扔掉它，咱们快点儿离开这里！"

"哦哦！"姑娘慌慌张张地应声，正准备丢掉手里剩下的半块西瓜时，服务生又说话了。

他义正言辞声音嘹亮："不准浪费食物！根据酒店规定，浪费者按克收费，罚款 128 元！"

"我靠！死规定！"狄元芳转身又对姑娘道，"快，吃掉它，事不宜迟，别耽误时间！"

"哦哦！"姑娘顾不得体面，一边随着名侦探往外走，一边大口啃着手里的西瓜。

距离宴会厅门口还有不到十步，狄元芳丝毫不敢怠慢，他小心谨慎地保护着姑娘前行。

"呜！终于吃完了！"待快到门口的时候，姑娘终于啃完最后一块瓜肉，打着咆嗝报告。

狄元芳像是听到了胜利的号角，对服务生说："这会儿我们可以离开了吧！"然后不由分说地拉着姑娘的手直向门口冲去。

他冲到门前，去推门。他一边推门，一边大声恫吓周围人："让开！你们谁敢靠过来，谁就是欲谋不轨的凶手！"

结果，不幸的事情发生了。

狄元芳话音刚落，那姑娘便"啊"的一声惨叫，整个身体像断了线的风筝抽搐不止，紧跟着她口中鲜血狂喷，同时伴随着双眼翻白，最后"扑通"

一声摔倒在地，一动不动。

等到大家反应过来时，她已气绝身亡，当众暴毙！

在这场突如其来的惨剧里，唯一值得庆幸的是，大伙听从了狄元芳的警告，在她死的时候都离她远了站，当然除了狄元芳本人！

🔍伪解答

尖锐刺耳的警笛是狄元芳熟悉的声音，忙碌拉警戒线的四名警员是狄元芳熟悉的身影，横躺在地上惨死的尸体是狄元芳熟悉的画面。

一瞬间一刹那，似曾相识的情景再现眼前，悲惨的历史仿佛又要重演，不祥的预感涌上心头让狄元芳惴惴不安。

果然，他最担心的事情终于发生了，伴随着那声"市南刑警大队办案，闲杂人员禁止靠近案发现场"的警告，一个熟悉的面孔进入了狄元芳的视线。

同时，狄元芳的面孔也进入了对方的视线。他二人在这尘世间不经意的回眸凝视，使得岁月静止时光停滞，然后，终于，他们彼此认出了对方！

"你，你，你是狄元芳！"

"你，你，你是薛警官！"

"哈哈，你真是那个名侦探狄元芳！"

"啊啊，你真是市南警局的薛警官！"

"哈哈哈哈！"负责此案的薛警官先是大笑了两声，然后他突然止住笑，脸色变得冷峻起来。只听他大声疾呼："小吴、小铁、小崔、小冷。"

被喊名的四大警员一起答到。

"把他给我抓起来！"

狄元芳当时就愣了，赶紧辩解说："喂喂喂，凭什么一上来就抓我啊？"

"哈哈！"薛警官冷笑道，"刚才听说，死者临死的时候，只有一个人在她身边，其他人都离得远远的。我想那个人一定是你吧？哈哈，所以啊，当然先抓你啦！"

　　"可是，我不是凶手！"

　　"我没说你是凶手哦，只是先抓起来而已！"

　　狄元芳小心翼翼地问道："警官大人，你是想让我以名侦探的身份协助你破案，对不对？"

　　薛警官"哼"了一声："协助破案？哼哼，想得美，你这个可恶的侦探，这次我要亲自审讯你！"

　　"亲自审讯我？喂，喂，警官大人，你怎么每次都要认为我是凶手呢？"

　　"哦？哦？有么？可能是职业习惯吧！哈哈！"

　　"可是，警官大人，你没有发现一个问题么？"

　　"什么问题？"

　　"你每次把我当成凶手抓起来的时候，其实真凶都另有其人！"

　　"我当然发现了啊！"

　　"你既然发现了这个问题，那么为什么每次还要抓我？"

　　薛警官笑了笑，问道："狄元芳，你知道推理小说里的伪解答么？"

　　狄元芳怔了一下，说："知道啊，那是推理小说的固定写作模式。通常发生案件后，先由一个人提出伪解答以此误导读者，然后再由主角提出真正的解答揭露真相。"

　　"哼哼，不错，不论小说还是影视作品，提出真解答的永远都是侦探，提出伪解答的则总是警察，所以这个在现实中一定要改！"

　　狄元芳似乎明白了警官的意思："你是想让我充当提出伪解答的角色配合你破案，让你出风头呗？可是你也没有必要非把我抓起来啊？"

　　"拜托，侦探先生，是你每次展开推理的时候，总是把自己推理成凶手好不好。这样，我也没有办法不抓你啊！"

　　"呃，可是，这次我还没推理呢，你凭什么一见面就抓我啊？"

　　薛警官挠挠头，不好意思地说："因为，通过前两起案件，我发现一个规律！"

"哦，什么规律？"

"第二天规律！"

"警官大人，什么是第二天规律？"

"所谓第二天规律，就是说，每次只要你一被抓，真凶第二天就会原形毕露落入法网。所以，狄大侦探，为了尽快破案，你还是赶紧被我们抓起来吧！何况，死者死在你面前，你确实也脱不了干系，对不对啊！"

说着，薛警官转头对四名下属继续发号刚才的施令："小吴、小铁、小崔、小冷，还不马上把他拷起来带回警局！"

"是！"四大警员得了命令，拿着手铐步步逼近。

就在这千钧一发之际，名侦探冷峻的脸上突然现出淡定的笑容。

他疾声高呼："等等！"

跟着他哼笑了两声，缓缓说："这次，不用等到第二天破案！"

说到这儿，他刻意一顿，代表正义的容颜在万众瞩目之下显得刚毅坚强，然后他用充满力量的声音对外宣告："因为此时此刻，我已经知道凶手的身份了！"

"是谁啊？"虽然众警员知道这个答案很可能不靠谱，但大家还是忍不住好奇。

狄元芳嘿嘿冷笑，他往前踱了两步，走到围观者跟前，面对着一群戴着面具的来宾。他慢慢伸出手指，他的指尖俨然是代表正义的长矛，无情地指向了犯罪嫌疑人。

那么，名侦探到底指向了谁？谁又是名侦探心目中的罪恶呢？

怀着这些疑问，众人的目光顺着名侦探手指所指的方向看去，于是大家看到了那个戴着面具的服务生！

"为什么要诬陷我是凶手？"

服务生声嘶力竭地质问，让狄元芳恍惚看到了曾经的自己，但这并不能阻止他伸张正义。

名侦探大声喝道:"如果不是你刚才一直在阻挠我们离开,这位姑娘怎么会死在这里?"

服务生据理力争:"这是酒店规定,我严格执行,我没有错!"

名侦探挑不出错,只得借着冷笑迂回包抄:"你少拿酒店规定做挡箭牌,你故意百般刁难,就是想把她害死在宴会上。现在,人死了,你的嫌疑最大!"

服务生大声反驳:"少来这一套,那女人临死前自始至终都只和你一个人接触过,我们在场所有人都离她远远的,不敢靠近一步,怎么有机会杀她?所以,要说嫌疑,你才是最大!"

狄元芳指证不成遭到反咬,不由恼羞成怒:"哼,难道你看不出来么,姑娘是吃了被投毒的西瓜才会毒发身亡。而我与姑娘接触时,西瓜早已在她手里。所以,你不要在这里血口喷人,妄想混淆视听,还是乖乖认罪吧!"

服务生怒目圆瞪:"西瓜是你催她吃的,又不是我催她吃的,要认罪的人是你,而不是我!"

众人听到这里,似乎回想起什么,于是彼此点头,互相窃窃细语:"咦,这服务生说的没错,好像是这么一回事。"

薛警官忍不住打断,质问狄元芳:"是你催促死者吃下有毒的西瓜?"

"呃,哦,嗯,啊,那个什么,警官大人,其实这完全是个误会。因为我根本不知道那块西瓜里被人投了毒,何况她当时已经啃完一半,也没有中毒的迹象!"

薛警官冷冷道:"有一种毒,见血封喉,入口毙命,可以通过针管注入西瓜的瓜皮部位,只有吃到最后一口时才会毒发身亡,你难道不知道么,大侦探?"

"呃,警官大人,与其纠结这些无关紧要的细枝末节,我觉着找出是谁把有毒的西瓜交到死者手中,才更为重要!"

薛警官点点头:"这么说,你怀疑是服务生把有毒的西瓜递给死者了?"

狄元芳破案这么久,这是第一次自己的推理得到警方的支持,虽然是疑问句,但是已经足以让名侦探受宠若惊激动不已。

便见他拿着鸡牌当令箭，对服务生狐假虎威道："哼，你听到没有，连警方也赞同我的想法，能把有毒的西瓜交到死者手中的，除了身为服务生的你之外，再不会有别人了！"

服务生亦不甘示弱，当即出口反驳："大哥，你用脑子好好想想，如果真是我把有毒的西瓜交给死者，那我已经得手了，没必要还在宴会场上逗留。可是，事实上，我非但没有离开，还给随时可能被毒死的死者递送红酒。请问，我是怕不引起大家的怀疑么？"

听到这里，在场的宾客根据服务生的叙述，又回忆起当时的一些情景，继续彼此点头互相交头接耳："是啊，这个服务生说得很合情合理啊！所以，不论怎么看，他都不像是凶手！"

薛警官也算是见风使舵的好手，一见此景当即展现出疑问句灵活多变的优势，顺应民意，质问名侦探道："是啊，狄元芳，我刚才之所以问你'是不是怀疑服务生把有毒西瓜递给死者了'，正是因为我也想到了这一点！"

突然背腹受敌的名侦探开始有些措手不及了："啊！警官大人，你刚才不是支持我的推理么？"

"没有啊，你理解错了吧，我那句话是在询问你，好不好！并没有支持你啊！对了，你到底有没有什么有利的证据能证明是这服务生投的毒？如果没有的话，大侦探，我只能先把你抓回警局了！"

"好吧！事到如今，我只能使出我的杀手锏了！"狄元芳说到这儿，深吸了一口气，他冷峻的眸子里燃烧起了正义的火花。

宴会厅的气氛在这一刻骤然变得肃穆起来，所有人都屏住呼吸，似乎在等待名侦探的致命一击！

最后，在大家的期盼下，名侦探狄元芳终于吹响了向罪恶发起总攻的冲锋号！

🔍嫌疑人登场

"你现在坦白还来得及！"总攻前的劝降如同仇敌厮杀前礼仪性的问候。

"我没有做，不需要坦白！"服务生义正言辞的回绝表现出了威武不屈的清白。

狄元芳眉毛上场暗示着他即将出招。况且，他确实已经出招！

"你脸戴面具，故意遮挡自己的样貌，你以为这样就能掩盖你的真实身份么？"

狄元芳厉声喝问，仿佛利剑出鞘的蜂鸣在空气中颤抖。

"笑话，你倒说说我的真实身份是什么！"

服务生展示出了空手接白刃的豪迈，毫不畏惧地反击。

狄元芳哈哈大笑。

笑能给自己壮势亦能令对方胆寒，然后他止住笑声，开始张嘴说话。

在大家屏息注视之下，名侦探保持冷静镇定又不失慷慨激昂，他力求妙语连珠并且吐字清晰！

"你戴着面具，你不愿被别人看到你的脸，因为你真正的身份并不是这里的服务生，而是知识产权公司的曹大朋！"

"谁？你说我是谁？"服务生的声音在战栗，而他藏在面具后面的那张脸也似乎闪过了一抹惊恐。

狄元芳瞅准时机，他深吸了一口气，亮出了准备已久的台词："曹大朋，摘下你掩盖罪孽的面具，让你丑陋的灵魂连同你邪恶的嘴脸在我名侦探面前原形毕露吧！"

此言一出，全场哗然！

通常在武侠小说里，即便是再繁琐的招式套路，对于高手而言，往往是一招之间定生死。

同样，如果换成推理小说，不论多么完美的阴谋诡计，在侦探与罪犯斗智过程中，其实有时候胜负高低就取决在一句话上。

现在，自诩为名侦探的狄元芳已说出那句他自以为能戳穿诡计的关键推理。而被认定为犯罪嫌疑人的服务生，却并没有辩解！

他非但没有辩解，他还默默地摘下了戴在脸上的面具！

他摘下了面具！他露出了藏在面具后面的脸！

当他露出脸的一刹那时，名侦探突然发出了不可思议的惊呼！

"咦？咦？咦？你，你不是曹大朋！你是谁？"

服务生微微一笑，他这一笑似乎预示着胜利天平已经为之倾倒。紧跟着，是服务生淡定地自我介绍："我叫蔡中茂，我是一名普通的餐厅服务生！"

"可恶！曹大朋去哪里了，你快说！"

"对不起，我不认识什么曹大朋！"

"不可能！"

"我才来青岛一个月，这是我的第一份工作，我在这里人生地不熟，真的不认识你说的那个曹大朋！"

狄元芳气急败坏地怒吼："你胡说！"

名侦探话音刚落，其他服务生们纷纷摘下面具，跳出来声援！

"小蔡确实刚来青岛，他没有胡说！"

"小蔡来这里工作一直是勤勤恳恳，任劳任怨，根本不可能杀人！"

"就是啊！就是啊！小蔡是个好人，除了长得丑一点儿！"

狄元芳突然遭到围攻，一时之间四面楚歌。薛警官见火候差不多了，于是开始收拾残局。

"好了，狄元芳，说完了么，可以跟我回警局了吧！"

"啊！啊！警官大人，我推理了这么多，你还要抓我回警局啊？"

"因为你最有嫌疑！"

"喂！喂！真正的凶手是曹大朋，不是我！"

"你亲眼看到他投毒？"

"没有！"

"那么，你知道他在哪里？"

"不知道！"

薛警官脸上露出抱歉的笑："对不起，我是警察！"然后他又回头对众警员发号施令，"小吴、小铁、小崔、小冷！"

被点名的警员同声答到。

"还不把他给我抓起来带回警局，我要亲自审讯！"

"是！"收到指令的四大警员面色肃穆，步步逼近。

狄元芳被气势所逼，连连倒退，口中仍不住地辩白解释："误会啊！冤枉啊！真的与我无关啊！"

一番哀求之后，警察们却依旧无动于衷，于是，狄元芳开始寻求场外帮助："小妹妹！小妹妹！咦，小妹妹去哪儿了？"

听到名侦探的召唤，与之一起同来的罗小梅这才从围观的人群中现身！

狄元芳见罗小梅如见救命稻草，催促道："小妹妹，你快和警察们解释一下，从在宴会厅找到被害者那一刻起，咱俩就一直形影不离，你可以证明我没有机会下毒！"

罗小梅仰着略大且不失秀美的脸，认真地说："大叔，我不能证明啊！"

"啊？什么？小妹妹，你怎么可以出卖我！"

"大叔，我没有出卖你，我真没法证明，因为咱俩并没有一直在一起啊！你忘了么，刚找到大姐姐，准备带她离开这里的时候，你一个劲儿地警告外人不准靠近，并恐吓大家，谁靠近谁就有杀人的嫌疑。"

"呃，小妹妹，我是说过这样的警告，但我那是对他们说的，不包括你啊！"

"可是，大叔，我想来，您这句话其实很有先见之明，万一那个大姐姐真有个三长两短……所以我还是离远了站。"

"可恶！可恶！可恶！小妹妹连你都不肯站出来证明我的清白，就这么忍心看着我被警察抓走，任由真凶逍遥法外么？"

罗小梅说道："放心吧，大叔，我不会任由真凶逍遥法外的！"

"啊？啊？小妹妹你什么意思？你已经找到真凶了？"

名侦探和薛警官几乎异口同声地问道。

薛警官瞪了狄元芳一眼，继续追问："你是怎么发现他的？"

罗小梅认真地回答："当大姐姐刚被毒死的时候，几乎在场的所有的叔叔阿姨都忍不住翘首围观，只有一个人伺机悄悄离开这里。"

"不错，那个人肯定是凶手！"狄元芳赶紧趁机替自己鸣冤。

薛警官却斟字酌句："那个人确实很可疑，他现在在哪里？小妹妹，你不会让他跑了吧？"

"当然没有啊，我好歹也是推理迷，怎么可能会让犯罪嫌疑人从我面前溜走呢……"

听到这里，薛警官和名侦探互相对视一眼，彼此的目光里充满了对对方的不满和鄙视，然后就听罗小梅继续往下说道。

"所以，在我发现这一情况的时候，我赶紧通知了保安叔叔，在那个人即将走出门口之际，将他控制起来！"

说完，罗小梅对拍了一下双掌，于是犯罪嫌疑人在一群保安的押送下，走了过来。

不错，最后抓住犯罪嫌疑人并将其押送前来的人既不是警察，也不是侦探，而是一群勤勤恳恳任劳任怨的保安。

🔍杀错人了

犯罪嫌疑人被押解过来的时候，他脸上的面具早已被摘下。

同为嫌疑人的狄元芳看到对方样貌的一刹那，名侦探终于见到了那张他朝思暮想期盼已久的容颜。

"曹大朋！你是曹大朋！"狄元芳激动得如同失散已久的兄弟，寻亲多年终于重逢！

薛警官受气氛所感染，亦忍不住动容，上下打量着来者，啧啧称奇道："你就是他们口中说的那个杀人凶手曹大朋啊？"

"我是曹大朋不错，但我没有杀人！"

薛警官反应过来，问罗小梅道："对啊，小妹妹，你有什么证据能证明是他毒杀的死者？"

罗小梅认真地说："刚才，我和保安叔叔们查看了监控录像，亲眼看到是他把有毒的西瓜递交给死者的！"

"哦？有这回儿事？"

曹大朋辩解道："警察同志，监控录像只是拍到了递西瓜的那个人的背面，并不能证明就是我啊！再说了，那摄像头分辨率也不清晰，不能作为呈堂证供吧？"

薛警官沉思了半刻，看了看罗小梅，说道："小妹妹，如果仅靠一段分辨率不清晰又只是拍到背面的监控视频，恐怕是很难作为物证来定罪的。"

"啊？这么麻烦啊？这可怎么办呢？"罗小梅失望地说道。

就在她为此苦恼的时候，突然有服务生跳出来充当人证："报告警察，我曾经看到这个人与死者搭讪，他们好像是在谈论奇妙的金融。"

跟着又有其他来宾锦上添花："对，对，对，我想起来了，是他，没错，就是他！他和死者谈论奇妙的金融时，我还插言来，当时我建议他俩与其炒股票，不如买理财产品，P2P线上操作，方便快捷，收益稳定。"

于是，其他人也不甘落后，群力群策纷纷展开回忆。

"是，是，我有印象。"

"我也参与了讨论。"

"我还和他们一起为未来干杯呢！"

大伙你一言我一语争相提供证词，终于有人说到了重点："我看到一个人从果盘里拿起一块西瓜递给死者，让我好好想想，他俩的面具一模一样。对，对，对，没错，那个人就是他！"

薛警官对拍双手示意大家息声，他满意地点头，表示最佳证词已经选出，然后他面带冷笑，调转枪头开始质问曹大朋："人证物证俱在，你还有什么好辩解的！"

曹大朋依旧镇定，他淡定地说："即便真是我把有毒的西瓜递给死者，那也不代表我是凶手啊，因为我根本不知道西瓜里有毒，再说我也不认识死者，我俩非亲非故，我没有理由要杀她啊！"

薛警官愣了一下，惊疑道："什么？你不认识死者？"说话间，他怀疑的目光又开始转向狄元芳。

名侦探意识到自己马上又要被当成疑凶抓走了，在这二选一的关键时刻，他必须要为自己辩白。

这也是他最后一次机会为自己辩白，不成功便成仁。

那么，他有把握么？

在众人的注视下，狄元芳咳嗽了一声，然后迎着大家的目光上前一步。

他双目圆睁，瞪着曹大朋，冷冷地说："你虽然不认识死者，但这并不代表你没有理由杀她！"

曹大朋怔了一怔："开玩笑，我怎么可能会无缘无故去谋杀一个陌生人？"

"你会！因为交换杀人！"

"什么？交换杀人？"薛警官眼睛里闪出了迷茫的目光！

曹大朋变得惊慌失措起来："警察同志，别听他瞎说，交换杀人可是推理小说里虚构的情节，现实中怎么可能发生？"

薛警官一听，原本简单的毒杀案突然变成了案情复杂且不易侦破交换杀人，心灵深处不由产生了强烈的抵触情绪，于是问狄元芳道："喂，侦探，你说是交换杀人，是和谁交换？另一个凶手在哪里？"

"我不知道！"

"那么，另一场凶杀案发生了么？"

"没发生！"

"行了，我知道了，你不用再说了。"薛警官转头召唤，"小吴、小铁、小崔、小冷，把狄元芳抓回警局！"

"哇哇哇，警官大人，都说了曹大朋是交换杀人，怎么还抓我啊？"

"交换你妹！只发生了一场凶杀案，哪来的交换杀人！"

"那是因为我阻止了啊！"

"阻止你妹！问你和谁交换，你也不知道。"

"我真的不知道啊！"

"所以，一切都是你的一面之词，不先抓你抓谁？"

"啊！苍天啊！到底还是没能躲过去啊！"

就在狄元芳被拷上手铐即将带走的时候，突然警员小冷传来消息。

"报告薛警官，已经联系到死者的丈夫陈涛，他今天在外地出差，听到妻子出事的噩耗，他现在正往回赶！"

薛警官体恤民情，关切地问："陈涛知道自己妻子被害后，他有说什么吗？"

"哦，那个陈涛情绪很激动，他一个劲儿地说如果他妻子是被人杀死的，那么凶手一定是妻子公司里的同事！"

薛警官怔了一下，赶紧问道："什么，死者公司里的同事？陈涛有说具体是谁么？"

警员小冷小声道："好像是叫曹大朋！"

原本转危为安的曹大朋立刻又紧张起来："喂，喂，你这个小同志，胡说什么啊！我根本就不认识死者，怎么还硬往我身上诬陷！"

警员小冷瞅了一眼愤怒的曹大朋，继续向领导汇报："薛警官，我们刚才已经调查过了，曹大朋和死者李飒是同事关系，他两个人在公司里一直不和睦。有好几次曹大朋喝醉酒之后，都叫嚣着要杀了李飒，并且还给李飒发过恐吓邮件！"

一听这话，薛警官当时就暴怒了，指着曹大朋劈头盖脸地呵斥道："你不是说不认识死者么？居然敢在我面前睁着眼说瞎话，你这个可恶的凶手，看回去后我怎么审讯你！"

"我真不认识死者啊！等等，你说死者叫什么？叫李飒？不可能！"曹大朋发疯似地扒开人群，他飞奔到已经被警戒线圈起来的案发地点，不顾警员的阻拦，他冲到尸体旁，抽去遮盖尸体的白布。

于是，他看到了死者的脸，他看到了死者摘去面具死气沉沉的脸！

当曹大朋看清死者长相的时候，他忍不住惊呼起来："啊！怎么可能！真是李飒！我靠，我杀错人了！我怎么把我想杀的人给杀死了！"然后，他"哎呦"了一声，整个人像被抽去了灵魂一样瘫软在地上，再也爬不起来！

看到真凶被逮捕归案，身为名侦探的狄元芳激动得几乎要喜极而泣，他兴奋地恨不得告诉在场的每一个人，他要告诉大家，他这次终于不用被当成凶手抓起来了。

可是，当他走到薛警官面前，请求打开手铐的时候，而薛警官确实也掏出钥匙，准备为狄元芳解开手铐。

不过，就在这个时候，身边的警员小冷忽然开口说话。

小冷说道："死者的丈夫陈涛还说过，其实他老婆早就已经意识到自己会有危险，而身为丈夫的陈涛也一直劝李飒报警。李飒本来是打算报警的，但后来不知道从哪里冒出一个自称侦探的男人坚决不让李飒报警！"

"哦？有这回儿事？"薛警官冷冷看了一眼狄元芳，下意识停下了打开手铐的动作。身为名侦探的狄元芳，似乎也预感到了不祥，脸上的肌肉开始不自觉地抽搐。

果然，就听警员小冷继续往下说道："陈涛认为，如今他妻子的被害，那个侦探也有不可推卸的责任，所以他恳求咱们警方一定要把那个侦探一并绳之以法。他还说那个侦探姓狄，好像叫狄元芳！"

"啊！"随着名侦探的一声悲鸣，可怜的狄元芳最终还是被拷着手铐，硬生生押进了驶回警局的警车里！

🔍 交换杀人的另一种模式

市南分局。

罗小梅见到了史上最倒霉的名侦探狄元芳。

"小妹妹，你总是来看望我，你真是个好人啊！"

"大叔也是个大好人，不是为了帮我查案，你怎么会又被关进来呢？"

"好了，小妹妹，我已经习惯这个桥段了，你快去抓真凶吧！"

"啊，大叔，难道你也觉着真凶另有其人？你是不是知道凶手是谁了？"

"不，我不知道，但直觉告诉我，只要我被抓进来，就说明案子还没有结束。所以，不管凶手是谁，快抓来把我替换出去吧！"

"大叔，不管怎么说，咱俩是越来越有默契了，你觉着呢？"

"我？呵呵，你觉着就好，反正这个案子一了结，我就要搬家了，再也不回来了！"

"大叔，你要搬家？之前从来没有听你说过啊！"

"我是昨天被抓进来时决定的。"

"大叔，你为什么突然决定要搬家啊？在这破案不是都挺顺利的么？"

"顺利？呵呵，是每次凶手都落入法网了，可每次我都要先被误当成凶手抓进来一次。这样下去，我工作压力太大了，精神上受不了！"

罗小梅若有所思地点头，幽幽道："也对，换个环境工作，又何尝不是一件好事，大叔，你的事务所准备搬到哪里啊？"

"小妹妹，我可以不告诉你么？"

"……"

"……"

"大叔，你为什么不告诉我啊？"

"因为我不想撒谎。"

漆黑的夜里，月光静静地落在大拇指广场的四楼平台上。

月光所照的位置，听说两年前，曾经有人摔下去跌死，所以后来很少有人愿意在晚上独自来这里逗留。

而现在，此时此刻，在四楼的平台上，迎着凄冷的月光，能看到一个男人的身影。

不一会儿，一个小姑娘也跑了上来。

"叔叔，你是陈涛么？"

男人回身，看着面前的小姑娘，笑着问："你就是那个叫罗小梅的小女孩儿？你把我叫到这里来，有什么事么？"

罗小梅仰起略大且不失秀美的脸，很认真地说道："叔叔，我把你叫来，主要是想和你谈谈你太太昨天被害的事！"

陈涛愣了一下，迟疑道："李飒不是被曹大朋毒死的么，警察已经抓住凶手了，小妹妹，还有什么好谈的啊？"

"叔叔，我觉着杀死你太太的真正凶手不是曹大朋。"

"哦？那是谁？"

"是你！"

"我？我杀死我的太太？开什么玩笑！"

"我没开玩笑哦，叔叔，其实今天我去了你太太的公司，我了解到一些情况。"

"哦？什么情况？"

"据小道消息，你太太怀孕期间，你在外面劈腿，结果被你太太知道，最后她大闹了一场不幸导致流产。像这种夫妻关系不和睦，在推理小说里是可以作为杀人动机的啊！"

陈涛皱了皱眉头，故作平静地说："小妹妹，你自己都说是听来的小道消息，怎么可以作为我杀妻的动机呢？"

"叔叔，虽然说是小道消息，但如果探究下去的话，是真是假，总会水落石出的！"

"哈哈，把这件事先放一边。你认为是我杀害了李飒，可是你应该知道，李飒被害的昨天，我一直在外地。我又不会分身术，怎么可能飞奔回青岛杀她呢？"

"叔叔，你是不会分身术，但是你可以交换杀人啊！"

"交换杀人？"

"嗯，交换杀人是指互不相识的两个人分别替彼此杀死自己想杀死的人，这也是推理小说里最难以侦破的案件。"

"呵呵，你是说，曹大朋替我杀死了李飒，而我替曹大朋杀死另外一个人，是这个意思么？"

罗小梅点点头，说道："如果按照交换杀人的模式来分析，应该是这样的。"

"哈哈，小妹妹，那你就大错特错了。我昨天出差一直和客户待在一起，因为忙于商谈业务而寸步不离，他们可以证明我没有机会去执行你所谓的那个交换杀人。"说到这儿，陈涛顿了一下，笑了笑，接着说道，"何况，曹大朋曾多次扬言要杀我太太，还发过恐吓信，他是完全有杀人动机的。也就是说，这根本不是什么交换杀人啊，小妹妹。"

"叔叔，你说的没错，不论从哪个角度分析，这起案子都不像是交换杀人，而我也确实曾放弃过交换杀人这个想法。可是……"

罗小梅抬起头，看了一眼陈涛，继续往下说道："可是，今天早上，我做奥数试卷时，遇到了一道奥数题，而那道题让我重新思考这起案子。"

"奥数题？"

"嗯，就是奥林匹克数学题。因为它出题范围超出了义务教育水平，难度也大大超过大学入学考试，所以像我们这种初中生按理是不应该过早地接触奥数。但是我觉得我比较聪明，在不影响正常学习的前提下，我会试着做一些奥数题来开拓自己的思维。毕竟我们礼贤中学倡导的是素质教育，学习是为了掌握知识，不是为了考试！"

"小妹妹，你广告打得太好了，现在你可以告诉我么，是一道什么样的奥数题能让你联想到交换杀人？"

"叔叔，题目是这样的，在什么情况下，1+1=1；1+2=1；3+4=1；5+7=1；6+18=1？"

陈涛愣了愣，想了一会儿，说道："不论在什么情况下，这些公式都不可能成立吧？"

罗小梅笑了笑，缓缓道："叔叔，其实，如果在这些数字里边加上适当的单位名称，这些公式是可以成立的！"

"什么意思？"

"比如说1里+1里=1公里，还有2个月+1个月=1个季度，同样3天+4天=1周，再就是5个月+7个月=1年，最后是6小时+18小时=1天。"

"呵呵，小妹妹，你这玩的是文字游戏！"

"叔叔，同样的道理啊，你交换杀人玩的也是文字游戏！如果按照上面的方式出题，你的交换杀人应该写成2-2=2-1，对吧？"

"嗯？小妹妹，你说什么2-2=2-1，这又怎么和交换杀人扯到一块儿去了？我完全听不懂了。"

"原理是一样的啊！通常一听到交换杀人，下意识想到的是两个人交换杀死另外两个人的节奏，其实交换杀人还有另外一种模式。"

"什么模式？"

"两个人杀死一个人的节奏！"

陈涛怔了一下，笑笑说："两个人杀死一个人，怎么还需要交换杀人？"

"可以这么理解啊，彼此互不相识的两个人通过网络取得联系，然后交换杀掉自己想杀掉的人，结果凑巧的是他们想杀的是同一个人！"

陈涛迟疑了片刻，说道："即便真有这样的巧合，也构成不了交换杀人吧。因为当两名凶手在交换谋杀目标信息的时候，猛然发现是同一个人，他们应该会立刻中止交换杀人的行动。否则，目标人物一旦遇害，进行交换杀人交易的两个人都会受到警方的怀疑！"

罗小梅点点头，说道："叔叔，你分析的很有道理。如果是巧合，交换杀人计划一定会半途中止。可如果不是巧合呢？"

陈涛的脸上闪过一丝惊慌："小妹妹，你是什么意思啊？"

罗小梅说道："叔叔，你不要装作不知道哦，曹大朋给你太太发恐吓邮件这件事，你太太一定告诉过你，而恰巧你也有杀妻的念头。所以我想啊，你通过电子邮件以陌生人的身份发布交换杀人的信息，并以此吸引曹大朋入套也是顺理成章的事情。曹大朋要求你杀李飒，他以为李飒会在周日举办讲座。其实你早就安排你太太推掉讲座，来参加周日的化装宴会。而把杀人地点定在化装宴会上还有另一个重要的原因，那就是把你太太戴面具的照片发给曹大朋，这样可以避免曹大朋识破李飒的身份！"

说到这儿，罗小梅顿了一下，继续说道："然后，当你接起警方的电话，收到你太太遇害的消息之后，你再把曹大朋的杀人嫌疑供出。这样，在警方看来，李飒的死只是一起普通的毒杀案。而曹大朋则以为是交换杀人的某个环节出现了失误，导致他错杀了自己想杀的人。可实际上呢，这起案子根本不是交换杀人，只是你故弄玄虚的借刀杀人！我说的对不对呢，叔叔？"

　　陈涛的额头已经泛起了冷汗，他的面色在月光下亦是苍白。

　　"小妹妹，你千万不要胡说八道啊！"
　　"叔叔，我没有胡说八道，我有证据！"
　　"你说什么？你有证据？什么证据？"

　　于是，迎着凶手惊疑的眼神，罗小梅掏出了那张在网吧落地窗外偷拍的照片。

　　她掏出那张照片，她还淡定地说道："叔叔，如果你肯蹲下身子让我摘掉你头上的假发，那么我相信我一定会见到一个和照片上尺寸相同形状一样的光头！"

　　当罗小梅说这句话的时候，陈涛已经看清了照片上的内容，他不但看到了自己的光头，他还看到了电脑屏幕上自己关于交换杀人的聊天记录！

　　陈涛大惊失色，他惊呼道："你怎么会有这张照片？！"跟着他又像是想起来什么，接着说道，"怪不得那个侦探知道交换杀人的事情，原来他早就跟踪我了，并且拍下照片！咦？也不对啊！如果他一直跟踪我，昨天他就应该直接和警方坦白，没必要被诬陷抓进警局啊！"

　　罗小梅叹了口气，悲伤地说："其实，拍照片的人原本的偷拍对象不是你！"

　　"那是偷拍谁？"
　　"原本是偷拍那些利用午休偷偷跑去网吧打游戏的男生，结果一不小心把你也拍进去了！"
　　"靠，那个侦探太贱了吧，连抓学生上网这种业务都接！"

"呃，其实那些业务没有外包出去，都是班干部在做，只是因为拍到了你交换杀人的聊天对话，这才联系了侦探！"

"真是可恶的班干部，不好好学习，成天抓同学上网瞎偷拍什么照片啊！嗯，对了，小妹妹，这么说来，你们并没有确凿的证据证明我参与交换杀人，是不是？"说到这儿，陈涛阴沉的脸上突然现出了起死回生般的表情，他整个人像回光返照了似的兴奋地继续往下说道，"照片也只是拍到了背面，并没有露正脸。至于光头么，社会上有那么多光头，也不能证明是我啊！"

陈涛越说越开心，他就跟没事了一样，完全沉浸在自己的世界里。

罗小梅终于看不下去了，说道："叔叔，拜托，别这么天真好么，你去网吧上网肯定是要填写登记本，就算你用的假名，网吧管理不严没有核对身份证，但是登记本上的笔迹总错不了吧？还有啊，你光头的特征，网吧网管也一定会记得你，这么多人证物证，你怎么还会产生刚才那种不切实际的侥幸心理呢？"

"妈的！小妹妹，我要杀了你！"气急败坏的陈涛，脸上现出了凶残的表情！

早已习以为常的罗小梅叹了口气，忍不住问道："为什么你们每一个犯罪分子被揭穿罪行后，最先想到的不是改邪归正投案自首，而是要杀我灭口妄想掩盖罪行呢？"

陈涛冷笑了两声，环视四周，幽幽道："也许是你挑选的时间地点不好！"

"叔叔，这个时间地点不好么？夜深人静，四处无人，我特意挑选了这么一个环境劝你改邪归正，就是希望能有助于你洗涤自己的灵魂，认识到自己的错误，然后洗心革面重新做人啊！"

"呵呵，小妹妹，说心里话，你挑这么一个月黑风高人迹罕至的环境揭露我罪行，只能让我萌生出杀你灭口的冲动！"

"啊！叔叔，你竟然全想歪了，白费我一片苦心，太让我失望了！"

陈涛冷笑，他已不再多言，伴随着清冷的夜风，他缓缓掏出利刃，然后步步逼近。

而罗小梅则是无奈地摇头，她既没有转身逃跑，也没有大喊救命，她只是迎着风吹了一声口哨！

当口哨响彻夜空的时候，陈涛突然觉察出危险，转身回看。于是，他看到一只品种为拉布拉多的大龄公狗自黑暗中疾驰而出，已经扑到自己面前！

🔍ENDING SCENE

"老大，老大，那个女学生终于再次出手了！"

"小熊，你说什么？女学生又出手破案了么？"

"嗯，发生在大拇指广场的一起毒杀案，她，她，她逮住的凶手！"

"小熊，慢慢来，先喝口水。"

"嗯，嗯，老大，这次我调查得很深入。"

"哦？是么？快说说，女学生背后的高手是谁？"

"老大，她背后没有高手！"

"不可能，一个初中女生怎么可能接二连三地破案！一定是你没查出来，真是废物！"

"老大，那个女学生背后确实没有破案高手，但是我发现一个很逗逼的事情。"

"哦？什么事情？"

"这几起案件中，都有一个中年侦探参与。"

"中年侦探？怎么之前没听你提起过？"

"哈哈，那个侦探啊，是个十足的大笨蛋。他前几次出来推理案件总能把自己推理成凶手，被警察抓起来。然后，每次都是女学生在第二天抓住真凶，给他证明清白！"

"有这回事儿？"

"嗯嗯，如果不是亲眼目睹，谁会相信这世上还有如此智障的侦探，他真是我们犯罪分子的福星啊！"

"小熊，你真的觉得他笨么？"

"哈哈，每次都被当成凶手抓进警局，这都笨到家了。还有那些警察，每次都误抓同一个人，也真是醉了！"

"唉，小熊，你太年轻了。等你再成熟一些，或许就会明白警察的诡诈狡猾了！"

"啊，老大，瞧你说的，就跟这里面藏着多大阴谋似的。"

"小熊，有一句话叫，大智若愚，隐藏实力。你懂么？"

"老大，你说，那侦探是在装笨？不至于，他每次都被抓进警局呢！"

"那是演给外人看！"

"演给外人看？不能吧？"

"哼，哼，你不觉着很奇怪么，那个侦探每次被误当作凶手抓进警局的时候，第二天女学生就会破案，这太巧合了吧？"

"啊，老大，你的意思是那个中年侦探被抓，其实是在警局里指点警方破案？难道，他就是隐藏在女学生背后的那个破案高手？"

"除了他，不会再有别人！"

"老大，我还是不明白，为什么他不直接破案，还要大费周章借助女学生破案呢？"

"那只有一种解释！"

"什么解释？"

"他是警方的卧底，他在盯一起大案，不愿为其他案子暴露身份！"

"盯大案？不会是在盯咱们吧？"

"有这种可能！"

"啊！那，那，那怎么办？"

"怎么办？哼，小熊你忘了我教你的了么？"

"以静制动，不变应万变？"

"不，是人挡杀人，佛挡杀佛！"

　　"啊？要杀他？"

　　"不杀他，怎么能顺利进行下面的计划，是不是啊，小熊！哈哈哈哈！"

　　邪恶的笑声，如同恶鬼的嘶鸣，一时之间游荡在这无尽的黑夜里，不休不止。

我的队友都死了

——来自德玛西亚的死亡遗言

第四话

🔍 恶毒的计划

午休时间，礼贤中学初三的学生邵斌，偷偷溜到校外小卖部购买香烟。然而不幸的是，当他刚买完香烟正准备返回学校时，在小卖部外面撞见了他不愿撞见的人，一个在班里如噩梦般存在的女生——姜鑫同学！

"邵斌，你手里拿的是什么？"姜鑫像一个优秀的谍报人员，无声息地潜伏于空气中，然后在最关键的时候跳出来人赃并获。

邵斌脸色大变的同时亦将手里的香烟藏到身后，他结结巴巴道："姜，姜鑫，这，这么巧，你，你，你来买零食？"

姜鑫眉毛上扬，质问道："你叫我什么？"

邵斌迟疑了一下，不知道自己哪里犯了忌讳，小心翼翼地说："姜，姜，美丽的姜鑫同学。"

姜鑫哼笑一声，脸色冷艳且傲娇地说道："邵斌，你难道不知道我因为抓学生违纪成绩斐然，已经被班主任任命为副班长了么？所以，希望你不要直呼我的名字，而是像称呼罗小梅为班长那样，尊称我为副班。"

"是，是，副班，我错了！"

姜鑫哼哼冷笑，突然神色变得严厉，仿佛是班主任附身了一般，大喝道："邵斌！你手里拿的是什么？是香烟么？身为学生，你居然胆敢吸烟！"

"不，不，副班，你误会了，不是我吸，我是，我是，我是给我爸买的烟。"身为坏孩子的邵斌，多年的撒谎调皮早已练就了他随机应变的神技。

姜鑫呵呵一笑，并不与之争辩，她不知从哪儿变出一摞照片，直接甩给邵斌："你自己看看吧！"

"啊！这是？"

姜鑫凑过身来，耐心地一张张讲解："这是你不认真做眼保健操的照片，看，第一节揉天应穴节，你指法明显不对；还有这张照片，是你语文课上吃零食；再看下一张，上周一升旗典礼上你回头说话也被我拍下来了……"

照片只翻到第三张时，邵斌已不忍再直视下去，他惊恐得仿佛一只遭遇恶狼的小白兔，胆战心寒地说道："副班，你是要把这些照片交给班主任么？这样，我肯定会被叫家长的！"

姜鑫温和地劝慰道："放心吧，我已经当上了副班长，没必要再抓着你们的小辫子跟老师私下打小报告。何况这样得罪同学，也有损于我在班里的威信！"

邵斌先是一愣，跟着如死里逃生般欢呼："副班圣明！副班圣明！"

姜鑫大手一挥，止住歌功颂德，道："当然，我是有要求的，你要帮我做件事！"

邵斌脸上庆幸的神色一闪而过，取而代之的则是无尽的担忧和猜忌："副班，你要让我做什么事啊？"

姜鑫现出了反派角色特有的坏笑．"马上就要到初三年级下学期了，你应该知道中考如果报考本校，学校针对每一个毕业班都会有一个加分名额。这个名额通常是给班长，而我现在仅仅是副班长，离班长只有一步之遥，所以，你懂我的意思吧？"

邵斌不懂装懂，拍着脑袋恍然大悟："我懂！我懂！如果班长选举，我一定会投你一票！"

"什么？投票？你以为我费这么大劲偷拍这些违纪照片，仅仅只是让你投个票？请你用脑子好好想想，我如果想通过投票的方式当班长，全班五十多个同学，我挨个抓小尾巴能抓得过么？"

邵斌忽然意识到这里面似乎还隐藏着更深的阴谋等待自己前去执行，不由胆战心惊起来。

"副，副班，您，您让我替你做什么？"

姜鑫变换出和颜悦色的假笑，亲切地嘘寒问暖："邵斌同学啊，初三毕业后，义务教育就结束了，这几年你成绩很不理想，继续读书也只是给自己和父母心里添堵，所以后面的人生，你打算怎么办？"

邵斌违纪的把柄被姜鑫捏在手里，不敢贸然回答，于是小声地请教："副班，您觉着我该怎么办？"

不论是班主任还是班干部，都有相同的癖好，那就是喜欢听话的学生。晋升为副班长的姜鑫也不例外，她先呵呵一笑，假装客气道："你的前途，我怎么好下决断！"谦让完毕后，跟着开始含蓄地指点迷津，"邵斌啊，听说你最近一直迷恋一款叫 LOL 的竞技网游，而且玩得还不赖么？"

邵斌误会错了意思，急忙对天发誓："副班，我再也不玩游戏了！"

姜鑫赶紧以正视听："玩啊！别不玩啊！为什么不玩啊？"

邵斌一愣，听不出正反话，一时不敢多言。

姜鑫微笑着说："再说，你那也不能算是玩游戏！"

邵斌大惊："不算玩游戏，算什么？"

"算是打电子竞技啊！"

"电子竞技？"

姜鑫认真地点头："别看我成天光顾着读书学习抓纪律，其实我并不是那种两耳不闻窗外事的书呆子。现在电子竞技完全职业化了，靠打游戏比赛，做游戏解说，再开着网店卖游戏周边产品，一年下来几十万甚至上百万的收入也是很有可能的。所以啊，这可是一条不错的出路！"

"副班长，这么说，你是支持我玩游戏,哦,不,是支持打电子竞技了？"

姜鑫深明大义地点头："邵斌，身为副班长，我当然支持你打电子竞技了。我不但支持你自己打电子竞技，我还希望你带着班长一起打电子竞技！"

"希望什么？"

"希望你带着班长一起打电子竞技！"

"哈哈，副班长，你真会开玩笑。像我们这种学习不好的，毕业后实在没有出路只好冒险吃电子竞技这碗饭。而人家罗小梅品学兼优德智体全面发展，又是班长，中考还能加分，大好的前途，怎么可能打电子竞技呢？"

姜鑫的脸当时就拉黑了，她阴沉地说道："邵斌，你不听我的话了么，你想让我把这些违纪照片交给班主任？"

"啊！不要啊！副班，你说什么，我听我听！"

"身边很多人都说 LOL 这款游戏很好玩，不光男生喜欢玩，很多女生也玩得很疯。我希望在即将到来的寒假里，不管用什么办法，你必须要让罗小梅沉溺进游戏里，最好永远不能自拔！"

"我靠，副班长，你为了篡权转正，真是不择手段啊！"

"哼，中考是可以加分的，你这种学渣怎么会理解！"

🔍暴风雪山庄

"不好意思啊，邵斌，昨天游戏里又拖后腿，害得你也输了。"

"啊，班长，不要这么说么，你这是刚上手，慢慢熟悉就好了。"

"嗯，邵斌，我已经在很尽力地熟悉游戏了，再说 LOL 确实很好玩呢！"

看着班长略大且不失秀美的脸上洋溢着天真的笑，邵斌想起副班长恶毒的计划，他内心深处莫名其妙地生出沉重的负罪感，他忍不住小声暗示："班长，你玩游戏不怕耽误读书么？"

罗小梅愣了一下，不可思议地说道："玩游戏能耽误读书？你怎么会有这样的误区？"

"啊？这是误区么？"

"当然是误区啊！读书可以学习知识开拓眼界，打游戏则能锻炼反应能力和思维能力，而且还可以培养团队协作能力。所以啊，我觉着，读书和游戏对我们青少年的成长应该是相辅相成的吧！"

"班长，你这么想的啊？可是有很多人因为过度沉迷于游戏而荒废了学业啊。"

"你也说是过度沉溺。其实,不只是游戏,沉溺于任何事情都是不好的啊。比如过度沉溺于读书,最后就成了书呆子了呗!"

"哇,班长,你的这番话太让我受益了。"

"唉!邵斌,话说回来,这个游戏好难啊。你推荐的那些解说的教学视频,像小智的、JY 的、诅咒的、小漠的我也都看了。看的时候感觉学了不少东西,可是一玩起来怎么还是被虐菜呢?照这样下去,我真不想玩了!"

一听此话,邵斌生怕辜负了副班的期望而惨遭打击报复,于是赶紧劝慰:"哈哈,不用太在意啦,这就好比在家看教学视频自学和在课堂上听老师讲课,学习效果是完全不一样的。所以啊,今天我特意争取到这个机会,能去职业战队的训练基地观摩他们职业队员的电竞训练,这对你游戏技术的提高肯定会有很大的帮助,说不准你还能得到一两个职业队员的真传呢!到时候,再碰到昨晚那种局势,你就可以像他们虐你一样,反过来虐他们了。"

"哇哇,邵斌,听你这一说,我好期待哦!电竞行业的职业战队,他们的游戏技术一定都很厉害吧!"

身为学渣的邵斌难得有机会在学霸面前摆谱,当即化身成大尾巴狼,大言不惭道:"技术这东西练到最后其实都差不多,而战队与战队之间战绩之所以差距会那么大,关键在于对战术的运用。通常,为了保证战术的保密性,职业战队的训练基地都是全封闭式的,根本不会允许外人进来参观!"

说到这儿,邵斌脸上现出了代表强烈的自我荣誉感和自豪感的面部表情。

罗小梅受此感染,亦忍不住惊呼:"哇!好厉害啊!你是怎么说服他们允许咱俩进来参观的?"

邵斌强压住内心的激动,拿出世外高人的镇定,故作低调地炫耀道:"事到如今,我也不能再瞒你了,其实我表哥就是 LOL 游戏解说,他目前正担任这个战队的队长。"

"邵斌,你表哥是因为学习不好,毕业后找不到工作,被迫从事游戏解说这一行业的么?"

"才不是呢,人家可是在北京上的名牌大学,纯粹是因为爱好电竞事业而从事游戏解说的！"

"哇！邵斌，你表哥好酷啊！快告诉我，他叫什么，我也许看过他的解说视频呢！"

"他解说游戏时用的 ID 名是木小云。"

"什么！邵斌，你表哥就是木小云？"

"啊！班长，你是不是听说过我表哥的威名？"

"不，我完全没有听说过！"

"那你惊讶什么？"

"我惊讶是因为我看了那么多解说视频，却从来不知道有这么一个人。"说完，罗小梅拿出手机上网通过度娘现搜，果然搜不到木小云的解说视频。

"呃，其实我表哥两年前还是很火的，他解说游戏非常有特色。"

"哦？是么？"罗小梅脸上现出不信的神色。

邵斌决定举例论证："其他解说员在解说电竞比赛时，通常是针对比赛局势的变化进行讲解，而讲解内容只是局限于对比各队实力、解剖队员心理、分析战术变化等方面。但我表哥的风格则与他们不同，我表哥解说比赛，往往对比赛过程说得很少，比赛以外的事情却讲得很多。"

罗小梅疑惑不解地问："比赛以外都讲什么啊？"

"嘿，比赛以外的事情多了去了，队员之间谁看谁不顺眼，谁跟谁有仇，谁说谁坏话了。这么和你说吧，有时候一场电竞比赛打完，光听他的解说，你也许不知道最后谁胜谁败，但是参赛的十名队员，他们每个人的家长里短流言蜚语丑闻传说，你却一定会了然于心甚至倒背如流。"

"哦，你表哥八卦呗，那谁愿意听他解说比赛啊？"

"嘿，不懂了吧，喜欢听他解说的粉丝多了去了！虽然现在视频网站看不到他当年的解说视频了，但是他的粉丝贴吧至今还很活跃呢！"

"为什么啊？"

"因为我表哥解说幽默啊！"

"黑色幽默？"

"不，黄色幽默。"

"……"

"班长，你怎么不吭声了？"

"我在想，怪不得现在视频网站搜不到你表哥的解说视频，原来是被封了。"

"呃，这倒不是，我表哥好像是因为别的事退出解说界，改去打电竞比赛的。"

身为推理小说迷的罗小梅忍不住好奇地追问："是因为什么事啊？"

"这我也不清楚，因为我表哥家是临沂的，从来不联系。他两个月前来青岛，我才知道他以前是干解说的，现在打职业联赛。"

"哦，你表哥是在什么战队打职业联赛？"

"他们战队名叫 XY。"

"XY？有这个战队么？没听说过啊？"罗小梅再次拿出手机上网，借助无所不知的度娘进行搜索。

邵斌抢在搜索结果显示之前不打自招："XY 是新战队，明天才算正式成立，现在网上还搜不到。"

身为推理小说迷的罗小梅忍不住警觉道："那也不至于一点信息搜不到，邵斌，你表哥的战队不会是假的吧？"

邵斌当时就不高兴了，反驳道："罗小梅，你不能因为网上搜不到信息就怀疑是假的啊，要知道我表哥所在的战队可是由邢大集团出资赞助的呢！虽然是新战队，但是所签约的队员可都是电竞圈里的知名选手。比如说玩锐雯玩得简直吊炸天的，自称国服第一锐雯的……"

"哇！哇！邵斌，你是说人称国服第一锐雯的温柔么？就是那个曾经在 YY 开直播的女神级玩家。"

邵斌愣了一下，说道："呃，不是她，温柔好久不出来打直播了，估计已经退出电竞圈了吧。你刚才没注意听，我所说的这个国服第一锐雯是自称，不是人称。不过，技术和温柔的水平也差不多，他的 ID 名叫英雄！"

"哦，没听过，完全不感兴趣，我还是喜欢温柔操作的锐雯，简单利落且不失霸气，一个女生，玩游戏玩得比男生都粗暴，太不可思议了！不过，可惜，战队里见不到她。"

邵斌哼了一声，不屑地说："无所谓啊，班长，见不到温柔，可是你能见到WB战队的傻笑和王族战队的疯少。对了，对了，最近在排位赛上连胜，以黑马之势从青铜段位一路杀进最强王者的誓言，他也会加盟战队哦。"

"傻笑、疯少、誓言，这些ID名字好熟悉啊，好像都是电竞圈里有名的职业选手。"

邵斌终于找到炫耀的资本，内心激动得如小鹿乱撞，脸上却故作不屑地说："算是吧！除了誓言，傻笑和疯少都是非常有名的，你可以去网上搜他们的信息先了解一下。"

然后伴随着邵斌的默默期待，罗小梅再次拿出手机开始上网，然后……

然后，手机竟然没有信号，上不了网！

"怎么可能没有信号呢！"邵斌炫耀之愿得不到偿现，心急如焚之下掏出自己的手机帮着一并找信号。

这时，一直充当道具摆设的司机终于迎来了他的第一句台词："不用找了，车进了山，手机就没有信号！"

话一出口，罗小梅才发现，他们所乘坐的汽车正沿着蜿蜒的山路向山顶驶去。

"邵斌，训练基地在山里？"

"是啊，山顶的一座别墅，封闭式训练么，为了保密，肯定要与外界隔绝！"

罗小梅听到这里，看着窗外若有所思："你这么一说，很有那种气氛！"

"那种气氛？哪种气氛啊，班长？"

"那种气氛，通常只有推理小说里才会存在！"说这句话时候，罗小梅的脸上现出了担忧恐惧并掺杂着些许兴奋和激动的复杂表情。

邵斌被班长神奇的面部表情所感染，更加好奇地追问："推理小说里才会存在的气氛？班长，你到底想说什么啊，我完全听不懂哎。"

邵斌话音刚落，行驶中的汽车忽然停下熄火，跟着司机说出了他在这篇小说里的第二句也是最后一句台词："到了，下车吧！"

于是，罗小梅和邵斌打开车门，然后他们看到一栋孤零零的别墅立在他们面前！

罗小梅看到眼前的别墅，她仿佛即将进入欧洲童话里的古堡山庄。

山庄！

不错，是山庄！

罗小梅迟疑了一下，走到车外，她立刻感受到了暴风呼啸，大雪扑面！

暴风雪！

不错，是暴风雪！

也就在这一瞬间一刹那，罗小梅的脑海里终于闪现出了代表这篇小说主题思想的五个大字：暴风雪山庄！

不错，是暴风雪山庄！

在推理小说里，有一种题材，血腥的谋杀掩盖在肆虐的暴风雪中，被困者们会一个一个接连死去，而凶手往往是笑到最后的那个人。

这种题材便是推理小说里最让人惊骇的杀人模式，暴风雪山庄模式！

🔍名侦探再出江湖

"喂，表弟，通常战队训练是不对外开放的，你能进来观摩已经很面子事了，怎么还带女朋友一起来啊！"身为战队队长的木小云小声地对邵斌抱怨道。

"哥，她是我的班长！"

"班长？小子，炫耀是不？炫耀自己泡了班长是不？"

"不是，不是，哥，她只是我的班长，不是我的女朋友！"

木小云愣了一下，小声问道："表弟，到底怎么回事啊？你把你们班长叫来参观打游戏，这不是引狼入室自寻死路啊？你不怕她回去告诉老师么？"

"哎呀，表哥，不是你想的那样。现在解释也解释不清楚，怎么说呢，反正表哥啊，通过这次参观，你们务必传授给她一些游戏上的实战技巧，尽可能让她喜欢上这款游戏，最好是沉溺进去不能自拔！"

木小云先是一愣，随即明晓其中的深意，立刻对邵斌刮目相看，由衷地赞叹道："表弟，你这是在下一盘很大的棋啊！你用游戏腐蚀好学生的伎俩是从谍战片里学到的吧？太狠了！你放心吧，一切包在我身上。"

说完，木小云微笑着招呼罗小梅过来："小妹妹，欢迎你来到我们XY战队的训练基地。想在游戏里成为人挡杀人佛挡杀佛的电竞高手么？想盘盘拿五杀打得对面二十投被队友尊为大腿么？想排位不坑一路攀升成为白金钻石玩家么？"

伴随着一排排反问句，罗小梅天真无邪纯净清澈的心灵里涌动起了对游戏的渴望和激情，她明亮的眸子里闪现着璀璨的光芒，她精神焕发如同摘下诺贝尔奖一般，她迫不及待地回应道："想啊！想啊！我当然想啊！"

木小云微微一笑，化身成风清扬指点令狐冲道："既然你想，那么随我进来吧！"说着反手去推身后的门。

随着门被缓缓推开，象征着电子竞技行业顶尖水平的游戏殿堂向罗小梅和邵斌张开了怀抱。

当一个常年畅游在知识海洋里的学霸突然改变航道驶进游戏的汪洋中，凭借着自身那股顽强拼搏永不认输的精神，她照样可以像凤凰传奇那样自由翱翔！

于是，罗小梅奔跑进去，她奔跑进游戏的殿堂，她最先看到的是左面的墙壁上贴着"德玛西亚万岁"六个大字，然后她又看到右边的墙壁上贴着"诺克萨斯必胜"的字样，跟着映入她眼帘的是一排高配置的电脑机器。

在电脑显示屏的后面，坐着一个年龄稍大的男生正在闭关训练。只见他蓬头垢面，脸上挂着眼屎，乍一看去，高手不修边幅的艺术范若隐若现。

木小云和邵斌随后赶到。木小云介绍说："这位就是前王族战队的疯少，他善长多路英雄，既能打中单位置又能打辅助位置还可以玩 ADC。如果你想练好 LOL，可以多跟他学习学习。"

"啊！啊！他就是传说中的疯少啊！"罗小梅和邵斌几乎异口同声地惊呼，然后赶紧绕到他身后，盯着电脑屏幕一睹其游戏中的风采。

疯少听到粉丝发自肺腑的恭维，他脸上虽然不动声色，内心深处早已兴奋得恨不得插上一对翅膀满世界装逼。但见他双目圆睁，一言不发，只顾着操控键盘狂点鼠标。

罗小梅第一次亲眼目睹高手对决，忍不住打着节拍加油。

于是，疯少打游戏更加卖力，他当自己是张教主附身重临光明顶，恨不能力压群雄一统江湖。

结果，对手生出遇弱则弱遇强则强的反抗精神，仿佛得了曾国藩真传，愈败愈战。疯少带着队友几番攻战不下，最后一不留神，居然让对手翻盘取胜。

伴随着罗小梅和邵斌的一声哀叹，疯少盯着黑白屏过了半晌才回过神来。他拿着解嘲遮羞道："哈哈，闭着眼随便玩两局，热热手而已。"说罢站起身来，回看罗小梅那张略大但不失秀美的脸，不由心动道，"小妹妹，你想跟我学打中单位置，还是辅助位置？"

"我不打辅助！"

"好，有骨气，我教你打中单！"

"我也不打中单。"

"哈哈，看来你是想跟我学 ADC 喽，那可是我最擅长的职业，轻易不外传的哦。不过呀，小妹妹，看在你这么执著的份上，我可以……"

"我对 ADC 也没兴趣。"

啪啪！疯少如同被连扇两记耳光。

罗小梅赶紧解释说："玩 ADC，既要补兵，又要发育，还随时被打野和中单抓，太麻烦了。"

疯少一笑泯恩仇的同时，亦显示出了百科全书般的博大精深："小妹妹，我什么位置的英雄都会，你想跟我学什么啊？"

罗小梅恍若未闻，她回视四周一圈，偏着头去问木小云："队长哥哥，战队只有你们俩么？"

"当然不是啊！战队最少是五个人编制呢！"木小云解释道。

疯少遭受妹子冷落，脸上无光，于是冲着木小云说道："喂，木小云是吧？我虽然没看过你的解说视频，但是听说你玩得很好。不过话又说回来，打职业联赛可不是路人局虐菜，你当队长行不行啊？"说话间双目蔑视，隐隐间有豹子头林冲之神态。

木小云念及王伦的悲哀，不敢与之争锋，陪笑着说："我只是暂代队长一职，等明天战队正式成立后，大家再投票另选队长。"

罗小梅和邵斌瞧到此处，忍不住面面相觑。

罗小梅将心比心，用眼神向邵斌感慨："当干部真不容易啊，不论是学习还是打游戏，都要随时提防着被篡权。"

邵斌做贼心虚，吓得连连弯腰低头以示忠诚。

疯少开启了捏软柿子模式，继续挑刺道："不过，木小云，不是我说你，身为代理队长，你工作也太不到位了。我到这儿都打完一局游戏了，怎么其他队员没有一个到的，只有咱俩啊？"

木小云解释说："誓言已经来了。"

"誓言？就是那个最近在排位赛上风光无限用两个月的时间从青铜打到最强王者的誓言？据说有好几家职业战队都想拉他入伙呢，哼哼，不知道这小子有没有真本事！"

"是傻笑介绍他入战队的，傻笑好像和他打过几次，后来经常在网吧约战，很是欣赏他哦！"

"傻笑推荐？WB战队的傻笑？呵呵，这是拉帮结伙在战队培养自己势力么？你说那个叫誓言的小子来了，藏哪儿了，我倒要看看他长什么样。"

"他长途跋涉赶来，有些累，先回房间休息，估计已经睡了。"

"哼，一来就喊累，这么娇贵，能打职业联赛么！对了，小云，你说房间怎么回事？已经安排好各自房间了么？"

"哦，忘了和大家介绍，一楼大厅是用来训练，卧室都在二楼，一共七间。目前只是谁先来谁先挑，并没有具体指定房间。"

"什么？谁先来谁先挑房间？喂，木小云，你这代理队长当得很不称职啊，居然让一个电竞圈的新人先挑房间。我跟你说啊，我可要住大床房，而且窗户必须朝阳，否则晚上我睡不好觉。"

"疯少，你放心吧，誓言住的207室是七个房间里面积最小又朝阴的。好的屋子都给你留着呢！"

"真的？"

"当然，你和傻笑是战队的主力，怎么能在住宿上亏待你俩。"

"哈哈，小云啊，瞧你说的，我可不是那种摆谱的人呐。说到摆谱，对了，傻笑呢，他怎么还没到？"

"他刚才打来电话，说路上下雪，会晚些到。"

"那样我可要先挑房间，哦不，先回房间休息了啊。"跟着，疯少又故作抱怨道，"谁先来谁先挑房间，什么破规距，房间先这么样吧。小云，后面的事可不能再胡乱安排了啊。"说完，他拎着包，以和时间赛跑的速度直奔到二楼，然后开始挑房间入住。

木小云愣在原地，一时不知所措。

罗小梅站在班长的角度劝慰道："这就和安排座位一样，永远不可能让所有人满意。所以，队长哥哥，不用太在意别人的话哦。"

木小云朝罗小梅笑了笑，又看了看邵斌说道："时间也不早了，我在这儿等傻笑，你俩也上楼休息吧。"

罗小梅迟疑了一下，问道："只有七个房间，够我们住的么？"

"当然够啊，放心住吧，房间数正好。"

罗小梅疑惑道："那教练呢？难道战队教练不和队员住在一起么？"

"其实，我是队长兼教练。"

"哇，表哥，你好厉害！"邵斌忍不住惊呼道。

木小云赶紧做出噤声的手势，小声道："别喊，如果让疯少他们听到，明天就不是重选队长，而是重选教练了。"

罗小梅又道："我看其他别的职业战队一般都配有战术分析师呢。"

"战术分析又不是什么技术活儿，我兼着就一起做了。"

"呃，正规战队还配有心理辅导师。"

木小云多才多艺得简直令人发指："什么心理辅导师，不就是聊天拉呱推心置腹，搭两瓶啤酒解心结呗，又不难。"

"好吧，队长哥哥，你们战队好不正规！"

"喂，小妹妹，开什么玩笑，我们战队不正规？这叫精兵简政好不好！"

"精兵简政？那也不至于连安防都精简掉吧！"

"安防？"

"是啊，"罗小梅仰起她那张略大但不失秀美的脸盘，认真地说道，"人家的训练基地都有严密的安防措施，可是你这里，除了你们几个队员，连个保安都没有，就不怕战术泄密么？"

"战术泄密？"身为代理队长的木小云终于可以扬眉吐气一次，饱受憋屈的脸上露出了难得一见的开心颜，"战术泄密是根本不可能发生的。因为别墅四周遍布监控和红外线报警器，都是最先进的安防设备。"

罗小梅看犯罪小说看多了，站在书本的角度纸上谈兵："队长哥哥，如果真遇到高智商的商业间谍，单靠安防设备是没有用的，还是应该雇佣几个保安值班巡场。"

木小云破罐子破摔道："小妹妹，连最先进的安防设备都阻止不了的间谍，靠几个保安有用么？"

"呃，是不怎么管用，但总不能放任不管吧？"

"哈哈哈哈，小妹妹，作为立志打造电竞行业的旗舰战队，在战术保密方面，我们怎么可能放任不管。我们之所以没有雇佣保安进行安防工作，是因为我们有更好的人选。而这个人在安全保护方面上的能力，是几十个甚至几百个保安都比不上的！"

罗小梅和邵斌听到这里，不由一愣，邵斌好奇地问道："表哥，你说的这个人这么厉害，他是做什么的？"

木小云嘿嘿冷笑，他目视窗外，深邃的眼眸现出耐人寻味的味道。然后，他缓缓道："那个人，他是侦探！"

"什么？侦探？"罗小梅和邵斌几乎是异口同声地惊呼。

在他们的惊呼声中，门忽然被从外面推开。

伴随着风雪，一个男人低着头走了进来。

大家看见了他的人，跟着又听到了他的声音。

他一边往里进，一边大声地自我宣传。

"不错，即便有成千上万名保安加在一起，也抵不上一个名侦探的大脑。大家好，敝人便是令罪犯望而生畏，让邪恶闻风丧胆的名侦探，狄元芳！"

在进行完如广告宣传片一般的自我介绍之后，号称名侦探的狄元芳抬起了他那张代表正义却长相寒碜的脸，于是，他看到了面前的罗小梅。

他看到罗小梅的同时，罗小梅也看到了他。

罗小梅仿佛再次找回了失散多年的小狗，激动万分地大叫："哇！大叔！真是你！我找了半年没有找到你，没想到竟然会在这里相遇！太有缘了！"

狄元芳则表现了越狱逃犯刚恢复自由又被逮捕归案的伤恸，悲痛欲绝地高呼："哇！小妹妹，又是你！我搬家躲了半年跑到深山里来接活儿，没想到竟然这样都能被你找到！太倒霉了！"

终于，不可思议的化学反应产生了！

🔍 要发生命案的节奏

"大叔，你刚来，为什么又要走呢？"

"我不想见到你！"

"大叔，我是做了什么让你不高兴的事了？"

"我不想和你说话！"

"喂，这位大叔，你怎么可以对我们班长这么无礼！"邵斌愤愤不平地说道。

"邵斌，不准对大叔无礼！"罗小梅施展出班长之威严，喝斥道。

"啊！啊！班长你居然反过来说我！"拍马不成的邵斌却被倒打一耙，气得蹲在一边不再说话。

罗小梅无视于此，继续上前劝阻收拾行礼的狄元芳："大叔，现在外面正是暴风雪，咱们住的地方又像一座孤零零的山庄，这么晚了你贸然出门会有危险的啊！"

"啊！小妹妹，你说什么？暴风雪？山庄？我怎么没注意到呢，眼下这环境正是暴风雪山庄模式！这，这是要死人的节奏啊！"

邵斌听到这儿，忍不住惊叹道："哇！大叔，你不愧是干侦探的啊，看天象就能预测出会有命案发生。"

狄元芳叹了口气："预测命案算什么，我还能预测出命案一旦发生，我就会被冤枉成凶手抓起来呢！"

"我去，这么神？喂，大侦探，你是靠什么预测的啊？"

"经验！"狄元芳满怀悲伤地吐出这两个字，也更加坚定了他离开的决心。

罗小梅难过地说："大叔，原来你这么讨厌我。好吧，大叔，我走。明天一早，不管雪停不停，我都走，总可以吧！"

一听这话，邵斌当时就急了："啊！班长，你不参观战队训练了？"

"不参观了！"

"那你不跟我表哥他们学习游戏技术了？"

"不学了！"

"班长，那你回去后还玩 LOL 么？"

"不玩了，再也不玩了，我要好好学习，准备中考！"

"我靠，你这个死侦探，我和你仇深似海不共戴天！"邵斌像一只愤怒的小鸟，几乎要扑上去撕打狄元芳！

"邵斌，你还当我是班长么？快住手！"罗小梅大喝道。跟着她又对狄元芳说，"大叔，只有这一个晚上，你放心，不会有命案发生的！"

"小妹妹，其实，我不放心。"

"可是，大叔，外面这么大的雪，又是晚上，无论谁出去，都肯定会被冻死的！"

"我知道，小妹妹，我在想你可不可以让你这位同学今晚陪我一宿，这样即便有命案发生，他也可以当个人证，证明我不是凶手。"

不等罗小梅开口，邵斌抢先道："我才不陪你呢！"

罗小梅喝斥道："邵斌，你不听班长的话了么？"

邵斌哼道："即便我答应陪他，我也肯定会睡着的，绝对不给他当人证。"

狄元芳一听也是，面露难色。

罗小梅无奈道："大叔，要不我强忍着一宿不睡，给你当人证呗。"

狄元芳唉声叹气道："我不信任你。"

就在这个时候，忽然门从外面被推开，然后木小云走了进来。

"呵！狄大侦探，你屋里好热闹啊。"木小云笑着向大家打招呼。

邵斌抬起头，咦了一声："表哥，你不是要在大厅等着迎接傻笑么，怎么，他已经来了？他可是我的偶像呢，快带我去见他，我要跟他合影！"

"不是啦，誓言看我太疲劳，让我回来休息。他和傻笑之前见过面，彼此认识，所以他替我在大厅迎接傻笑。"说到这儿，木小云看了看腕上的手表，又道，"不过，看时间，傻笑差不多也该到了。表弟，你要是急于见偶像，可以去 206 室看看哦，那是给傻笑安排的房间。"

听到这儿，邵斌脸上现出了对偶像崇拜的神色，他略带羞涩且不失激动地哀求道："表哥，要不你和我一起呗。如果傻笑真在房间，你可以帮我引见一下嘛。"

木小云毫不犹豫地拒绝，如同一记响亮的耳光无情地扇在邵斌的脸上："我不去，我累得要死，要赶紧回屋休息，明天还要举办战队成立仪式呢！"

说完之后，身为表哥的他又拍拍表弟的肩膀，以示给枣吃："傻笑虽然是电竞圈的知名选手，但他很平易近人，通常不会拒绝粉丝的要求，何况表弟你又长得那么帅！"

邵斌自出生至今已有十多年的历史了，这算是第一次听到除直系亲属以外的人夸他帅，虽然来自旁系亲属的赞美依然会有很多水分，但他还是兴高采烈地信以为真了。

"表哥，你分析得很有道理，我长得那么帅，傻笑应该不会拒绝跟我合影的。"说罢，邵斌转头又对罗小梅道，"班长，我要去看电竞圈的明星，你去不去啊？"

刚才还为大叔担心的罗小梅立刻将狄元芳抛至脑后，迫不及待地说："我去！我去！"

"那你拿着相机，到时给我和傻笑拍照啊，班长。"

"好吧，但照完后，你能说服傻笑也和我合一张影么，邵斌？"

"班长，我尽力吧，毕竟队长是我表哥，不是你表哥。"

说话间，邵斌和罗小梅已蹦跳着跑出房间。

木小云亦做出离开的准备，说道："狄大侦探，不耽误你休息了，我也要回屋睡觉了。"

眼见大家一个个离开，如果今晚真有命案发生，没有人证的狄元芳预感到自己很可能又会被误当成凶手。

一念至此，他对着木小云的背影大声疾呼："木队长，烦请留步！"

木小云驻足回身，一脸疑惑，问："狄大侦探，有什么事么？"

"我想和你聊聊天。"

"聊天？有什么事么？"

"没什么，就是觉着咱俩挺投缘的。"

"好吧，陪你聊一会儿。"

"呃，可以陪我聊一宿么？"

"……"

邵斌在敲 206 室的房门，门没有开，但他仍执著得像是在衙门口击鼓鸣冤等待升堂，而与他同来的罗小梅已经困得开始依靠在墙上打瞌睡了。

就在敲门敲了大约十分钟之后，房门这才缓缓打开，然后门后露出了一张在电子竞技杂志上经常出现的容颜。

邵斌看到那张脸，激动得几乎要抽搐起来："你，你真是傻笑！"

傻笑用毛巾擦着湿漉漉的头发，身穿睡衣的他显然是刚洗完澡。

傻笑警觉地问："你们是谁？"

邵斌自报家门："我是你们队长的表弟！"

"我们队长？"

"嗯，就是木小云啦，他是我表哥。"

"木小云？那个游戏解说？呵呵，他还真进战队打职业联赛了。刚才听誓言说起，我还不信呢。等等，你说什么？木小云是战队队长？"

邵斌自豪地点头。

傻笑脸上闪过一丝不屑："开什么玩笑，让一个游戏解说进战队打职业联赛已经很搞笑了。现在又让他当队长，领导一群职业选手打比赛，太无理取闹了吧！看来明天我要找教练好好谈谈。"说着，傻笑准备关门。

邵斌赶紧表明意图："傻笑哥，我想跟你合影。"

傻笑冷笑道："你是队长的表弟，我就要答应和你合影啊？开什么玩笑，我要睡觉了。"

"啊！啊！啊！傻笑，你不跟我合影！你一点儿都不平易近人！"邵斌愤愤不平地说道。

就在房门即将关闭的时候，罗小梅突然蹦出来了。

"傻笑哥哥，我可以跟你合影么？"

"你又是谁？难不成是队长的表妹？"

罗小梅拿着手中的相机，认真地说道："我和队长没有任何关系，我是你的粉丝！"

傻笑一愣，随即和颜悦色起来："小妹妹，当然可以啊。"说着，拿过罗小梅手中的相机，反手递给邵斌道，"喂，木小云的表弟，麻烦给我和这个小妹妹拍张照呗。"

"呃，傻笑哥，其实我也是你粉丝，和我们班长合完影，你能再和我合一张么？"

"对不起，我要睡觉了。"

"那，那咱们三人合一张吧！"邵斌死缠烂打道。

傻笑笑着摇头："没有相机支架，好像没法自拍吧。"

"要不叫个人出来帮忙拍一下。"

"哼，好像其他人都睡觉休息了吧！"为了不和队长表弟合影，傻笑表现出了难得一见的体贴人心。

"对了！誓言，誓言肯定还没睡。"邵斌表现出了不达目的誓不罢休的坚决。

傻笑笑着说："真不巧，他把我接到房间后，他就出门了。"

"出门？这么晚了他去哪儿啊？"罗小梅忍不住插嘴问道。

"他说他出去欣赏一下雪景，看看雪夜里的大山是什么样子。"

邵斌百般无奈，只好搬出亲友团："没事，我表哥还没睡，傻笑哥，你等一下，我这就去叫他给咱们三个拍照。"说完，他怕傻笑反悔，头也不回，直往木小云的房间跑去。

罗小梅迟疑了一下，看了一眼傻笑，也跟着邵斌去找木小云了。

木小云房间。

"以上，就是我爷爷和我奶奶的革命爱情故事。现在，我给你讲讲我父母的邂逅。咦，木队长，你醒醒，喂，别睡啊！"

"啊！啊！"木小云勉强睁开双眼，回视了下四周，醒了醒神儿，说道，"哦，狄大侦探，你讲完了？讲得太好了，现在你可以回屋睡觉了吧？什么？你还要讲你父母的故事？拜托，大叔，我要睡觉！"

"那，咱俩能睡一个屋么？而且最好把房门锁死，钥匙放你那儿，确定我自己出不去。"

"睡一屋？还锁门？我去，大叔，你癖好太吓人了，但我不是那种人啊！"

"不，不，不，你误会了，这事说来话长，很难解释清楚，反正就一晚，求你了！"

"大叔，你好饥渴！不过，请自重！否则，我就不客气了！"

正说话间，忽然有人敲门，跟着门外传来喊声："表哥，是我，出来帮忙拍张合影吧！"

木小云闻言如见救命稻草，赶紧开门，看邵斌和罗小梅就站在门外，于是问："帮谁拍？"

"帮我俩和傻笑拍呗。"

"我要睡觉了，我才不去呢！"

"好表哥，求你了。"

"求什么也没用，我真要睡了，没法给你们拍。"

"就一下下啦！"邵斌不惜施展出令人作呕的撒娇。

站在后面的罗小梅眼尖，突然看到木小云房间里的狄元芳，惊喜道："原来大叔也在啊！"

邵斌反应机敏，立刻隔着木小云改求狄元芳："大叔！好大叔！帮我们拍张合影吧！"

狄元芳反应亦机敏，赶紧讨价还价："没问题，同学，但你要陪我聊一宿的天。整个晚上，哪里也不能去，更不能睡觉！"

邵斌权衡再三，咬咬牙道："没问题，我豁出去了。"

就在这时，木小云突然插言道："你们为什么不找誓言啊？他肯定还没睡。"

邵斌拉着狄元芳的手，一边往外走，一边回答："他出门看雪景去了。"

木小云的脸上忽然闪过一丝不安："等等，你们都给我回来，表弟，你刚才说什么？"

邵斌看到木小云阴沉肃穆的神情，他自己的心情也随之沉重起来，他小声地重复道："誓言出门看雪景去了。"

"什么？出门？现在外面正下着大雪，又是深夜，这种时候出门，难道他自己不知道这有多危险么？"

邵斌愣了一下，和罗小梅面面相觑。

罗小梅道："誓言哥哥又不是小孩子了，他一看风雪大，自己就回来了，所以不用过多地担心的。"

木小云跺着脚，继续宣布危机："你们不知道，在山的另一侧有一座监狱，而前两天……"

木小云话说了一半，狄元芳突然脸色大变，插言道："前两天，越狱跑了一个犯人？"

"咦，你怎么知道？"

"警方军队一齐出动进行围捕，却始终没有抓到他。"

"是啊！是啊！"

"而且越狱犯人很可能就躲藏在附近，随时都可能出没杀人！"

"哇哇！狄大侦探，你不愧是侦探，几乎丝毫不差。你是根据什么推理出这些信息的？"

"书！"

"书？什么书？"

"推理小说！"

"推理小说？"

"嗯！"狄元芳沉重地点头，他脸上的表情因为恐惧而扭曲起来。

"这是暴风雪山庄的模式中常用的桥段，几个人被困别墅，别墅外有越狱犯人出没。真正的凶手隐藏在被困者之中，他偷偷地进行杀人，把所有的命案嫁祸到越狱犯人身上。"

一直默不作声的罗小梅亦开启了一唱一和的逗捧哏模式，呼应道："大叔，这是要发生命案的节奏啊！"

木小云闻言脸色大变，急道："表弟，你去誓言的房间看看他回没回来。"

"好的，表哥！"

"小妹妹，你通知战队其他队员，千万不要离开自己的房间。"

"好的，队长哥哥！"

"还有，狄大侦探，麻烦你跟我一起出门寻找誓言。"

"我不去。"

木小云愣了一下，反问道："你说什么？"

"要找，你自己去找，我是坚决不去。"

"你是侦探，又负责战队的安保工作，你凭什么不去啊？"木小云愤愤不平地质问道。

"如果那个叫誓言的队员真死在外面，我去发现尸体，百分百会被当成凶手的，所以我说什么都不会跟你出去寻找尸体的。"

"可恶，你太不尽职了！"木小云咬牙切齿道。

"哼，我有我的难处，你不会懂。"狄元芳亦不让步。

就在这时，罗小梅跳出来和解："大叔他确实有难处，他害怕自己被错当凶手的心情我能理解。队长哥哥，你不要逼大叔了，我陪你出去找人。"

"可是，小妹妹，你只是个女孩子……"

罗小梅仰起她那张略大且不失秀美的脸盘，微笑着说道："队长哥哥，不要小看我，我可是名侦探的助手呢。"说着，她转过脸来又对狄元芳道，"大叔，你替我通知大家不要离开自己的房间，好么？"

"啊！小，小妹妹，你真是个好人。"狄元芳望着他们远去的身影，喃喃自语道。

断剑重铸之日，骑士归来之时

夜晚，风雪交加。

邵斌从别墅里跑出来，一边跑一边喊："表哥，誓言不在房间里，怎么办啊？"

木小云脸上现出了准备已久的担忧和不安，他迎着风雪回应："好的，表弟，现在咱们兵分两路分头寻找，你和你同学一组往东北面搜索，我自己往西北面搜索，最后在北边的山洞那儿会合。"

"好的！"邵斌和罗小梅异口同声。

一分钟、两分钟、五分钟、十分钟、十五分钟、三十分钟后，顶着一头白雪的邵斌和罗小梅在约定的山洞门口遇到了同样顶着一头白雪的木小云。

"没有，我这边没找到。"

"我们这边也没找到。"

"就剩这个山洞还没有进去看了。"

"是啊，如果山洞里没有，那誓言很可能是下山了。"

"表哥，你看，山洞里黑漆漆的，一点动静没有，不像是有人。"

罗小梅忍不住插言道："邵斌，你怎么能做事这么不认真，这么不仔细呢？光看一眼有什么用，起码要喊两声吧。"

说罢，身为班长的她以身作则地对着山洞高呼："喂？有人么？有人么？"

静静地期盼，等来的只是山洞里渐渐消隐的回声。

然后，罗小梅回过身来，理直气壮地宣布道："没有人，咱们回去吧！"

"等一等！"木小云的眼睛里闪出冷峻的光，这种象征着智慧的眼神，似乎是在暗示侦探的光环已经落到了他的头上。

果然，只见他拿起手里的手机朝洞里照了照，然后惊骇的声音从他的嗓子眼里发出。

"你们快看！"

邵斌和罗小梅听从指示，向手机光芒照亮的地方看去，跟着他俩也都发出了令人恐怖的惨叫。

那么，他们到底看到了什么？

血！

不错，是血！

深红的血滴仿佛恶魔的足印，一滴一滴溅在地上，一直延伸进山洞黑暗的深处。

邵斌惊慌失措道："看，这里怎么会有血？"

罗小梅想当然地回答："洞里肯定还有人！"

木小云颤抖着手将手机抬高，屏幕所发出的光亮照向洞穴的最深处。

沿着地上的血滴，终于，他们看到一个人趴在地上，而那一滴一滴红色的印迹，就像是虚线一样将二者连在了一起。

"他不会是死了吧？"邵斌惊问道。

博览群书的罗小梅站在推理小说的角度现场分析："这种场景八成是死了。"

"表哥，他不会是被那个越狱犯杀死的吧？"

木小云默不作声，借着手机光芒往洞里走去。

罗小梅满怀兴奋一脸激动，亦跟着进去。

邵斌本不敢进，但见如此，更没有独自留在洞外的勇气，只得硬着头皮同行。

很快，他们三人来到尸体旁。

"他不会是誓言吧？"邵斌心惊胆战地问道。

木小云蹲下身子，小心翼翼地将男子的尸体翻转过来，让死者的脸朝上。

于是，一张陌生的面孔出现在眼前。在罗小梅和邵斌都没有见过誓言的前提下，木小云化身成公证员，一脸悲伤地宣布："不错，他就是誓言！"

"啊！他真是誓言啊？"虽然和死者互不相识，但这并不妨碍邵斌发出动情的哀鸣，"他是怎么死的？"

邵斌话音刚落，死者脖子上的伤口像是听到了观众的召唤，赶紧不停地往外冒血。

"看来，这就是他的致命伤。"木小云断定死因。

"他受伤时并没有立刻死掉，而是捂着伤口逃进这个山洞。可惜洞外的血迹因为大雪而掩盖，否则咱们就能找到誓言遇袭的地点。"罗小梅从旁补充。

邵斌又问："那么，他是被什么样的凶器杀死的呢？"

邵斌话音刚落，身为凶器的利剑如同听到了导演在叫它，也立刻闪亮登场。

于是，伴随着手机屏幕微弱的光，罗小梅在尸体不远处的角落里发现了凶手遗弃的长剑！

"是把剑？凶手居然用剑杀人？而且还把凶器留在现场，是在暗示什么吗？"

罗小梅一边自言自语，一边朝那把剑走去。与其同往的，还有木小云，因为他也很好奇，这个年代为什么还有人会用剑杀人。

通常，在武侠小说里，懂得用剑杀人的人，可能是武当派、峨眉派、华山派亦或者是全真教，当然西门吹雪和独孤求败也都是用剑的高手。但有一点可以肯定，凶手绝对不可能是大内粘杆处，因为他们用的是血滴子。

同样，换成推理小说，谁又会用剑杀人呢？公园里练剑的大妈、剧组看管道具的大爷、路边兜售管制刀具的小哥以及运动会上的击剑教练和运动员，他们每一个人，都有成为凶手的可能性。

可是眼下，又是谁用剑将誓言杀死在这冰冷的山洞中呢？

怀着同样的疑问，罗小梅和木小云来到那把剑的旁边。

罗小梅眼尖，最先瞧出端倪，她指着剑，对木小云说道："队长哥哥，你快看，剑刃是断的！"

跟着，博览群书的她立刻展现出了学识上的融会贯通，就听罗小梅又大呼道："这是倚天剑？"

木小云脸色突然变得凝重起来，他冷冷地呼应："凶手是在模仿杀人！"

罗小梅急道："是在模仿周芷若？"

"不，是在模仿锐雯！"

"锐雯？"罗小梅和邵斌听到木小云的回答，异口同声地惊呼起来，"锐雯，不就是 LOL 里面的游戏人物么？"

木小云点点头，他低沉着嗓子说了一句话。

他说："断剑重铸之日，骑士归来之时。"

当木小云说出这句话的时候，罗小梅和邵斌都变了神色，因为他们听到的是一句游戏台词。

在 LOL 里，锐雯手持断刃与敌人厮杀，而当她放大招的时候，她断裂的剑刃会恢复原样，放逐之锋重现人间。

显然，杀死誓言的人，是在模仿游戏里的锐雯，地上的断剑则表示凶手已经放完大招了。

一时之间，大家都沉默不语，阴冷的洞穴里流淌着让人心悸的恐惧。

然后，过了好久，罗小梅缓缓说道："懂得模仿 LOL 游戏杀人，看来凶手不可能是越狱的犯人！"

木小云也认真地点头："不错，只有熟悉战队的人，才会以这种方式模仿杀人。"

第一次经历杀人事件的邵斌已经开始有些抓狂了，他揪着自己的毛寸小短发大喊："啊？啊？啊？表哥，班长，那么凶手到底会是谁啊？"

邵斌话音刚落，写着凶手名字的纸条宛如听到了银角大王"叫你一声你敢答应么"的叫阵，当时就现出身来。

果然，罗小梅眼尖，指着死者的右手道："看！他手里攥着东西。"

木小云闻言看去，确实如此，于是蹲下身子去掰开死者的右手，一看，是张被攥皱了的纸条。

"表哥，你快看看，上面可能写着凶手信息呢。"邵斌催促道。

"难道，这是传说中，推理小说里最接近真相又最迷惑人心的死亡遗言模式？"罗小梅激动地感慨。

在大家的期盼中，木小云终于展开了那张纸条。

他展开纸条，他看到纸条上的字。他读完字条上的内容，他已然知晓了凶手的身份。

"'凶手是温柔。'是她？她怎么会出现在这里？"

"你说什么呢，表哥？"

木小云不说话，将写有死亡遗言的纸条递给邵斌。

头脑简单的邵斌看完纸条上的字，当时就信以为真了，说道："凶手是温柔？嗯，这么一说确实很有可能是她。大家想了，凶手模仿游戏角色锐雯杀人，而温柔最擅长的英雄就是锐雯，只是她一个女孩子……"

邵斌话没说完，被罗小梅打断道："队长哥哥，你这么快就破解了死亡遗言的暗语？我觉着你应该再仔细分析一下，不要轻易下结论。"

"小妹妹，我没有破解啊，也不需要再分析。"

"为什么？"

"因为死者写遗言的时候没有用暗语，直接就在纸条上用血写了五个字，凶手是温柔！"

罗小梅愣了一下，急道："不可能这么简单。在推理小说里，死亡遗言还有别的诡计，比如凶手篡改或者遮掩了里面的某个字，来误导大家以为凶手是别人。"

"呃，小妹妹，这个你倒不用担心，因为这张字条很干净，除了死者沾血写下的'凶手是温柔'这五个字之外，再也没有其他多余的印记，所以完全可以排除被涂改掩盖的可能性。"说完，他又把邵斌手中的字条拿给罗小梅看，以证明自己所言不假。

铁证面前，罗小梅仍不死心，继续道："那么，这张纸条肯定不是死者写的，是凶手杀人之后的故意栽赃嫁祸。"

木小云若有所思道："小妹妹，你说的这个假设也不成立啊。刚才你们都看到了，死者手里攥着这张纸条攥得那么紧，明明是死前写完藏在手里的，根本不可能是死后栽赃嫁祸。"

邵斌忍不住问道："班长，誓言临死前留下遗言，指明凶手是温柔，你为什么非要认为是别人呢？"

"因为在推理小说里，死亡遗言模式不可能这么简单，哪有一上来就交待凶手身份的啊！"

"拜托，这是现实，不是小说。班长，你是读书多了读成书呆子了么？"

"你说什么？你说我书呆子？邵斌，你口出狂言，以下犯上，胆敢对班长大不敬！"

"啊！啊！班长，我没有这个意思啊！你不要给我小鞋穿啊！我错了！"

"哼，等回学校再说！"

"好了，好了，你们俩不要再吵了。现在死了人，先赶紧和我一起回别墅打电话报警吧。"木小云忍不住打断罗小梅和邵斌的吵闹，一脸抑郁地说道。

🔎 蘑菇阵死亡遗言

深夜，别墅一楼大厅。

"你说什么？那个新来的誓言死了？"疯少听到这个消息，脸上现出不可思议的神情。

他愣了半晌，待回过神儿来，又追问道："誓言是怎么死的啊？"

"被人杀死的。"邵斌抢着回答，以烘托出自己勇敢的假象。

疯少被假象所迷惑，看了邵斌一眼，问："你发现的尸体？"

罗小梅急道："我们一起发现的尸体。"

疯少还想继续问下去，这时，木小云已经用座机打完报警电话返回大厅。

木小云叹了口气，说道："警察说今晚风雪太大，山路不好走，来不了，要明早才能赶来。"说话间，他回视四周，又问道，"傻笑呢？"

"还在房间睡觉呗。咦，对了，誓言是傻笑推荐进战队的，现在誓言死了，他肯定很沮丧吧，哼哼。"说着，疯少脸上现出了幸灾乐祸的神情。

"行了，快把他叫下来，我有事要宣布。"木小云施展出代理队长之神威，对疯少命令道。

疯少仗着对方队长是代理的，于是拿命令当击鼓传花，转头对狄元芳说道："快去叫他下来啊！"

本来听闻有人被杀的噩耗，狄元芳就产生了不祥的预感，也许等不到明天早上离开，他已经被卷入进了杀人事件中。但值得庆幸的是，因为自己的小心谨慎处处防备，狄元芳既没有见过死者，也不认识死者，更没有去过案发现场，所以在凶手嫌疑的诬陷战中他成功赢了一局！

本着总结过去，应对未来，为了在后面即将发生的案件中继续扮演好无辜受牵连的角色身份，争取做到就算所有人都死光了也要维持住事不关己的形象。

想到这里，狄元芳决定自己哪里也不去，绝对不单独行动，就安安静静地坐在大厅，和大家待在一起，一直等到明天日出。

所以，当疯少叫他去通知傻笑来大厅集合时，狄元芳义正言辞地回答道："我不去！"

"咦？你是保安，你不去？"疯少怔了一下，反问。

"我不是保安。"

"你是？"

"我是侦探，是训练基地的安保顾问。"

"你是侦探？啊哈哈，大侦探，现在外面死了人呐，你不该去现场破一下案么？"

狄元芳强调工作区域："你也说了是外面死了人，而我负责的是训练基地的安保。"

"好了，好了，你俩别吵了！"木小云不耐烦地打断道，"邵斌，你去傻笑的房间叫他下来一趟。"

"表哥，我刚从外面回来，累死了啊，要叫，你怎么不去叫？"气喘吁吁外加心有余悸的邵斌口无遮拦地抱怨道。

木小云冷不防被顶撞回来，气急败坏道："叫你去，你就去，哪那么多废话！"

邵斌如同是见到了班主任之淫威，再也不敢多言，只好低着头乖乖上楼。

"邵斌，我跟你一起啊。"罗小梅从后面追了上来。

"班长，你真好。"

站在傻笑的房间门外，邵斌拼命地敲门，明明听到屋里传出细微的声音，可就是没有人应声，更没有人开门。

博览过诸多推理小说的罗小梅凭着丰富的阅读经验，下结论道："邵斌，傻笑哥哥一定是出事了！"

刚见完尸体又要再见下一具尸体，邵斌产生出期末复习连续做模拟试卷的恶心感和恐惧感，忙托辞道："班长，你在这儿守着，我下去叫人。"

罗小梅贴门辨音，道："里面还有动静，他应该还没死，邵斌，快，撞开门！"

"撞门？好吧！"邵斌迟疑了一下，咬咬牙，侧起身子，拼命似的朝房门撞去！

一下，两下，三下，四下……

伴随着邵斌的一下下撞击，屋里原本细微的声音也渐渐响亮起来。显然，被害者看到了生的希望，正在死亡边缘玩命地挣扎。

"邵斌，加油啊！"罗小梅施展出拉拉队长的绝技，在一旁卖力地呐喊助威。

大约又撞了七八下，便听"轰"的一声，整扇门连同门框一起破碎倒地！

门破开的一刹那，罗小梅看到了身穿睡衣的傻笑正倒在房间中央的地板上。

"傻笑哥哥，你还活着么？"罗小梅奔跑过去，蹲下身子抱起地上的傻笑。

傻笑缓缓睁开眼睛，脸上露出代表着马上就要死去的笑容。

罗小梅识出这是影视剧里男主人翁不久于人世的预兆，赶紧问道："傻笑哥哥，刚才撞门的时候好像听到你在屋里呐喊，你是想告诉我们什么？"

傻笑咽了口唾沫，缓缓说道："我，我是，是想，是想告诉你们，门，门，门没锁！"

"门没锁？不可能啊，刚才我同学推了半天没推开呢。"

"那，那，那是因为，这门，不是往里推，是，是往外拉的。"

我去！罗小梅看了看倚在门口擦汗的邵斌，实在是无语了。

"对了，傻笑哥哥，你这是怎么了？"

"我，我中，我中毒了！"

"啊！中毒？"罗小梅大惊失色的同时，忽然发现傻笑身边摆放了各种蘑菇。她看着这些蘑菇如同见到了绝情谷里的绝情花，惊骇不已道："你这是中了凶手的毒蘑菇阵么？"

"呃，这些蘑菇，不，不是，凶手摆的。"

"那是谁摆的？"

"是我摆的。"

博览群书的罗小梅立刻从《神雕侠侣》跳转至《三国演义》，悲鸣道："傻笑哥哥，你是在学诸葛亮点灯续命么？所以临死前拿蘑菇当七星灯来摆阵？啊，是我贸然冲进来，破坏了你的阵法！"

"小妹妹，你，你读书，读多了，脑子乱了，我，我摆蘑菇，是在摆蘑菇阵不错，但，但不是为了什么续命。"

"那是为了什么？"

傻笑气若游丝道："我，我以为，我死之前，没有人会，会发现我，所以，所以我是在用蘑菇做死亡遗言，暗示，暗示你们凶手的身份！"

"摆蘑菇阵暗示凶手身份？难道凶手和蘑菇有关？"

傻笑艰难地点头以示肯定。

"超级马里奥？"

"不，是提莫！"

"提莫？LOL里的游戏角色提莫？"

"是的，在LOL里，有一个英雄，号称迅捷斥候的提莫。当他在游戏里放大招的时候就是在地上种蘑菇，而踩到蘑菇的敌人则会中毒，然后持续掉血直至死亡。"

傻笑身中剧毒，他临死前在房间里摆满了蘑菇，自然是在暗示发现尸体的人，他是中了提莫的大招才死的。换句话说，杀他的凶手不是别人，就是擅长提莫角色的玩家。

"那么，战队里谁最擅长玩提莫呢？"罗小梅抛出了最关键的问题。

"誓言！我推荐进战队的誓言！是他对我下的毒手！"傻笑额头直冒冷汗，眼神也开始涣散。

罗小梅知道这是大限将至的弥留之态，抓紧时间提问："傻笑哥哥，你既然知道凶手是誓言，把名字写下来多简单，又何必这么麻烦地摆蘑菇阵？"

"不，不，不是我不想写，是我写，写不了字。"

"你是百年难得一见的文盲？"

"不，我，是我右臂，中，中毒，毒了。誓言拍，拍我右臂的时候，我，我感觉被，被扎了，扎了一下，开始不，不在意，后来酸麻得厉害，再，再一看发黑，我就，我就知道是中，中毒了……"

傻笑声音越来越小，说到最后几乎细不可闻，光看见他嘴在颤抖，却听不到声音了。

"傻笑哥哥，你最后说的是什么？我没听清。"

傻笑闭上了嘴，双目圆瞪的同时伸出左手狠狠地抓住罗小梅的衣角，似乎是在积攒力量。

果然，过了片刻，他缓缓张开嘴，用力地说道："小妹妹，你们一定要找到誓言替我报仇！"

罗小梅笃定地点头："放心吧，傻笑哥哥，我们已经找到誓言，他已经死了。"

"你说什么？誓言已经死了？"傻笑脸上现出怀疑的神情。

确实，被害人还没等咽气，凶手却抢先偿命，这种事情任谁听来也不会相信。

傻笑偏头看了看始终站在门口的邵斌，用预支来生的力气大声问道："誓言真的死了么？"

邵斌不耐烦地点头："凶手确实已经死了。"

于是，史上凶杀案里最顽强的被害人，靠着坚韧不拔的意志力压制住毒性始终不死。但是当确定了凶手死讯之后那一刻，傻笑终于发出"啊"的一声长呼，然后面带傻笑，一脸安详毫无遗憾地毒发身亡了。

凶手就在战队里

确认完被毒死在房间里的尸体是傻笑无误后，众人心情沉重地回到一楼大厅。

木小云再次打了一遍报警电话，催出警，结果得到的答复仍是明天早上。

百般无奈的他脸上现出了无助的神情："怎么会这样，傻笑也死了。"

"啊！啊！啊！太可怕了，太可怕了，又死人了，这是什么节奏啊！"一直幸灾乐祸的疯少也紧张起来，他不停地看着窗外狂风暴雪下的黑夜，恨恨地说道，"凶手一定就在咱们战队里，哼哼，什么破战队，老子不掺和了。天一亮，不管雪停不停，我都要离开这里。"

木小云身处险境仍不忘职责，反问疯少："你要走？你不加盟战队了？"

疯少冷笑道："队友都死光了，还加什么战队，再待下去说不准下一个死的就是我。"

罗小梅劝道："疯少哥哥，其实你不用……"

邵斌借着插言，继续烘托自己英勇的假象："疯少哥，你不用害怕，杀害傻笑哥的凶手，我已经知道是谁了。"

罗小梅白了邵斌一眼，纠正道："是我们。"

"对，对，对，我们已经知道是谁了。"

"谁？是谁啊？"木小云和疯少忍不住问道，而狄元芳的脸上则现出了习惯性的紧张与不安。

邵斌抢答道："是誓言，是誓言杀死了傻笑哥！"

木小云和疯少面面相觑，而狄元芳则长吁了一口气。

疯少奇道："真是誓言么？"

邵斌认真地点头："是傻笑哥临死前亲口对我说的，对了，班长当时你也在场，你应该也听见了吧！"

"喂，邵斌，傻笑哥哥明明是告诉我的，让你说的怎么好像我是旁听者似的。"

"哎呀，班长，人命关天，就不要纠结这些措辞了，我问你，傻笑临死前有没有说过吧？"

"有！"

"啊哈！"在一旁的名侦探狄元芳突然兴奋地伸出手指，打出代表胜利的手势。

"喂，大叔，又死了人了，你怎么这么兴奋呢？"罗小梅不解地问道。

狄元芳笑而不语。

确实，在第二局凶手嫌疑的诬陷战中，名侦探继续延续和发扬了上一局的谨慎小心的处事作风。他既没有见过死者，也不认识死者，更没有去过案发现场，最重要的是死者临死前留下了死亡遗言指明凶手不是自己。对于一名在破案过程中，屡次被当成凶手误抓进警局的侦探来说，这样的胜利怎么能不让人欣喜呢！

自从与罗小梅重逢的那一刻起，在名侦探的意识里，不知不觉间，破案变成了奢求，能全身而退不被当成凶手，才是万幸。

当然，就目前来看，案子还没有结束，现在也不是额手称庆的时候。

狄元芳收起脸上的喜悦，一本正经地说："小妹妹，我兴奋了么？呵呵，那是在为凶手暴露身份而感到高兴。"

"好吧，大叔，傻笑哥哥临死前确实说过自己是被誓言杀害的遗言，但我总觉着这里面有问题。"

"喂，小妹妹，你什么意思啊！你非要跟我过不去么？"狄元芳刚放松下来的神经又紧张起来了。

"哇！大叔，你别误会啊，我没有要针对你的意思。我确实觉着有问题啊！"

疯少也若有所思地点头："这个小妹妹说的没错，你们刚才不是说发现誓言尸体么，既然他已经死了，怎么可能又回过头来杀死傻笑啊？"

眼见如此，狄元芳突然有一种要被逆袭翻盘的预感，正急得抓耳挠腮之际，邵斌突然奋不顾身地杀将出来。

他先是哈哈大笑，以此烘托出自己智高一筹的假象。众人果然被他的笑声所迷惑，纷纷探问："喂，你笑什么？我们说的不对么？"

邵斌笑声渐止，缓缓说道："你们走进了一个误区。"

"什么误区？"

"你们先得知了誓言的死讯，又发现了他的尸体，而傻笑哥是死在誓言之后，所以下意识认为誓言不可能杀害傻笑哥。因为从来没有发生过凶手死在被害人前面的案例，对不对？"

"呃，是这么一回事儿。"

邵斌微微一笑，脸上露出了象征真理的表情，继续说道："但是你们忽略了一件事。"

"什么事？"

"傻笑哥是死于中毒，换句话说，誓言完全可以提前下毒，但傻笑哥凭借着强大的求生意识压制毒性，一直垂死挣扎着不咽气。没想到的是，在傻笑哥毒发身亡之前，誓言反倒先死了。这就是事情的来龙去脉。"

疯少静下心来仔细回味："你这么一说，确实解释得通。"

狄元芳亦对邵斌投去赞许的目光，而身为表哥的木小云更是鼓掌以示肯定。

可就在这时，罗小梅跳出来反驳道："邵斌，你的推理有漏洞啊！"

"啊？班长，你什么意思？"邵斌预见到自己可能要被拆台。

果然，听罗小梅反问道："邵斌，我问你，誓言是什么时候离开别墅的？"

在摸不清对方进攻意图之前，一问三不知无疑是最好的防守方式。于是，邵斌回答道："我不知道。"

罗小梅急道："傻笑哥哥说的时候，你也在旁边，你怎么会不知道？"

"那我忘了。"

"好吧，傻笑哥哥说，誓言把他接到房间后，就出门了。"

"呃，好像说过吧。"

"那么，邵斌，我再问你，傻笑哥哥说这句话的时候，他是不是刚洗完澡穿着睡衣？"

"我记不清了。"

"邵斌，你是故意的吧？这么明显的事情你居然说记不清，你是在和我作对么？"

"啊，班长，请你让我再好好想想。啊，班长，我想起来了，好像是刚洗完澡穿着睡衣。"

"那么，邵斌你好好回忆，傻笑哥哥是通过何种方式被下的毒？"

"班长，这个我真不知道。"

"你又要和我作对？"

"不不不，班长，你听我解释，当时我在门口，没进屋，他说话声音那么小，你蹲在他身边，你听清了，我是真没听清。"

罗小梅回顾了一下，确认无误，宽宏大量道："好吧，不妨告诉你，傻笑哥哥是被毒针刺伤后中毒身亡的。"

邵斌迟疑道："班长，傻笑哥的中毒方式和我的推理没有冲突啊？"

狄元芳亦耐不住性子质问："小妹妹，你绕这么大一个圈子，到底想表达个什么意思，能直接点儿么？"

"好吧，大叔，我直接点说。刚才在检查傻笑哥哥尸体的时候，我发现了他右臂上被毒针刺过的伤口，同时我也在他所穿睡衣的右臂位置同样发现毒针穿过的小洞。换句话说，傻笑哥哥是在洗完澡见过我们之后，被毒针刺伤中毒而死的。而如他之前所说，那个时候誓言已经离开别墅。这难道不是很明显的矛盾么？"

此言一出，众人又陷入到沉思之中。尤其是疯少表现出了身为墙头草的典型气质，不停地点头示意，若有所思地说道："这个小妹妹说的很有道理，看来现在把誓言定义为凶手为时过早，何况他也死了。"

狄元芳觉着自己不能再坐以待毙了，索性拿死亡遗言当救命稻草，对罗小梅展开反击："小妹妹，你说傻笑临死前亲口告诉你凶手是誓言，像这种铁证如山的死亡遗言你怎么解释？难不成你在撒谎？"

罗小梅吃了寓言故事里自相矛盾的亏，急道："我没有撒谎啊！傻笑哥哥真对我说过凶手是誓言……"

狄元芳趁机开始反攻："小妹妹，你一会儿说东，一会儿说西，既语无伦次又毫无条理，而且两具尸体又都是你发现的，这些情形细细想来真是叫人怀疑啊！"他倒打完一耙之后，赶紧此地无银三百两，道，"啊，小妹妹，你别误会啊，我并没有认为你是凶手哦！"

"大叔，我确实觉着傻笑哥哥的死亡遗言和他被害的事实之间存在着时间上的矛盾……"

"等等，班长，这之间其实并不矛盾。"当两种声音争论不休的时候，通常会跳出第三种声音出来收拾残局，所以邵斌发出了这种呼声。

"哦？你说说看，怎么会不矛盾呢？"

"班长，表哥，疯少哥，狄侦探，咱们做一个假设，誓言迎接傻笑哥回房间后，他号称要出门看雪景，其实他并没有出去，而是藏在别墅的某个角落里。"

罗小梅不解地问："邵斌，誓言为什么要撒这个谎呢？"

"他撒这个谎，谎称自己出门看雪景，是为了让大家担心他，出去找他。"

疯少又开始点头，他化身成草以闻风起舞之势第 N 次若有所思地说道："誓言是想故意把大家支开，然后好对傻笑下杀手。"

"不错，誓言下完毒后，逃离别墅，因为怕被我们找到，所以藏进了北面的山洞。"说完后，邵斌长吁了一口气，因为他终于捏造出一种假设，而这种假设具有着和安卓系统一样强大的兼容性，几乎包容了所有的可能性且使它们互不冲突。

众人听到这里，无不衷心地折服，唯有罗小梅似乎还在吹毛求疵："邵斌，你推理得好像很完美，可是这毕竟只是假设，缺少证据支持啊！"

邵斌在吹牛方面表现出了艺高人胆大的天赋，虚张声势道："我有人证啊！"

"谁？"

"温柔！"

"为什么？"

邵斌深知畏罪潜逃乃杀人凶手必备之技能，他赌温柔杀害誓言后肯定早已逃下山去，所以大言不惭道："因为是她杀死的誓言。只要找到温柔，就能知道誓言的死亡时间，进而证明我的假设正确无误！"

未等罗小梅开口，疯少却先说话了。

先看他脸上现出不可思议的神情，跟着听他质问邵斌道："你说什么？是温柔杀死的誓言？是谁告诉你的？"

"是……是……是誓言说的。"

"誓言？誓言不是死了么？"

"他，他是死了，但他留下了死亡遗言！"

"死亡遗言？又是死亡遗言！什么死亡遗言？你确定没看错？"

"誓言死的时候手里攥着纸条，上面写着'凶手是温柔'的字样。"

疯少面色冷峻，深思了半晌，终于不再做墙头草，他说道："这不可能，誓言最近排位赛才崭露头角而温柔早已不再直播比赛，他俩怎么可能认识？你为什么要骗我？"

"啊，疯少哥，你好凶，我没有骗你啊，不信你可以问他们，他们也都看到那张纸条了。"说着，邵斌用手指指了指旁边的表哥和班长。

疯少目露凶光，又去看他俩。

罗小梅表现出刘胡兰般的英勇无畏，站出身来挡在邵斌前面，道："我确实看到那张关于死亡遗言的纸条了。"

木小云也在旁边帮腔道："也许誓言和温柔原本不认识，但见了一面后就互相认识了。"

疯少脸色越来越难看，他几乎声嘶力竭的高呼："不可能！他们根本就不可能认识！"

崇尚浪漫主义的罗小梅一听这话儿，当时就不高兴了，反驳道："你凭什么说他们根本不可能认识？有时候人与人之间相识是讲究缘分的。"

疯少以现实主义手法打断道："讲你妹，温柔早死了，怎么可能再来杀死誓言！"

"你说什么？温柔死了？就是那个打直播的温柔？"大家几乎异口同声地说道。

尤其是木小云，脸色更是惊骇不定："你说她死了？不会吧！"

狄元芳一时分不清敌我看不明局势，所以不发表言论，只是静观其变。

罗小梅倒是忍不住问道:"疯少哥哥,你认识温柔姐姐么?"

"只是在网上知道有这么一个人,现实中并不认识。"

"那你是怎么知道温柔姐姐死了的消息的?"

"傻笑和她熟啊,他俩好像还见过面,我是后来听傻笑说的。"

"那你知道傻笑哥哥是怎么获知温柔死讯的呢?"

"这我哪儿知道!"疯少努努嘴说道。

罗小梅叹了口气,说道:"可惜啊,傻笑哥哥已经死了,这就成了死无对证。"

"喂,小妹妹,傻笑是不会骗我的!对了,木小云,温柔的那件事你是始作俑者,难道她的死讯,你一点都不知情么?"

木小云的脸上闪过了一丝痛苦的表情:"你是说她是因为在 YY 直播时找人代打游戏,被我揭穿后,承受不了粉丝们的辱骂,才想不开自杀了?"

"不是自杀,是意外,因为醉酒横穿马路,被车撞死了。"

木小云"啊"的一声惊呼:"真的死了?哼,那责任也不能全怪我,你们几个若是没有在网上发帖子,煽风点火怂恿粉丝,温柔也不至于沦落到后来那个下场。"

"好了,木小云,我现在不想和你争论温柔的死到底谁的责任更大,我就问你一件事,誓言的死是怎么回事?"

木小云也急了,吼道:"我哪儿知道,他手里攥着的纸条就是那么写的,说凶手是温柔。"

疯少哼笑道:"一个早已经被车撞死的人,怎么可能又突然冒出来杀死另一个人,那个被当作死亡遗言的纸条肯定是事后被人塞进去栽赃的。"

罗小梅站出来辩解道:"发现誓言尸体的时候,那张字条被攥在手里攥得很紧,不可能是事后塞进去栽赃的。"

"呵呵,照你们这么说,那真就见了鬼了!"

疯少话音刚落,邵斌像是受到了启发,一边拍打着自己的脑袋,一边不停地在屋里踱步。

班长识破这动作是推理小说里侦探即将破案的征兆,于是忍不住问道："邵斌，你是不是想到了什么？"

"嗯！"邵斌停下脚步，看着罗小梅，认真地点头。

"想到什么，你快点说！"

"可是，我怕……"

"怕什么，尽管大胆说，即便说错了也没有人会怪你。"

"真的么，班长，说错了，你也不会怪我？"

"身为班长，我什么时候骗过你。"

"好吧，班长，我想我已经知道这起连环杀人案的真凶了！"

罗小梅面露喜色，而狄元芳显出了担忧的神情，至于木小云则激动地问道："表弟，你是怎么知道真凶的？"

邵斌吃水不忘挖井人，感恩戴德道："是疯少哥的一句话提醒了我！"

作为启蒙者的疯少疑惑不解地求教："我哪句话提醒了你，我怎么不知道？"

邵斌说："你刚才那句见了鬼。"

"哦？啊？我就是随口一句咒骂，哈哈，你快说来听听，让你想到了什么？"

邵斌想了一会儿，认真地说道："我想，也许，真是见了鬼了。"

众人愣了一下，纷纷追问："什么叫真是见了鬼了？"

邵斌循循善诱谆谆教诲道："真是见了鬼的意思是，他们真是被鬼杀死的。先是誓言，他被已经死了的温柔用锐雯的大招砍死。临死前，誓言留下了'凶手是温柔'的死亡遗言。然后是傻笑，他被已经被砍死的誓言用提莫的大招毒死，而傻笑临死前亲口说的毒他的人是誓言。这么多人证物证铁证不正好能证明这一切都是鬼做的么？"

罗小梅吃惊地问道："邵斌，这就是你的结论？凶手是鬼？"

邵斌嗯了一声，他回顾完过去，马上开始展望未来，继续说道："如果我预测得没错，下一个死者的死亡遗言肯定指出凶手是傻笑，而至于他的被害方式我也猜出来了。傻笑在 LOL 里最擅长什么英雄呢，黑暗之女安妮，所以下一个死者一定是被安妮的大招，狗熊给拍死的。"

"狗熊拍死？"

"鬼杀手？"

"太白痴了吧！"

"而且还很二缺呢！"

"估计是吓傻了。"

一时之间，各种蜚言流语袭来，一起诋毁着这个天真烂漫的少年！

"喂，你们怎么不相信我呢？事实就摆在眼前啊！"邵斌依旧在奔走疾呼，但换来的只是大家鄙夷的嘲笑。

"好了，邵斌，不要再说了，凶手根本不可能是鬼！"身为班长的罗小梅大声喝止道。

疯少也冷笑道："凶手一定就藏在我们中间，哼，木小云，是不是你干的？少在这儿装神弄鬼了。"

疯少怀疑木小云的同时，木小云也同样在怀疑疯少："呵呵，不要贼喊捉贼了，我还觉着你是凶手呢！"

"我是凶手？开玩笑！以队长身份把大家聚集到这个鬼地方来的人是你，发现誓言尸体的人也是你，明明你嫌疑最大，居然还好意思怀疑我？"

"你，你不要血口喷人！"木小云气急败坏道，"誓言尸体又不是我一个人发现的，还有我表弟和他同学呢。至于傻笑的死，我根本不在现场，我和你一样都是后来知道的。"

疯少一击不成，开始株连："你不说我还没注意呢，这两次发现尸体好像都有你表弟在场，这么说来是你表兄弟俩合谋的啦！"

邵斌眼见如此赶紧撇清自己："喂，疯少哥，你怀疑我表哥，我就不说什么了，你怎么又怀疑到我身上了呢？"

木小云则气得一言不发。

看着有口难辩的木小云，狄元芳就仿佛是看到了过去的自己，他心里除了对被怀疑者抱有深深的同情和信任之外，至于跳出来予以声援的念头则有都没敢有。

因为现在，对于狄元芳来说，不发言不作为，安安静静地当一个旁观者静候案件的结束，才是他最好的选择。

何况，在他看来，虽然已经死了两个人，但案件还远远没有结束，更凶残的杀戮似乎正在不久的将来呼之欲出。

同样，数次破案中，一直充当侦探助手的罗小梅也有着与狄元芳相同的预感。所以当看到疯少和木小云两个人在大厅里拼命指责对方是凶手的时候，她终于忍不住大声道："喂，你们不要吵了，凶杀案没有结束呢，后面可能还会死人，大家团结起来不要内讧好么？"

听到这句话，木小云和疯少不由愣了一下，停下争吵，纷纷转过头来问罗小梅："小妹妹，你说后面还会死人？"

罗小梅煞有介事地点头："是啊，所以大家哪里也不要去，都待在大厅，这样凶手就没有机会下手了。只要熬过今晚，明天一早，警察就会赶来救咱们。"

"小妹妹，你说什么？让大家在大厅熬一宿？开什么玩笑，这里面可藏着凶手呢，我才不和凶手待在一起！"疯少说完，狠狠瞪了木小云一眼，头也不回，返身上楼。

"喂，你瞪我干什么？你才是凶手呢，我还不愿意和你待在一起呢！"木小云也是不甘示弱，朝地上吐了口唾沫，也独自上了楼。

"喂！喂！喂！疯少哥哥，队长哥哥，你们别走啊，会死人的！"一时之间，空旷的大厅里，只剩下罗小梅自己在大声呼喊。

✎ 深夜里的尖叫声

"班长，如果你不制止我表哥和疯少争吵，很有可能他俩会在这儿争吵一宿。我们在一旁看热闹也不会无聊，这样大家待在一起说不定能安全地度过这一晚上呢。"

"啊，邵斌，你怎么不早说，唉唉，早知道我就不打断他们吵架了。可现在怎么办，把他们从各自房间叫出来，再重新吵一遍么？"

"班长，恐怕不行吧，他们现在已经吵过劲儿了，开始彼此提防对方了。"

罗小梅满怀内疚地叹了口气，她忽然看到坐在沙发上一言不发扮隐形人的狄元芳，于是好奇地说道："大叔，好奇怪啊，这次发生命案，你怎么总是装出一副身不关己的姿态一言不发。"

狄元芳苦笑道："小妹妹，你要理解我，我不想再被当成凶手抓起来了。"

"啊，大叔，你竟然还记恨着这件事啊！大叔啊，你可是侦探，是伸张正义惩治罪恶的名侦探呐！你怎么可以因为个人名誉，对案子不闻不问，放任凶手行凶呢！"

"呵呵，小妹妹，你非要拖我下水么？"

"大叔，不是我想拖你下水。你看现在的情形，明显是推理小说里暴风雪山庄惯用的桥段，再往下，疯少哥哥和队长哥哥之间肯定还会再死一个。时间一点一点流逝，凶手随时都可能出手。而大叔，身为名侦探的你，怎么可以坐视不管呢？"

"我，我……小妹妹，你不要用激将法激我啊！"狄元芳痛苦地摇着头，很明显，他正在承受良心上的谴责。

罗小梅见好就收以退为进欲擒故纵道："大叔，我知道你的难处，我也不是非要把你拖进案子里来，我就是希望能得到你的帮助。"

"哦，什么帮助啊，小妹妹，你说来听听。"

罗小梅咽了口唾沫，小声道："事到如今，我应该怎么做才能阻止犯罪的发生，你告诉我，我来做。"

狄元芳沉思了一下，缓缓道："如果我是你，我应该盯紧凶手，在他出手准备谋杀下一个被害人的时候，将他绳之以法。"

罗小梅拍手赞道："大叔，你太聪明机智了！"说完，她忽然想起来什么，叹了口气，又对狄元芳说，"可是我不知道他俩谁是凶手啊！"

狄元芳赶紧表态："我也不知道。"

一听这话，蹲在旁边的邵斌当时就不乐意了："喂，大侦探，原来你不知道凶手身份啊？刚才叨叨了半天全是废话啊！"

"邵斌，不准对大叔无礼。"

狄元芳却是微微一笑，显示出了大人不记小人过的宽广胸怀，缓缓道："小妹妹，我虽然不知道凶手的真实身份是谁，但我是侦探，我可以猜啊，哦，不，我可以推理啊！"

"啊，大叔，那你快推理推理，疯少哥哥和队长哥哥，他俩到底谁是凶手？"

狄元芳沉思了片刻，他自己不好断言，索性引导罗小梅来断，于是，做胸有成竹状反问道："小妹妹，我问你，在推理小说里，像这种暴风雪山庄模式通常都会发生连续死人事件。当凶案发生到两三起后，幸存者中便会有人提出大家待在一起不要单独行动的建议，对不对？"

罗小梅拼命地点头："是啊！是啊！大叔，这几乎是固定的桥段了。而刚才，我也是这么建议大家的，但可惜，没有人当回事。"

"小妹妹，你不必难过，其实有人故意这么做。"

"故意这么做？大叔，你什么意思？"

狄元芳脸上露出高深莫测的一笑，淡淡道："小妹妹，我问你，谁最害怕幸存者们待在一起？"

"这个啊，凶手吧？只有真正的凶手才会害怕幸存者们一直待在一起，这样他就不好下手谋害！"

"嗯，小妹妹，你分析得没错，所以说当你提出大家待在一起不要分开的时候，谁最先提出反对意见并带头回屋，那么那个人就最有可能是凶手了。"

"啊，大叔，你这么一说，让我好好想想，难道真正的凶手是疯少哥哥？"罗小梅忍不住惊呼道。

"一定是他！杀了那么多战队成员害得我表哥成了光杆司令，还让他蒙受了杀人嫌疑的冤屈，身为表弟的我必须要揭露凶手的罪恶面目。"邵斌信誓旦旦地说道。

罗小梅仍不放心，反问狄元芳道："大叔，你真的确定疯少哥哥是凶手？不会搞错吧？"

狄元芳呵呵一笑，不置可否，婉转道："坚持自己心中的目标，奔跑吧，骚年！"

"快走吧，班长，我们去监视疯少去，再晚些，他可能就要对我表哥动手了呢。"说着，邵斌拉着罗小梅的手，直往二楼跑去。

被生拉硬拽下的罗小梅，回头看着站在原地的名侦探，忍不住叫道："大叔，你不跟我们一起去监视凶手么？"

狄元芳化身成徐志摩，挥一挥衣袖，微笑道："你们去吧，我就这样，静静地在深夜里坐着，哪里也不去，静候明天的日出，灿烂的阳光将冰雪融化。"

"班长，你确定，咱们这样守在门口，就能盯住疯少的一举一动？"邵斌隐藏在走廊的拐角处，一边悄悄探出脑袋偷窥，一边小声请示班长。

罗小梅认真地说："邵斌，盯梢这种事，其实我也没有经验，我看谍战片里不都是这么演么，守住门口进行监视。"

"班长啊，谍战片是都这么演不错，可是，靠看门这种方式盯梢，有一个缺陷。"

"什么缺陷啊，邵斌？"

"咱们只能盯着房门，但盯不到人。"

罗小梅呵呵一笑，拿着谚语名句开导道："邵斌，你没听过这么一句话么，所谓跑得了和尚跑不了庙，咱俩只要盯死了这个房间，就等于盯住了疯少哥哥。"

"班长，但是还有个问题。"

"你又有什么问题啊？"

"其实，咱们之前并没有看到疯少回到自己的房间，所以咱们直接盯梢他的房门，合适么？"

"哦，邵斌，你怎么不早说？"

"我也是才想起来的，班长，我们现在该怎么办？"

"怎么办？我想想啊，我们是不是应该先确认一下疯少哥哥还在不在屋里？"

"班长，话说起来容易，可是你想好怎么确认了么？"

罗小梅咬咬牙，说道："不知道，肯定要先敲门吧。"

话一说完，罗小梅便硬着头皮直朝疯少的房间走去。

邵斌愣了一下，赶紧从后面追上来，小声问道："班长，敲完门你说什么啊？"

"想到什么说什么呗。"

"想到什么说什么？喂，班长，他可是杀人凶手啊，要是哪句话说错了，引起他的怀疑，咱俩的小命可就都玩完了。"

罗小梅展现出了赶鸭子上架的大义凛然："现在没时间考虑那么多了。"

说着，她已经开始敲疯少的房门了。

敲了大约两三声，屋里传来疯少警惕的声音："谁？"

邵斌欣喜且激动地小声说："班长，你听，他在屋里，这下咱们可以放心了。"

跟着他又叮嘱道："快，找个理由敷衍他，千万别引起怀疑，咱们好躲在暗处偷偷监视。"

结果，罗小梅生出了钻研数学题的严谨认真，说道："不行，光听着声音不算，要见着真人才行。"

"喂喂，班长，咱们是盯梢，不是和凶手面对面交锋！"

倔强的罗小梅无视邵斌的劝阻，隔着门回复："疯少哥哥，是我。"

"是小妹妹么？"颤抖的声音难以掩盖的是一颗紧张的心。

他为什么紧张？

是因为担心自己的杀人计划暴露么？

一念至此，罗小梅敲门更加用力，她一边使劲敲门一边大呼："疯少哥哥，快开门，我有事找你！"

邵斌听这敲门声听得心惊肉跳，在一旁痛心疾首道："班长啊，轻点儿，

轻点儿，别激怒了凶手。"

结果邵斌话音刚落，房门就被从里面打开了，跟着疯少探出了他那张充满戒备的脸。他瞅了瞅罗小梅，又瞅了瞅邵斌，警惕地问："你俩找我有什么事？"

"疯少哥哥，其实，我找你，唉，怎么说呢？真不好开口……"罗小梅借着欲言又止拖延时间思量对策。

趁这空档儿，邵斌注意到疯少左手扒着门而右手却是隐藏在身后。

他右手藏在身后做什么？怀着这个疑问，邵斌悄悄移动身位，变换视线角度，终于，他看到了疯少握在手心的刀柄！

邵斌看见疯少手中的刀的时候，他猛然察觉疯少正在盯着他。

邵斌知道自己看到了不该看到的东西，于是，他赶紧把目光看向别处，与此同时还转移话题道："是啊，班长，你到底找疯少哥有什么事啊？"以此表示自己什么都没有看到。

罗小梅吃了背腹受敌的亏，咬咬牙，临场发挥道："疯少哥哥，我其实就是想看看你。"

疯少愣了一下，问道："然后呢？"

"没事了，疯少哥哥，看你还在屋里我就放心了，晚安哦，祝你做个好梦。"说完，罗小梅赶紧转身准备离去。

邵斌在逃跑方面亦不甘落后，兀自抢在班长前面，小跑着先撤退。

"等等！"疯少忽然叫道。

他非但叫他俩驻足，还从屋里走了出来，只是他拿刀的手始终藏在身后。

"你以为你俩来的目的，我不知道么？"疯少冷笑了两声，接着说道，"你俩是木小云派来的间谍，对不对？确定我人在不在房间，然后好来谋害我，对不对？"

"没啊，没有啊，你误会啦，是我们自己要来的！"罗小梅和邵斌异口同声地辩解。

疯少依旧是笑，他笑得阴冷，然后他的右手慢慢从身后伸了出来，与手一同亮相的还有手中那把寒气逼人的刀。

"你们看，这是什么！"疯少晃了晃手中的刀，喝问道。

罗小梅和邵斌惊骇不已的同时，跟着联想到这是要大开杀戒的节奏，尖声惊叫道："你，你，你真是杀人凶手啊！你，你是要杀我们灭口啊！"

"邵斌（班长），你断后，我去叫人来帮忙！"罗小梅和邵斌几乎异口同声道。

说完后，他们又彼此看了看对方，用不可思议的表情互相指责。

"你说什么？我（你）是班长，你居然让我断后，太没有天理了。"

"好了，你们两个不要吵了！"疯少当手里的刀是原子弹，见好就收，恐吓道，"我就是警告你们一下，不论凶手是谁，不要妄想打我的主意，我就待在这间屋子里哪里也不去，直到明天警察赶来。当然，这期间你们谁要是敢靠近，别怪我红刀子进，哦，不，是白刀子进红刀子出！"

邵斌一听对方亮出刀子只是警告，并没有要动手的意思，如获大赦般长吁了口气。他怕其中途变卦，赶紧溜须拍马以定人心："哇哇，疯少哥，你刚才持刀的样子浑身正气威风凛凛，一看就是英雄般的人物，怎么可能是穷凶极恶的凶手呢！"

疯少愣了一下，收起匕首，摆出关云长式的傲娇："哼，甭说些没用的，你们敲我房门，到底是想做什么？老实交待！"

罗小梅忽然插言道："其实，我们找你，是有事相求。"

"什么事？"

"希望今晚我和邵斌能跟你待在一起，万一遇到危险，你可以保护我们！"

一听这话，邵斌当时就惊了，使眼色问班长：和他共处一室，不怕他是凶手啊？

罗小梅用眼神回复：不入虎穴，焉得虎子。

邵斌亦用眼神抱怨：要入你入，别拖我下水！

他二人正用复杂的眼神进行丰富交流之际，毫无察觉的疯少忘却了自己泥菩萨过河的处境，大言不惭道："小妹妹，你们放心吧，如果真遇到危险，我一定会保护你们的。"

结果这哥们属乌鸦嘴的，他话音刚落，走廊深处突然响起啊的一声惨呼。跟着是凄厉可怕的尖叫从某个房间里传出："傻，傻笑，你是，你是人是鬼？"

"这，这是我表哥的声音！"邵斌受恐怖气氛的渲染，整个人都惊恐起来。

罗小梅显然更理智一些，她对邵斌大呼道："你刚才听到你表哥喊的什么了么？他好像在喊，'傻笑，你是人是鬼！'"

"啊！班长，是鬼，是鬼又要出来杀人了么？"邵斌仿佛亲眼见到了恶鬼一般，惊恐得不知所措。

罗小梅回看疯少，问道："疯少哥哥，现在怎么办？"

其实，疯少早已吓得够呛，无奈前面刚说完大话，只得硬着头皮道："你俩快进我屋里躲躲！"

"去你屋里做什么啊？"

"保护你们啊！"

"叮是，队长哥哥现在遇到危险，你手里有刀，你不去救他么？"

"救他？开什么玩笑，凶手是鬼啊，刀有啥用啊！"

"疯少哥哥，之前在大厅你不是坚定地认为凶手是人，故意在装神弄鬼么？"

疯少吃了自相矛盾的亏，转移话题道："管他是人是鬼，为今之计，静观其变，谋定而后动才是上策。咱们不可以贸然前去送死啊！"

罗小梅急道："难道就这么眼睁睁地等着队长哥哥被杀？身为班干部的我做不到啊。"说着，她拉起邵斌的手，直往木小云的房间跑去。

独留下疯少站在门口假侠义："小妹妹，出了这个房间就不是我的保护范围了啊，你非要前去，遇到危险可不要怪我啊！"

伴随着疯少的警告，恐怖的尖叫声再次响起，如同恶灵鬼魅般的哀鸣，在走廊里回荡。

🔍 小心，提伯斯之怒！

一阵疾跑，邵斌回过神来抬头一看，自己已经站在了木小云房间的门口。

他大吃一惊的同时，明知故问道："班长，这是哪里？"

"你表哥的房间啊！"

"班长，你为什么要带我来这么危险的地方？"

"救你表哥啊！"

"拜托，班长，要救你救，不要总是拖我下水啊！"

"邵斌，他可是你表哥啊！"

"你也说是表哥，从来没见过面的远房亲戚，没必要害自己送命！"

"邵斌，你居然见死不救！你忘了老师怎么教导我们的吗？要德智体美劳全面发展！你后四样已经发展不起来了，难道你还要再缺德么？"

"哇哇，班长，瞧你说的，把人往死路上逼……"

"哼，哼，邵斌，要不去也行，反正回学校你等着吧……"

"班，班长，你是要给我小鞋穿么？我错了，我错了，我救！我救！总行了吧！"

于是，邵斌装模作样地站在门口摇旗呐喊道："表哥，你怎么样了？"

房门里面传出木小云惊恐的声音："傻笑，你，你要干什么？"

罗小梅欣喜道："邵斌，队长哥哥还没死，他还活着！"

邵斌也跟着欢喜道："班长，我表哥还没死，太好了。"

"嗯，邵斌，快救他出来！"

"嗯，表哥，你快出来！"

"救啊！"

"救了啊！"

"你隔着门空喊了两声也算救啊？"

"这叫恫吓好不好，威慑对方，不战而屈人之兵！"

"邵斌，你是要跟我犟嘴么？"

"不是，班长，我叫我表哥出来，他不出来，我有什么办法！"

"你不会撞开门冲进去！"

"撞开门？冲进去？里面可是在闹鬼啊！"

"你要违抗班长命令是不是？行，等回学校……"

"我撞！我撞！我撞！"邵斌咬咬牙，闭上眼睛，摆出撞门的姿势。

就在这一瞬间一刹那，屋里又传来木小云的喝止："不要撞门！"

那声音气喘吁吁，显然木小云正在与恶鬼厮杀，但又听不到打斗声音，也许是人鬼之间在比拼内功也说不定。总之，此言一出，罗小梅和邵斌都不敢轻举妄动了。

跟着，木小云再次高呼道："离门远一些！危险！"

邵斌听到表哥的警告，生出孙大圣挣脱五指山的气势，赶紧拉着罗小梅退后。

罗小梅问邵斌道："为什么不让撞门，还说有危险？"

邵斌趁机道："表哥既然让咱们别靠近门，自然有他的道理，班长千万不可莽撞啊！"

罗小梅问："也不知道里面什么情况。现在怎么办啊？"

邵斌很想说咱们在这也帮不上忙，不如回去静候消息，但这话终究不好出口。他想来想去，只能装出一副不知所措的样子来拖延时间，以期盼那二人之中赶紧死一个，好有个了断。

邵斌高瞻远瞩甚至连后路都想好了，如果表哥杀死对方，那么万事人吉；如果对方杀死表哥，那么他就以悲痛欲绝之态抱着表哥尸体假哭，不管对方是人还是鬼，反正他是说什么也不会去追。

一念至此，邵斌当即变换出焦急不安的表情，开始在走廊上反复踱步，以示自己乱了阵脚。

班长被假象所迷惑，稳定军心道："邵斌，来回走没有用，要不咱们在这儿加油吧！"

"班长，这又不是篮球比赛，不需要拉拉队加油。"

"总不能这样干等下去，对了，可以去叫人帮忙。"

"叫谁啊？那个疯少才不会帮忙呢！"

"除了疯少，还有大叔啊！"

"大叔？就是那个待在大厅哪儿也不去的，神神叨叨的中年人？你叫他，他肯来帮忙么？"

"应该会来的。"罗小梅坚定地说。

"可是，他就算来了，应该也帮不上什么忙吧？"

"邵斌，不要这么说么，他毕竟是大人，又是侦探，肯定会想到办法的。我现在就去叫他！"

说完，罗小梅仍不放心，隔着房门鼓励屋里的木小云，道："队长哥哥，你再坚持一下，我去叫人，马上来救你！"

结果罗小梅话音刚落，木小云立刻就坚持不住了，发出一声撕心裂肺的惨叫。

可惜，他惨叫声刚起，就立刻被另外一种声音所淹没。

那是一种诡异的声音，深沉而又充满力量，如同野兽在低吼，整个别墅似乎都在为之颤抖。

"班长，这是什么声音？"邵斌惊问道。

"好像不是人声！"

"不是人声，那是什么声？"说到这儿，邵斌脑海里忽然闪过一个游戏画面，接着他脸色大变，"难道是……"

"邵斌，你想到了什么？"

"我，我……"邵斌欲言又止，额头泛起冷汗。

也就在这时，木小云的痛呼如同海浪的声音此起彼伏而且越发急促，这似乎是在暗示他遭到连续重击要不久于人世。

罗小梅感同身受，恨不得破门而入，舍命相救。

而木小云难能可贵的是，他自己性命堪忧还担心他人安危，就在罗小梅准备撞门之际，他用尽全力大叫道："小心，提伯斯之怒！"

他喊完这句话之后，便听"轰"的一声巨响，屋子里突然发生爆炸，巨大的气浪将整扇房门掀翻，准备破门而入的罗小梅立刻给压在门板下面，没了声息。

邵斌当时就愣了，但很快他又清醒过来。因为他心里明白班长不能出事，否则他就没法跟老师同学交待，他甚至于会因此留级！

一念至此，不及多想，邵斌赶紧奋不顾身地冲上前去，扒开压在罗小梅身上的门板。

"班长，班长，你没事吧？你是我带出来的，你可千万不能有事啊！"邵斌一边摇晃罗小梅的身体，一边如咆哮帝般喊，"你一旦有个三长两短，无法参加考试，班级平均分也会受影响，到时班主任因此评不上先进个人，她一定会把账算到我头上的。你醒醒啊！醒醒啊！"

想到悲惨下场，邵斌摇晃得更用力了，然后硬生生把罗小梅从昏迷中摇醒了。

"班长，你终于醒了。"邵斌长吁了口气，欣喜地说道。

"邵斌！"罗小梅缓缓睁开眼睛，身为班干部的她时刻把人民群众的安危放在第一位，"队长哥哥，队长哥哥，他还活着么？"

"我不知道。"见到领导无恙，邵斌兴奋得早已六亲不认，然后趁着罗小梅清醒，赶紧邀功，"班长，是我救的你。"

"哦，不要管我，快去看看队长哥哥。"

邵斌依言抬头朝房间看去，只见里面像被火药炸过一样，四壁熏黑，到处冒着火苗，很有国产战争片的爆破感。他留个心眼儿，害怕里面还会有余爆，于是只是站在门口，一边朝里张望，一边装腔作势地呼喊："表哥，表哥，在么？在么？"

罗小梅敦促道："你站在外面喊有什么用，进去啊，进去看啊！"

"进去？好吧，班长。"邵斌终于硬着头皮走进房间，烧焦的气味让他下意识着掩住口鼻，幸亏房间并不大，床、桌、衣橱虽然多少有些损坏，但远没有到支离破碎的地步。至于木小云，环视了一圈，居然不在屋里。

"班长，我表哥不在屋里！"

"不可能！"

"真的不在，不信你进来看看！"

罗小梅从地上爬起来，她扶着墙也走进屋："咦，队长哥哥呢？屋子就这么大，他能去哪儿啊？"

邵斌联想起刚才那声爆炸，惊呼道："我表哥一定被炸上天了！"

"别胡说！"

"不是，班长你看，窗户开着呢，我表哥一定是顺着窗户被炸上天的。"

"邵斌，身为班长，我必须警告你，不准再传播歪理邪说了！"

邵斌不再辩解。

他确实不需要辩解，因为他要用事实来证明自己。

于是，在班长的注视下，邵斌冷静地向窗台走去。他走到窗台前，探出身子，仰望星空。

此时此刻，暴雪已经停息，漆黑的夜空里，寒月如钩，星星一闪一闪亮晶晶，邵斌仰望苍穹，他眯着眼睛，他是在找什么？

他在找他的表哥！

因为在他的意识里，如果表哥真是被炸飞上天，那么在这个位置一定能看到表哥飞升时的倩影。

那么，邵斌看到了么？

好像，没有。

那么，邵斌放弃了么？

当然，也没有。

雪虽停，但夜风仍在吹，邵斌凭窗而站，他在想如果表哥没有被炸上天，那他会被炸去哪里了呢？

正百思不得其解的时候，他忽然产生了逆向思维的灵感，然后低头看楼下。

不看不要紧，一看吓一跳。原来答案一直就在下面，只是他没有注意。

那么，邵斌看到了什么？

尸体！

不错，是尸体，虽然脸被炸得血肉横飞，但是那硕壮的体态依然掩盖不住木小云的身份！

"啊！表哥！是表哥！"这声撕心裂肺的哭喊，邵斌早已酝酿了很久，此时此刻终于派上用场。

罗小梅听到哭喊声，赶紧跑了过来，她顺着窗户往下张望，于是也看到了那具躺在雪地上的尸体。

"邵斌，你确定他是你表哥？"

"应该是吧……"

"什么叫应该？这事怎么能应该呢？走，跟我下楼辨认！"

"啊，班长，不是吧？还要下去辨认？脸都炸成那样了，多吓人啊！"

"正因为这样，更应该走近辨认！"罗小梅不由分说，拉着邵斌往外跑去。

"啊！啊！啊！不要啊！"邵斌气自己刚才用词不当，恨不能扇自己嘴。

往外跑，在路过疯少房间的时候，罗小梅还特意对着房门大喊："疯少哥哥，队长哥哥出事了，你快来看看啊！"

结果疯少连房门都没开，就在屋里回喊："别叫我，我哪里也不去，就待在自己的房间，等明天天亮警察来。"

继续往外跑，在路过一楼大厅的时候，罗小梅又特意对坐在沙发上的狄元芳大喊："大叔，队长哥哥出事了，你快来看看啊！"

结果狄元芳头都没抬，捂着耳朵回喊："别叫我，我哪里也不去，就待在一楼大厅，等明天天亮我立刻走。"

于是，罗小梅喊了一圈后，最终跟她一起跑出别墅看尸体的，还是只有邵斌。

🔍 天崩地裂

绕到别墅的后面，就见尸体正落在木小云房间窗台的正下方。

罗小梅一马当先的同时不忘回头催促邵斌跟上："邵斌，你快来看看，是队长哥哥么？"

"是，是，是。"

"你闭着眼怎么看啊？认真点儿，蹲下靠近点，端详，端详懂么？"

"啊！班长！真是！真是！"

"你确定？"

"确定！确定！百分之一百地确定！"

"哦，好吧。行了，邵斌，你站起来吧。"

邵斌闻言如蒙大赦，赶紧起身连连后退。

"邵斌，你觉着队长哥哥是怎么死的？"罗小梅盯着尸体，问道。

邵斌这次不敢乱答，小心翼翼地反问："班长，你觉着呢？"

"我觉着是被火药炸死的。"

"对，我表哥就是被火药炸死的。"

"能把人从屋里顺着窗户炸飞到楼下，说明炸药威力很大。"

"威力是很大啊，班长，房门都给掀翻了。"

"可是，邵斌，你没发现问题么，火药威力这么大，队长哥哥虽然血肉模糊，但全是皮外伤。"

"啊？班长，你希望我表哥被炸成什么样子？"

"像这种威力的爆炸，即便不是粉身碎骨，那至少也该断个胳膊少个腿吧。"

"哇！哇！班长，你太血腥了。"

"才没有呢，我只是站在科学的角度分析这件事。还有，邵斌，你注意看没有，队长哥哥的前额似乎是有伤。"

"从楼上掉下来摔伤的吧。"

"他是仰躺在雪地上，四周又没有翻滚过的痕迹，怎么看也不像是摔伤的。"

"班长，那你的意思是？"

"我觉着应该是爆炸前，被人用武器从正面拍伤的。"

"班长，你说什么？从正面拍伤？"

"是啊，伤口在额头，肯定是正面拍伤。"

"班长，你这个'拍'字用得太好了。"

"哦，是么？邵斌，我怎么没感觉。"

"班长，我再问你，像这种程度的迎面拍击，会把人直接拍死么？"

"这就难说了，不过我想就算拍不死，至少也能拍晕吧！"

"拍晕？对！对！对！班长，你假设得太传神了，是拍晕！"

"邵斌，你怎么突然这么兴奋呢？你是不是想明白什么事了？"罗小梅好奇地问道。

"嗯,嗯,差一样就全对上号了。"邵斌弯着腰，似乎在雪地里寻找什么。

"差一样？差一样什么啊？还有全对上号什么意思？对上什么号啊？"罗小梅疑惑不解地问道。

"哎呀，班长，你平时不好好玩游戏，当然不能理解这里面的深意了。"邵斌一边不耐烦的回答着，一边扒拉地上的雪。

"你说游戏？和游戏有关？LOL？"

罗小梅正问着的时候，邵斌忽然发出一声欢呼."找到了,原来在这里。"

"找到什么了？"罗小梅顺势朝邵斌手中看去，只见他手里一个熊玩偶，道，"是毛毛熊？"

"不，是提伯斯。"

"是什么？"罗小梅怔了一下，复又问道。

"提伯斯。"邵斌一本正经地回答，"在 LOL 里，黑暗之女安妮手里提着的那个熊玩偶叫提伯斯。"

"提伯斯？啊，邵斌，我想起来了，爆炸前，队长哥哥好像喊了一句，提伯斯之怒，有什么含义么？"

邵斌认真地点头，说道:"那是安妮的大招。在游戏中，遇到强劲的敌人，安妮会将手中的熊玩偶抛出。被抛出的熊玩偶因为受到暗黑魔法的诅咒而变成一只真熊！"

"啊！邵斌，我想起来了，刚才在屋外听到的那声诡异的低吼，是不是就是熊的吼叫？"

邵斌嗯了一声，游戏结合现实道："想必是凶手模仿安妮的大招，施展出了提伯斯之怒！"

"那，那么爆炸又是怎么一回事？"

"安妮这个英雄人物在游戏中除了能变熊之外，还具有火术技能，比如碎裂之火、焚烧。"说到这儿，邵斌刻意一顿，他看了一眼罗小梅，眼眸里闪烁出代表智慧的光芒，然后他用异常平静的语气继续说道，"班长，这些年通过我对游戏的刻苦钻研以及参悟理解，我想我已经看穿我表哥的遇害过程了。"

罗小梅惊讶地说："真的么，邵斌？快说来听听。"

邵斌深吸了口气，当自己站在百家讲坛的舞台上一样，铿锵有力地说道："凶手一定是先放出'提伯斯之怒'这个大招，将手中的熊玩偶变成真熊，把我表哥无情地拍晕。当然，也可能是直接拍死，这并不重要。重要的是，凶手随后又施展出'碎裂之火'这个技能，在屋里引起爆炸，进而将我表哥炸飞出来！"

"哇！又是熊玩偶变真熊，又是碎裂之火，邵斌，你说的这些好扯淡啊，简直太胡闹了！"

面对指责，邵斌只是微微一笑，他像是一名看破红尘的智者，淡定地说道："班长，我知道你不会相信，我不怪你，因为最初的时候我也不信。但是，就目前种种迹象表明，我说的这些就是现实，现实就是很扯淡。当然，我不指望你现在能接受这个现实。但我想，在岁月的洗礼下，随着你年龄的成长，终有一日，回首今天所发生的一切，你一定会理解我的。"

说完，他又重重哀叹了一声，以此烘托出曲高和寡的孤独。

罗小梅被邵斌装逼的假象所迷惑，一时不敢与之争执，避其锋芒道："邵斌，那你说，凶手是谁？"

邵斌从孤独中走出，以启蒙的方式回答："班长，我表哥临死前已经说出过凶手的身份，难道你不记得了么？"

罗小梅被成功启蒙，惊呼道："真是傻笑哥哥？"

"只有可能是他！何况，在 LOL 中，他最擅长的英雄也恰巧是安妮。"

"可是他已经死了啊？"

"谁说死了不能杀人？"

"你是说傻笑哥哥是装死？可是我亲眼看着他咽气的啊，他根本不可能装死！"

"傻笑哥确实不可能装死，他是死了，有时候，死人一样可以杀人的！"

"啊？邵斌？死人还能杀人？怎么可能啊！"

"呵呵，班长，不要总是死读书啊，你看你读书读得都脑筋呆板了！"

"喂，邵斌，你能好好说话么？你要是再对班长我不敬，等着回学校……"

"啊！啊！班长，我又错了！我又错了！"

"你快说，死人怎么杀人？"

"好吧，好吧，班长，你读过《聊斋志异》吧，关于死人杀人，里面举了好多活生生的案例呢，归纳成一点，就是化成厉鬼呗！"

"我去，邵斌，你又胡说！"

"班长，我不指望你现在能接受这个现实。但我想，在岁月的洗礼下，随着你年龄的成长，终有一日，回首……"

"你别哔哔了，行么？"

"班长，你是不是不相信我？"

"哼，厉鬼杀人？信你个鬼！"

"好，我问你一个问题，凶手去哪儿了？"

"什么凶手去哪儿了？"

"咱们赶到我表哥房间门口时，他正与凶手搏斗，后来房间爆炸，里面空无一人，我问你凶手去哪儿了？"

"咦？是啊！当时屋里没看见凶手，他去哪里了呢？对了，邵斌，凶手一定是跳出窗户逃走了。窗台虽然在二楼，但并不高，何况地上积满厚厚的雪，跳窗而逃完全是可行的。"

"可是，班长，你没发现么，雪地上只有咱俩的脚印，没有第三个人的，请问凶手如果跳窗而逃，他落地之后去哪儿了？"

"啊！啊！啊！是啊！邵斌，雪地上没有凶手的脚印，他既然没有跳窗，也没有从门出来，难道他还藏在屋里？藏在哪里呢？门后？"

"拜托，班长，门都掀飞了，哪来的门后？"

"对，对，那就是藏在床底下，或者衣橱里。"

"班长，这是连续杀人事件，凶手藏在床底下，说出来你不觉着很掉智商么？"

"呃，邵斌，那你怎么认为？"

"我表哥临死前说的很明白了，凶手是傻笑。而那时傻笑已经死了，所以就是厉鬼杀人呗！"

"那前面几场凶杀案呢？"

"都是厉鬼做的呗！"

"都是厉鬼做的？"

"班长，你仔细回想一下事情的来龙去脉，先是温柔的鬼魂杀死了誓言，然后是誓言的鬼魂杀死了傻笑，再然后是傻笑的鬼魂杀死了我表哥。"

"邵斌，你说的这些都是根据他们每个人的死亡遗言推断出来的。"

"不，班长，不只是死亡遗言，还有杀人环境。"

"杀人环境？邵斌，你居然注意到了杀人环境？快说来听听，从杀人环境这方面，你发现了什么问题？"

"班长，你没发现么，所有的凶杀案都是发生在晚上。"

"哦，是啊，是都发生在晚上，可是这能说明什么么？"

"这说明凶手见不得阳光！"

"呃，所以你确定凶手是……"

"不错，凶手是鬼！"

"我去，邵斌，你太迷信了吧。"

"不，班长，这不是迷信，这是风俗。"说着，邵斌抬头看了看夜空里的月亮，他的脸色突然变得忧愁起来。

"班长，你觉着还有多久天就亮了？"

"一个多小时吧。"

"一个小时够不够再杀一个人？"

"什么？邵斌，你说什么？还要死人？这一晚上已经死了三个了，凶手不累么？"

"凶手是鬼，鬼怎么会累？"

"好吧，好吧，是鬼，是鬼。"

"班长，我猜下一个该轮到我表哥的鬼魂去杀疯少了！"

"那我们快去阻止他啊！"

"班长，凶手是鬼，怎么阻止？"

"那你的意思是？"

"离那个疯少远远的，在这里等天亮呗。"

"快点跟我走！"罗小梅不由分说，又拉着邵斌往别墅跑去。

"喂，喂，班长，别总是拖我下水啊！"

"邵斌，你敢不听班长的命令了么？小心回去我……"

"回去我就转学！"邵斌恨恨道，但还是百般无奈地被罗小梅拉进了别墅里。

罗小梅拽着邵斌奔上别墅二楼，来到疯少房间的门口，便看房门大开，俨然是警匪片里你来晚一步的桥段。

再往房间里瞧去，果真如此，只见桌子衣柜翻倒在地乱作一团，暗示着不祥的事情已经发生。

邵斌看着眼前的一切,惊呼道:"这难道是在模仿'天崩地裂'的场景么！"

"天崩地裂？"

邵斌认真地点头："这是 LOL 中，嘉文四世的大招，在游戏里这个大招是可以改变周围地势将敌人围困中央。"

　　说到这儿，他顿了一下，然后凭借着丰富的游戏知识开始未卜先知："班长，如果我猜的没错，疯少哥就被压在这些桌椅板凳的下面。"

　　罗小梅依言扒开堆在一起的桌椅板凳，果真见到了疯少，她非但见到了疯少，她还见到了疯少胸口插着一面小型的旗子。

　　"他是被旗子插死的。在游戏里，这是嘉文四世的另一个技能，叫作德邦军旗。"邵斌在旁边热心地解释。

　　罗小梅看了邵斌一眼，然后蹲下身子使劲摇晃疯少："疯少哥哥，你醒醒啊！"

　　邵斌在旁边叹了口气，悲哀道："班长，他中了嘉文四世的大招，又被旗子插中，肯定是已经死了。"

　　结果，邵斌话音刚落，疯少竟倔强地挣扎不死，他又缓缓睁开双眼。

　　罗小梅回看邵斌，兴奋道："疯少哥哥没死，他活了！活了！"

　　邵斌淡定地说道："回光返照呗，说完遗言，就该咽气了。"

　　"遗言？对，对，遗言还没说呢！"罗小梅回过头来，问道，"疯少哥哥，你是不是有遗言要交待？"

　　胸口的刺伤，让疯少脸上现出痛苦的表情，他张了张嘴，妄图留下最后的死亡遗言，可惜那声音却压在喉咙里始终发不出来。

　　罗小梅看着着急，恨不能再次施展出拉拉队长的绝技，在旁边小声打着节拍加油。

　　邵斌更是迫不及待，催促道："我表哥擅长嘉文四世，凶手是我表哥木小云，对不对？"

　　一听木小云三个字，疯少眼睛里闪出一道精光，他拼命地点头，似乎用尽全身所有的力量进行回答："是他！是他！是木小云！"

　　罗小梅虽得到答案，仍心有不甘，忙又抢加时赛："疯少哥哥，你说的木小云，到底是人是鬼啊？"

　　结果没等到回答，上帝便吹响了他人生结束的哨音，然后疯少啊的一声惨呼，带着一脸的死不瞑目，终于与世长辞。

　　而邵斌则淡定地走过来，拍拍罗小梅的肩膀，轻声道："班长，让我来告诉你凶手是人是鬼。"说着，他把罗小梅引到窗台前，指着远处雪地上的尸体，又道，"看，我表哥的肉身还躺在雪里，所以杀害疯少哥的只可能是鬼魂！"

就在邵斌说这句话的时候，远处的天边终于隐隐透来了清晨的第一缕阳光！

🔍不可能犯罪

"大叔，天刚亮，你就要走啊？"

"嗯，我不想和你们待在一起，一刻也不想多待。"

"可是，大叔，这里死了人，你身为名侦探，难道不想帮助警方伸张正义惩治犯罪么？"

"不想，一点儿都不想，躲还来不及呢。"

"好吧，大叔，那你总要等警察来了，录完口供你再走吧。"

"别闹了，这一夜我一直待在大厅，什么也没看见什么也不知道，所有的杀人事件都与我一点关系没有。我就是一个旁观者，不，旁观者都算不上，就是个局外人，录什么口供啊。"

"可是，大叔，死了一屋子的人，你就这么若无其事地离开，合适么？"

"呵呵，我轻轻地走，正如我轻轻地来，我挥一挥衣袖，不带走一片云彩。我悄悄离开，你们不说，没有人会知道的！"

结果，狄元芳刚说完这句话，别墅外面忽然有人回应。那声音显然是自丹田发出，抑扬顿挫浑厚有力，由远而近悠悠传来，如轰雷般在耳边炸开！

"案发现场，岂是你想来就来想走就走的！"

只听那话音刚落，说话之人便似乎已经到了别墅门口。跟着，别墅的门被从外面推开，阳光如水银泻地一般洒进大厅，然后伴随着灿烂的阳光，四名身穿制服背影熟悉的警员走了进来。

狄元芳看着面前这四名警员，脸上露出了不可思议的表情："啊！啊！是你们？！不应该啊！这里可是黄岛警局的管辖区域，怎么会见到你们市南警局的警察？！"

"黄岛这边跑了犯人，市南警局前来协助搜捕。所谓八方有难，一方支援，正是我们警局的优良传统！"

狄元芳忍不住循声望去，只见明亮的阳光下现出一张代表正义的脸。

"啊！啊！啊！薛警官，真是你！"

最后现身的那名警察不是别人，正是市南刑警大队队长，薛飞薛警官！

薛警官听到呼唤，抬眼看去，他打量了半天，随即认出了狄元芳。

于是，这本书中，推理世界里最大的两个死对头，警察和侦探，在时隔半年之后终于在异地重逢了。

"狄元芳，是你，真的是你啊！"他乡遇故知的兴奋让薛警官不能自禁，他关切地问道，"大侦探，这半年你去哪儿了，怎么见不到你了？"

"哼，我搬家了，不在市南区住了。"

"哦，唉，为什么搬家啊，没有你，工作都没有干劲了，破案率也不理想。对了，你现在还干侦探么？"

狄元芳警觉地回答："不干了！早不干了！有凶杀案别再想诬赖我，与我无关。"

"哦，不干侦探了啊？太可惜了，不过没关系，既然出现在凶案现场，那就是缘分，所以协助调查总是可以吧？"

"不协助，我什么都不知道，没什么可协助你们的。"

"唉唉，狄元芳，你是不是对我有误会啊，怎么有这么强烈的抵触心理？"

"没有，没什么事我可以回家么？"

"想回家？哈哈，好啊，但先把这屋里死人的事情交待清楚吧！"

"我说了我不知道，没什么要交待的。"

"不交待是吧？好嘞，小吴、小铁、小崔、小冷，把他给我抓回警局！"

"啊！啊！你看你看，你又要诬陷我是凶手！"

"没有诬陷你是凶手，只是带你回去协助调查而已。"

"就算协助，我也不是跟你协助，我要跟黄岛警局的警察协助！"

"对不起，黄岛警局的同事们都在忙着抓捕逃犯，这起案子暂时由我们市南警局代查！"

"我靠，苍天呐！就是不肯放过我啊！"

就在这时，罗小梅跳出来说话了："警察叔叔，这起连环杀人案与侦探大叔无关，死人的时候，他一直待在一楼大厅，没有跟任何人联系，也没有去任何地方。"

邵斌也赶紧表明立场："是啊，警察叔叔，这个中年大叔虽然一直保持着事不关己见死不救的态度，但他确实与此案无关。"

薛警官愣了一下，道："哎哟，还找了两个人证，看来这次抓你挺有难度啊！"

"喂喂，警官大人，看你这话说的，好像认定我就是凶手了似的。"

"有么？啊哈哈，你误会了，你误会了。"说着，薛警官转头又对罗小梅和邵斌说道，"小妹妹，小弟弟，你们不是说死了两个人么，尸体在哪儿？"

罗小梅答道："不是死两个，是死四个了！"

"死了四个人？报警的人怎么说死了两个，这不是在报假案么，报警人去哪儿了？我要找找他。"

邵斌补充说："报警的时候是死了两个，但报完警又死了两个，就成了四个了，报警人也死了。"

"啊？报警人都死了？凶手这么猖狂？到底怎么回事？你们快说给我听听，我要破案立功，哦，不，是我要伸张正义！"

邵斌用眼神请示班长自己能不能发言，罗小梅颔首以示恩准。

于是，邵斌说道："警察叔叔，事情是这样的，最初我们听说誓言哥离开别墅出来欣赏雪景，我表哥，也就是战队队长木小云担心出事，就带着我和罗小梅出来寻找，结果在北边的山洞里发现了誓言哥的尸体。我们不但发现了誓言哥的尸体，还发现了他被害时留下的死亡遗言。"

薛警官看了看邵斌，问道："死亡遗言？什么死亡遗言？"

"就是写在纸条上的遗言，说凶手是温柔！"

"温柔？把这个叫温柔的抓来问问，不就知道了么？"

罗小梅补充道："问题就出在这儿，温柔姐姐在很久之前就已经出车祸死了！"

"早就死了？死人怎么可能再杀人呢，这死亡遗言是假的吧？"

邵斌抢答道："纸条是被誓言哥紧紧攥在手里，所以死亡遗言不可能是假的。"

薛警官若有所思道："那就是有人冒称已经死了的温柔实施杀人，而被害者誓言没认出来。"

罗小梅点头以示肯定："警察叔叔，最初我也是这么认为的。"

罗小梅话音刚落，邵斌便承上启下开始反转剧情："可是，当我们返回别墅准备召集大伙儿宣布誓言哥遇害的噩耗的时候，结果发现傻笑哥在自己的房间中毒，几乎已经奄奄一息。"

邵斌说到这儿一顿，罗小梅如击鼓传花一般接着说道："我和邵斌赶到傻笑哥哥房间时，傻笑哥哥还活着，他临死前也亲口留下了一段死亡遗言。"

"又是死亡遗言？他说什么？说杀他的人也是温柔么？"薛警官问道。

邵斌和罗小梅同时摇头，然后仿佛六神合体了一般一起回答道："他说杀他的人是誓言！"

"誓言？就是死在山洞的那个？"

邵斌连连点头："是啊，是啊，誓言哥刚刚被发现死在山洞里，怎么又可能突然跳出来谋害傻笑哥？"

罗小梅亦不甘落后，接着说道："如果说有人冒称温柔姐姐杀死了誓言哥哥，那么冒称者肯定是女性。既然是女性，那么她肯定无法再以誓言哥哥的身份去毒杀傻笑哥哥，所以说冒称身份的杀人诡计是行不通的。这样一来，傻笑哥哥那句凶手是誓言的死亡遗言又该怎么解释呢？"

"我晕，这才死两个人，案子就已经这么复杂了！"薛警官忍不住惊呼道，跟着他像是在安抚大家也像是在安抚自己，喃喃自语说，"让我好好想想，这里面肯定有什么破绽没有被注意到。"

于是，薛警官紧闭双目开始冥思苦想。大约想了两三分钟，他终于迸出智慧的火花，恍然大悟道："我明白案件的来龙去脉了。"

"哦？警察叔叔，你快说说，到底是怎么回事？"罗小梅和邵斌异口同声道。

薛警官咳嗽了一声，郑重其事道："傻笑是中毒死的，对不对？这是关键。换句话说，事情很可能是这样，誓言先对傻笑下毒，之后在别墅外面的山洞里遇到了冒称温柔的人，然后被假温柔杀害。至于傻笑，则是凭借着强大的意志力压制毒性，直到你们发现誓言尸体后才在你们面前死去。哈哈，经过我这么一分析，所有的一切是不是都顺理成章了起来。咦，我说你们俩怎么这么冷淡，一点反应都没有啊？"

"唉，警察叔叔，你想了半天就想出这么个解释啊？"

"你这个分析，我们早就想到了呢！"

"是啊，这是很容易就想到的推理。"

"其实，根本用不着想那么长时间。"

"正常人一下子就能想的到呢！"

罗小梅和邵斌在警方面前的一唱一和，已经越发有默契。

薛警官答题时间上落了后，只得在正确率上找回面子："甭管用多长时间想出来，这个分析绝对是唯一的解释。"

"那么，警察叔叔，我问你，我表哥木小云死的时候狂喊杀他的人是傻笑，你怎么解释？"

"还有，警察叔叔，疯少死的时候也留下死亡遗言，亲口承认凶手是木小云，这你又怎么解释？"

"啊！啊！啊！什么跟什么啊？好复杂啊！我脑子都要乱啦！"在邵斌和罗小梅的轮番逼问下，薛警官痛苦地抓着自己的脑袋，现出几乎崩溃的悲催神情！

罗小梅同情地看着薛警官，她温声细语地说："警察叔叔，你别着急，这起连环杀人案是有些复杂，我给你理一理，理一理就不乱了。"

"哦？"薛警官平复好杂乱的心情，用感谢的目光回视罗小梅。

"在这起连环杀人案里，其实有一个固定的规律，那就是每一个被害者临死前都会留下死亡遗言，声称自己是被上一个被害人杀死的。警察叔叔，如果你能从这个固定规律里发现一些不为人察觉的蛛丝马迹，或许就能解开死亡遗言的谜团。"

"啊，啊，小妹妹，你让我好好想想。每个被害者都说自己是被上一个被害者杀死的，已经死了的人怎么可能再去杀人呢？这，这是不可能犯罪啊！"

"警察叔叔，你说的没错，这确实是不可能犯罪！"罗小梅也持相同观点。

"啊，小妹妹，这么说，你也没想明白是怎么回事啦？"薛警官小心翼翼地探问。

"是啊，这完全不合常理，用科学是根本解释不通的。"罗小梅的回答让薛警官放下心来。

就在这时，邵斌憋不住了，擅自发言道："警察叔叔，班长，你们看问题太片面化了，总是局限在科学的角度，这怎么能破案。"

薛警官闻言大惊，赶紧问道："小弟弟，你是不是发现凶手的蛛丝马迹了？"

"这还用发现，明摆着的事啊！"

薛警官更是惊骇不已，以为自己进了灯下黑的误区，不能看清事情真相，忙虚心请教："小弟弟，你快告诉我，凶手是谁？"

"鬼。"

"是谁？"

"是鬼。"

"鬼？"

"嗯，是鬼！"

"你说笑呢！"

"不是，警察叔叔，你仔细想想，先是温柔的鬼魂杀死誓言，接着是誓言的鬼魂杀死傻笑，然后是傻笑的鬼魂杀死我表哥，最后是表哥的鬼魂杀死疯少。也只有这样，才能解释得通死亡遗言。"

"呃，小弟弟，就理论而言，你说的很有道理，但在现实中这是根本不可能的事情。"

邵斌哼笑一声，化身成李宁道："一切皆有可能，何况我还有佐证。"

"什么佐证？"

"所有的凶案都是在黑夜里进行，这说明凶手见不得阳光。"

"因为见不得阳光，所以他是鬼？"薛警官若有所思道。

邵斌斟字酌句道："不是他，是他们！今天晚上，一共有四只鬼魂依次出来杀人。"

说到这儿，他咽了口唾沫，做最后陈述的同时仍不忘自己往自己脸上贴金："哼哼，当你们把今晚发生的一切当成简单的杀人事件来推理的时候，而博学多才且聪明绝顶的我其实早已看出这是一起灵异事件！是发生在暴风雪山庄模式下的猛鬼出笼！"

面对这种赤裸裸的自卖自夸，薛警官无言反驳，于是转而问罗小梅："小妹妹，这事你怎么看？"

罗小梅无奈地摇头："警察叔叔，除了鬼魂一说外，我暂时也想不出其他可能性了。"

"怎么样？警察叔叔，你还有不同意见？"邵斌咄咄逼人。

"呃，小弟弟，就目前种种迹象表明，这起连环杀人案确实很像是鬼魂杀人，但是我的结案报告上不能写凶手是鬼啊！我要这么写的话，局长大人会降我职的！"

"什么意思？警察叔叔，你为了自己的高官厚禄，居然要掩盖事情真相么？"邵斌质问道。

"不，不，小弟弟，就算我真以猛鬼杀人来结案，局长大人也不会认可，同僚们更不会相信，到时还是要把案子打回来重新侦破的。我觉着，与其将来翻案重审，不如现在就想好一个让人信服的答案。"

"唉，警察叔叔，但凡还有别的答案，我们也不会想到凶手是鬼这个结论了。"

"嗯，小弟弟，小妹妹，咱们换个思路，不要把凶手想成鬼，把他想成人。"说话间，薛警官的目光不由自主地朝狄元芳看去。

罗小梅和邵斌受薛警官的暗示，也一起望向狄元芳。

"喂喂，你们看我做什么？我去，你们破案破到最后破出个鬼来，不会是想把凶手的嫌疑按在我头上吧？"

"哈哈，"薛警官坏笑了两声，温和地说道，"狄元芳，又没有人说你是凶手，你紧张什么？"

"我紧张了么？我，我没紧张啊！"

"呵呵，没紧张就好，狄元芳，我问你，为什么会出现在凶案现场？"

"啊！啊！啊！这，这是要开始诬陷我为凶手的节奏啊！"

"老实回答，不要回避问题！"

"我，我，我是凑巧路……"

薛警官义正言辞地打断："荒郊野岭，何来凑巧路过一说！"

"我，我，我是无意闯……"

薛警官正气凛然地插言："私人别墅，怎么会无意闯入！"

"啊！啊！警官大人，我该怎么回答，你才肯放过我？"

薛警官脸上露出意味深长的笑，大有一种我怎么都不会放过你的感觉。

这时，罗小梅看不下去了，站出来说道："大叔，为什么要撒谎啊？如实说呗，就说你是这个战队的保安，警察叔叔不会不讲道理的。"

罗小梅话音刚落，薛警官跟着就开始不讲道理了："原来你是这个战队的保安？好，小吴、小铁、小崔、小冷，来，把他给我抓回警局！"

"啊！为什么抓我啊？"

"我怀疑你勾结外人，里应外合，制造了这起惨绝人寰的连续杀人事件！"

"啊！啊！冤枉啊！冤枉啊！小妹妹，你快替我美言几句啊！"

"呃，警察叔叔，我可以证明，连环杀人案发生的时候，侦探大叔一直待在一楼大厅，既没有跟任何人接触，也没有去任何地方，所以他根本不可能勾结外人实施犯罪啊。"

　　薛警官眼见如此，只好退而求其次道："好了，小妹妹，就算他没有勾结外人进行谋杀。但是，战队的队员都死了，身为战队保安的他，玩忽职守这项罪名总逃不了吧！"说着，转头对四名手下发号施令道，"小吴、小铁、小崔、小冷，你们还等什么，把他拷起来带走啊！"

　　一如之前的场景，四名警员手持镣铐步步逼近，狄元芳虽在后退，却早已无路可逃。

　　就在这关键时刻，一瞬间一刹那，罗小梅像是想起了什么，突然高呼："等等！"

　　薛警官一愣，回看罗小梅，问道："等什么？"

　　罗小梅不答，反问薛警官："警察叔叔，你刚才说什么？是说战队队员全死了，对不对？"

　　"呃，我是说过这么一句话，怎么了，小妹妹，有问题么？"

　　罗小梅还是不答，又转过头问邵斌："邵斌，在 LOL 中，战队通常都是几个人组成？"

　　"要有上单、中单、ADC、辅助和打野，所以最少五个人才能组成战队啊！"

　　"可是，邵斌，你没发现么，战队只死了四个人，还少一个人呢。"

　　"班长，你这么一说，还真是这么一回事呐。"

　　薛警官也忍不住好奇道："少了谁呢？那个人一定是凶手！"

　　狄元芳脱离了被捕的危险，暂时也吁了一口气。

　　邵斌仗着自己对游戏的理解，开始重新审视此案："让我好好想想，通常一个战队，上单、中单、ADC、辅助和打野这五个位置是必不可少。就我表哥的战队来看，誓言的提莫一直是司职中单，而傻笑的安妮则很可能是辅助位置，疯少最擅长的是 ADC 厄运小姐。至于，我表哥木小云，他的嘉文四世向来是打野。"

　　罗小梅嗯了一声说道："这么说，战队里面还缺少上单位置的玩家？"

　　邵斌突然想起来什么，对罗小梅惊呼道："班长，你记没记得，来这里的路上，我跟你提起过一个玩家。"

罗小梅跟着也想起来了，呼应道："你说那个游戏昵称叫英雄的玩家，对不对？"

"不错！不错！他擅长的英雄是锐雯，而锐雯就是最适合打上单位置了。"说到这儿，邵斌顿了一下，接着道，"可是，班长，始终没有见到英雄露脸，他应该是还没到吧？"

"不，邵斌，战队马上就要签约了，如果有队员缺席的话，队长哥哥一定会着急的。可是，队长哥哥却从来没有提起过，所以他肯定已经到别墅了。"

"他既然已经到别墅了，为什么不露脸？呀呀呀，还有，誓言被害的时候，凶手是模仿锐雯在游戏里的大招进行杀人，难道这个英雄真是凶手？"

薛警官一听又有新的线索，登时重整旗鼓，问罗小梅和邵斌道："你们说的这个英雄，现在在哪里？"

"不知道。"

"反正别墅里没有。"

罗小梅和邵斌相继回答。

薛警官不死心道："难道就没有人知道这个人的下落么？"

罗小梅和邵斌一起朝狄元芳努努嘴，薛警官心领意会，继而问狄元芳："喂，你是这里的保安，你总该认识这个英雄吧？"

狄元芳脸上闪过一丝惊慌："我，我，我不认识！"

"喂，狄元芳，你如果不想被当成凶手抓进警局，就给我老实交代！"

"警官大人，我，我真不认识那，那个叫英雄的玩家啊！"

"咦，你紧张什么？"

"我，我，我没紧张！"

"都慌成这样还说没紧张？你一定有事瞒着我们警方！"

"没，没有啊。"

"没有才怪，你看你这一头的冷汗，你肯定认识那个英雄。"

"啊！啊！真，真，真不认识！"狄元芳极力辩解。

这时，罗小梅忍不住插言道："大叔，你不会就是那个英雄吧？"

狄元芳脸色唰的一下子变得苍白，他结巴得更厉害了："我，我，我是这个战队的保安，又，又不是这个战队的队员，怎，怎么可能是英雄？"

罗小梅不以为然道："这有什么，队长哥哥还兼任教练一职呢，反正战队已经这么不正规了，你队员兼着保安又有什么不可以的。"

"啊！啊！小妹妹，无凭无据，你可千万不要血口喷人啊！"

"大叔，其实也不是没有证据啊。整个别墅一共就七间房，我和邵斌各一间，五名队员住其余五间，那么保安住哪儿？不可能没有保安的住处！所以很显然，保安和其中一个队员是一个人呗！"

"啊！啊！小妹妹，这都被你识破啦！"狄元芳发出一声哀痛的悲鸣。

薛警官则兴奋得不能自已："哈哈，狄元芳，转来转去还是你，来人啊，快把他给我抓起来！"

"等等！"在这生死存亡之际，名侦探终于决定为自己再辩护一次。虽然之前已经有过好几次辩护失败的惨痛经历，但与生俱来的盲目自信让他至今仍不肯面对现实。

"等等，我承认我就是你们寻找的第五名队员，我确实是司职上单位置的英雄，但，我自始至终都没有离开别墅，我根本没有机会杀他们！"

罗小梅也在旁边帮腔道："警察叔叔，大叔说得没错，誓言是死在别墅外面的山洞里，而大叔始终待在别墅，他确实没有机会去杀誓言。"

薛警官哼笑了一声，反问罗小梅："你和狄元芳一直待在一起形影不离么？"

"没有！"

"那你怎么确定他没有离开别墅。"

"这……"

"哼，小妹妹，这个狄元芳趁你们不注意偷偷溜出别墅，跑到山洞杀死誓言再赶回别墅装出一副没有离开的样子，也说不定呢！"

"啊，大叔不是这样的人！我可以作证他没有离开别墅！"

"小妹妹，谢谢你！"狄元芳激动得几乎热泪盈眶。

薛警官岂能让煮熟的鸭子到嘴飞了，私设门槛道："你一个人的证词不足以取信！"

罗小梅当即拉邵斌来充数："警察叔叔，还可以问我同学！"说着，罗小梅转头命令邵斌道，"邵斌，你快跟警察叔叔解释解释，侦探大叔确实没有离开过别墅。"

"啊？班长，你不要为难我啊！"

"邵斌，什么意思？你又要不听班长的话了么！"

"不是，不是！"

"那你快去跟警察叔叔作证，侦探大叔一直没离开别墅。"

"哦哦，警察叔叔，我能证明侦探大叔……"

薛警官赶紧打断道："小弟弟，你想好了啊，作伪证可是要负法律责任的！"

"啊！"

"邵斌，你要违抗班长的话么！"

"啊！啊！"背腹受敌的邵斌沉思了片刻，深吸了一口气，认真地道，"我能证明侦探大叔没离开别墅，尤其是大家一起出去找誓言的时候，侦探大叔更是坚决待在屋里……"

"哇，邵斌，你真好！"

邵斌咽了咽唾沫，他后面还有话没说完。

"……侦探大叔坚决待在屋里，哪里都不肯去，就像是他早已料到誓言遇害了似的。"

一听此言，原本已无胜算的薛警官忽然起死回生起来，他兴奋地指着狄元芳道："疑凶！疑凶！疑凶！"

罗小梅则生气地大叫："邵斌，你，你，你，回学校你给我等着！"

"班长，我按照你意思说的哇，我说我证明他没离开别墅了啊！"

"可你后面为什么要多余加上那么一句！"

"我，我，我……"

"算了，小妹妹，我已经习惯了，这就是命！"狄元芳唉声叹气道。

薛警官首战险胜，进而乘胜追击："狄元芳，在大家都出去寻找誓言的时候，只有你和傻笑待在别墅里，他被毒死，你嫌疑最大！"

"警官大人，当时，疯少也在别墅呢。"

"哼，狄元芳，疯少已经死了，你是要和死人计较么？"

"好吧，好吧，我知道在傻笑被毒死这件事上，我怎么解释你都不会相信。可是——"

狄元芳深吸了口气，决定亮出他的杀手锏："可是，木小云的被害却绝对赖不到我身上，因为那个时候我一直待在一楼大厅，根本没有机会，也不可能冲进二楼的房间将他杀死！"

罗小梅忙跳出来支持："是的，这个我能作证！"

邵斌亦赶紧将功补过："警察叔叔，我表哥被害时，侦探大叔真的一直待一楼，他真的不可能是杀害我表哥的凶手！"

面对铁证如山，薛警官展现出了顾全大局不拘小节的将帅风范，大手一挥道："这些细枝末节暂且放到一边，来来来，咱们说说第四起案件。狄元芳，疯少的被害，你可脱不了干系吧？那时候，小妹妹和小弟弟都跑到别墅外面查看木小云的尸体去了。整栋别墅只剩你和疯少两个人，他死了，你自然是凶手啊！"

"哇！哇！警官大人，你要赖，你为什么第三个案件不说清楚，直接跳到第四个案子啊！"

"喂喂，狄元芳，我不是说过么，有时候破案，尤其像这种连环杀人案，不能太在意一些细枝末叶。"

"什么叫细枝末叶啊，你分明是找不出我杀害木小云的证据，故意忽略，对不对？"

"哼，狄元芳，你不过是使用了某些诡计，让我一时蒙蔽，你以为我看不出来么？"

"诡计？我根本就没有杀他，哪来的诡计？你说啊！你说啊！"

"不用我说，等带回警局严加审讯，你自己就会说的。"

"严加审讯？什么叫严加审讯？你，你不是要严刑逼供吧？"狄元芳脸上露出恐惧的表情。

"哈哈哈哈！"薛警官一阵冷笑之后，挥手对众下属示意道，"拷起来，抓回警局吧！"

于是，小吴、小铁、小崔、小冷四大警员手持铐链再次围将上来。

"啊！啊！没有天理啊！这次我什么都没干，哪里也没去，还能被诬陷成凶手抓起来，太冤枉了啊！"

狄元芳哭号着，几乎没有任何反抗，就被警察们逮捕了起来。

虽然相同的场景，罗小梅已经看过好几次了，但每当再来一次的时候，她还是忍不住动容。

看着在警察的押解下渐渐远去的名侦探，罗小梅悲痛地追了上去。

她迎着风雪，扯着嗓子大喊："大叔，你放心，我会去警局看望你的！"

然而等待罗小梅的却是名侦探大叔充满期盼的殷殷嘱托："小妹妹，不用来看我，赶紧抓住真凶，比什么都强！"

当听到这句充满信任的话语，罗小梅愣住了。

她原本还在凛冽的寒风中不停地颤抖，可是下一刻，她的内心深处仿佛燃起了熊熊烈火，然后她整个人像是得到了无穷的力量！

于是，看着风雪中的狄元芳，看着那个单薄倒霉的身影，罗小梅拼命地喊出了代表承诺的两个字。

"好嘞！"

一千个人眼中有一千个哈姆雷特

这里虽然不是终南山，但是却有一座墓。

墓碑上刻着的是一个女孩的名字，叫王艺暖。

据说，女孩是被车撞死的，被撞前她喝了很多酒。

而现在，女孩的男朋友就站在女孩的墓碑前。

确实，方嘉阳站在这里已站了很久，他是在祭奠，也是在告别。他知道他的诡计迟早会被揭穿，发现真相的警察们早晚会找到这里。

所以，他在等，在他心爱的女孩的墓碑前静静地等候，等候全副武装的警察蜂拥而至。

结果，他高估了警方的办案效率，同时他也低估了山里巨大的温差。

这种估计上的失误让他白等了一天一夜，于是，当太阳落下又再升起的时候，他感冒了。

方嘉阳确实感冒了。

但他始终没有想过逃跑，他只是打算下山添件衣服再回来，继续等待正义的审判。可是，在他转身准备离开墓地的时候，他看见了一个人。

他看见一个小姑娘，牵着一条狗，缓缓朝他走来。

很快，方嘉阳看清了来者的脸，是小妹妹！

当方嘉阳看清来者脸的时候，他便知道对方已经看穿了他的诡计。只是，他没有想到，看穿诡计的，不是警察，而是一名初中女学生！

"小妹妹，你，你居然发现了真相？"

"是的，我想透了，所以过来看看，没想到你真在这里。"

"呵呵，我无处可去只能待在这里，我以为最先来的是警察，但没想到是你。"方嘉阳看着罗小梅，继续说道，"小妹妹，死亡遗言的诡计，你是怎么看穿的，能告诉我么？"

罗小梅笑了笑，说道："在推理小说里，被害人临死前留下死亡遗言通常是暗语的形式，或者是被凶手做了手脚。可是，在这起连环杀人案里，每个被害人都明确地指出了凶手的身份，所以几乎没有暗语的成分。而且，有几个被害人还是亲口说出的死亡遗言，这样一来凶手做手脚的可能性也不存在了。"

方嘉阳也笑了笑，说道："其实我原本的杀人计划里根本没有考虑到死亡遗言，这完全是个意外，是第一个死者写下那样的纸条，反倒给我的诡计增色不少。"

罗小梅点点头，说道："不错，这种赤裸裸的死亡遗言确实让你的杀人计划显得更加扑朔迷离。每一个被害人都声称自己是被上一个被害人杀死，如此诡异的事情，似乎只能用鬼魂杀人来解释了。"

"小妹妹，那你又是怎么发觉事情的真相的？"

罗小梅叹了口气，悠悠道："如果不是为了完成我们语文老师布置的寒假作业，恐怕我永远也不会发现事情的真相。"

"语文老师布置的寒假作业？怎么又和寒假作业扯上关系了？他布置了什么作业啊？"

罗小梅稚嫩的脸上现出了悲凉的神色："语文老师要求我们利用寒假读二十本中外名著，写二十篇读后感。"

"我靠，这么狠，你们语文老师是谁啊？"

"陶文陶老师啊，他可是我们礼贤中学的男神呐！"

"好吧，小妹妹，你这读名著写读后感，和破案有关系么？"

"本来是没有，可是当我读完莎士比亚创作的《哈姆雷特》，并准备给它写读后感时，我突然想起了一句话，然而也正是这句话让我产生了破案的灵感。"

"哦，小妹妹，是哪句话？"

"一千个人眼中有一千个哈姆雷特。"

"哈哈，这是人尽皆知的名言啊。"

"是人尽皆知的名言，当然也是破案的关键。"

"哦？小妹妹，你居然会这么想。"

罗小梅点点头，继续往下说道："世间只有一个哈姆雷特，但在不同的人眼里却是不同的哈姆雷特。换句话说，在这起连环杀人案里，根据每一个被害人的死亡遗言来看，是有四名凶手，那么有没有这种可能，这四名凶手其实是一个人。"

方嘉阳脸上露出了淡淡的笑容："小妹妹，你的意思是说，誓言纸条里的温柔、傻笑口里的誓言、木小云所说的傻笑以及疯少遗言里的木小云，这四个凶手其实是一个人，是么？哈哈，这怎么可能啊！"

"不错，乍一看来，一人分饰四角进行杀人确实是不可能完成的事情。

但，如果静下心来分析战队里每个人物之间的关系，那么不可能完成的事情也会变得有可能起来。"

"哦？说来听听，小妹妹。"

"首先，大家都是在网上打游戏认识，所以我想战队里大部分队员之间应该互相不认识。"

"也不能这么说，傻笑和疯少都是电竞圈里老牌职业选手，他俩肯定是彼此认识。而其他队员，见过他们比赛的玩家也一定认识他们。"方嘉阳提出异议。

罗小梅对此并没有反对："你说得没错，除了他俩，誓言和英雄都是新人。誓言是傻笑推荐进战队，换句话说，誓言只有傻笑认识，而包括队长木小云在内，其他人可能都没见过誓言。"

"这个嘛，应该差不多吧，哈哈！"

"同样，傻笑既然能把誓言推荐给木小云，那么说明傻笑和木小云关系不错，他俩很可能也见过面。"

"嗯，有这种可能。可惜他们都死了，否则，你的这些推论都能找他们确认一下。"

"呵呵，你不是还活着么，大哥哥，找你确认不是一样呢？"罗小梅说到这儿，看了一眼方嘉阳，认真地问道，"你是邵斌的表哥，你跟邵斌说你是游戏解说木小云，可你真是木小云么？"

方嘉阳愣了，笑着反问："小妹妹，那你觉看我是谁？"

"你其实是誓言！"

"呵呵，开玩笑，誓言早已经死在山洞里了。"

"不，死在山洞里的那个人才是真正的木小云！你先模仿游戏中锐雯的大招，杀死木小云，然后你顶替木小云的身份，这样让我们误以为第一个被害者是誓言。"

"哦？有意思。"方嘉阳笑吟吟地说道。

罗小梅接着说道："在剩下的队员中，只有傻笑认识你是誓言，所以你利用引诱我和邵斌外出找人的空档，又返回别墅毒杀傻笑。而傻笑临死前留下凶手是誓言的死亡遗言也就合情合理了。"

"不错，不错，顺理成章。"

"那么跳到第三起案件，你以木小云的身份在房间里自导自演了一场傻笑鬼魂杀人的闹剧，而那具被焚烧去面容的尸体显然是你早就预备好的。"

方嘉阳笑着补充："那具尸体其实就是警方苦苦寻找的逃犯。我发现他时，他已经饥寒交迫不省人事。于是我想，与其把他交给警方，还不如用他来完善我的诡计！"

"所以说么，你把尸体扔到窗外，就是为了引诱我们离开别墅去查看尸体。你则可以趁机杀死疯少，这样一来，疯少那句凶手是木小云的死亡遗言也就顺理成章了。"

方嘉阳听到这里，忍不住鼓掌称赞："小妹妹，你分析得太好了。可是有一个关键问题，你还没有解释明白。"

"哦？什么问题？"

"如果我是誓言，那么我杀害第一个死者的时候，也就是你所说的木小云的时候，被害人留下的那张代表死亡遗言的纸条，上面写的应该是'凶手是誓言'，而不是温柔啊。这个，你怎么解释呢，小妹妹？"

罗小梅叹了口气，她看了看旁边的墓碑，她看着墓碑上刻写的"王艺暖"三个字，她忍不住说："这就是温柔姐姐吧？"

"听说温柔姐姐出车祸前，喝了很多酒。她是因为找人代打游戏直播，遭到网友谩骂才伤心喝酒的吧？"

当方嘉阳听到罗小梅说这句话的时候，他脸上的表情突然凝固了起来。然后过了许久，他才回过神，痛苦地说道："其实，我和木云原本是高中同学，后来各自考入大学。大学毕业后，才知道他干游戏解说，还挺挣钱。于是嘛，在他的提议下，我也申请了一个游戏号，取名叫温柔，在 YY 里打直播。"

说到这儿，方嘉阳不忍再说下去，他摇了摇头，脸上现出了苦笑。

罗小梅唉了一声，说道："你取温柔这种女性的名字，是你早就设计好了，让你女朋友来直播，而你则代打游戏。这样借着女性玩家的噱头来哗众取宠，对不对？"

"不错，可是之后，这个秘密被木云发现了。不知道为什么，他特别的气愤，说我玷污了这个行业，说要揭露我！唉，不就是玩个游戏，至于么？"

　　"誓言哥哥，不能这么说，同样的事情，对你来说是游戏，可是对某些人来说则是理想。"

　　"也许吧，小妹妹，后来的事你也就都知道了。为了报仇，我换了一个游戏账号。以誓言这个游戏名接近傻笑的事情，木云并不知道。所以在我杀他的时候，他只能留下'凶手是温柔'的字条来警示队里的其他队员小心提防！"

　　言已至此，方嘉阳不再说话，罗小梅也没有出声。空旷的墓地里除了能听到风的声音，然后就是狗的低吟。

　　这样彼此沉默了几分钟，罗小梅忽然开口问道："誓言哥哥，你交待完作案过程，就等于是承认自己是凶手了，对不对？"

　　方嘉阳笑了笑："我本来就是凶手，没必要再瞒你。"

　　"那你下面是不是该杀我灭口了？"罗小梅说句话的时候，特意踢了一下身边被冻得瑟瑟发抖的小欧，暗示它打起精神。

　　"杀你灭口？为什么啊？"

　　"这里空旷无人，而我又知道你的秘密，难道你不该杀我灭口么？之前已经有好多人都是这么十的呢！"罗小梅之所以这么暗示，是因为她知道天太冷了，如果再僵持下去，小欧会冻僵的。

　　结果，方嘉阳哈哈大笑了起来："小妹妹，我杀他们，是为我女朋友报仇，我不是坏人，不会乱杀无辜的！"

　　"我去！"身为推理迷的罗小梅从来没遇到过这样的桥段，一时不知所措。她低头看了看脚下已经冻得蜷缩成一团的小欧，做最后的落实："誓言哥哥，你可要想好了啊，你如果不杀我灭口，警方很可能会知道事情的真相。"

　　"小妹妹，其实，就算我杀你灭口，警方也会知道事情真相的。"

　　"啊？怎么可能呢，誓言哥哥，你的诡计这么完美！"

"哈哈，小妹妹，如果放在推理小说里，我的这个诡计确实是非常完美，但是，到了现实中它却不堪一击。"

"为什么这么说啊？"

"原因很简单，只要警方把四具尸体拉回警局一验尸，立刻就会发现木小云的尸体是假的，顶替木小云死的其实是逃犯。那么警方就会顺着我表弟邵斌重新对我展开调查，而我所有的阴谋诡计都会慢慢被揭露出来。"

罗小梅听到这里恍然大悟："啊，誓言哥哥，我明白了，你在这里不走，是在等警方抓你，是么？"

方嘉阳笑着点头，然后他叹了口气，忍不住抱怨说道："可是我不明白，都过去这么多天了，警方为什么还不来抓我？难道他们没有人去验尸么？整个警局都是这么无所事事么？"

"誓言哥哥，警察叔叔们不是你想的那样不务正业，其实这几天，他们一直都在忙。"

"忙？忙什么啊？"

"呃，整个警局，上上下下全体警员，都在忙着严加审讯侦探大叔，妄图用各种手段撬开他的嘴，要他认罪呐！"

ENDING SCENE

"老大，老大，我终于找到那个侦探了！"

"哦，哦，太好了，小熊，来坐下喝口水，慢慢说，你是在哪儿找到他的？"

"这半年来，我打扮成卖烤地瓜的小贩，每天蹲在警局门口等他出现，最后终于功夫不负有心人！"

"小熊，你真厉害，有毅力！对了，这半年，那侦探突然销声匿迹，你知道他在做什么么？"

"哦，他搬家了，搬到黄岛去住了，而且每天窝在家里，也不出门！"

"狡兔啊！真是狡兔啊！他肯定是觉察出我们在反侦查他，才故意藏起来的。"

"是，是。可是，老大，你说他是警方的卧底，我怎么看也觉着不像啊！"

"哦？小熊，说说你的看法。"

"这次我看他从警局出来时，像是受了严刑拷打，头破血流的，一脸萎靡不振。他如果真是警方卧底，怎么可能被揍成这样！"

"哈哈，小熊，看来你还没长大，不够成熟啊，他这叫苦肉计！苦肉计，懂么？"

"哦，是这样么？那，老大，下面咱们该怎么办？木头楼下面藏的那些东西，咱们还偷么？"

"偷！必须偷！"

"可是，有那个侦探，还是警方卧底，他破案那么厉害，我看咱们还是算了吧！"

"怂包！真怂！让一个侦探吓成这样！"

"老大，那个侦探真的很厉害啊！"

"小熊，你放心，有老大在，你什么都不用怕！"

"叫是，那个侦探……"

"先把他抓来。"

"把他抓来？"

"哼哼，趁他还没有逃离咱们的视线，赶紧把他抓来，然后……"老大用手做了一个抹脖子的动作，然后他嗓子眼里发出阴沉可怖的狞笑。

"哈哈哈哈哈！"

邪恶的笑声，如同恶鬼的嘶鸣，一时之间游荡在这无尽的黑夜里，不休不止。

破案请在中考前

——来自名侦探的绝地反击

第五话

🔍班长之争

"邵斌，你竟然敢躲着我！"姜鑫如鬼魅般跳出来，仿佛神出鬼没的黑山老妖，硬是将邵斌堵在男厕门口。

"啊！啊！副班长！"邵斌如同见到了世上最可怕的人，惊骇得一时之间语无伦次，"副班长，是，真是你！你啊！好，你好啊！我，我没有躲着你哇！"

"哼，我没时间和你撕逼，我问你，罗小梅那件事你是怎么办的？"

"你问班长啊！班长哪件事啊？"

"呵呵，一口一个班长叫得挺顺嘴的啊。邵斌，你把我的命令早就抛到脑后了，是吧？你忘了那一摞违纪照片了，是吧？"

"啊，副班长，您息怒啊，您息怒啊！您的安排我哪里敢忘！"

"好，我问你，我派你勾引罗小梅去打游戏，让她沉溺游戏不能自拔，这一个寒假结束了，你难道不应该给我个交代么？"

"我，我拉她玩游戏了啊，我还带她参观职业战队的训练呢！"

"那她沉溺游戏了么？"姜鑫直奔主题，质问道。

"没有。"邵斌失望地摇头。

"哼，她非但没有沉溺游戏，她还破了案，破了连环杀人案，那警局又给咱学校寄感谢信了！"说到这，姜鑫忍不住唉声叹气，"邵斌，你知道，这一年来，警局给学校寄的感谢信都快有一摞了，全是感谢罗小梅的。好不容易消停了一学期她没再破案，结果这次又让她出了风头，还是大案！听说凶手是你表哥？行，你真行，让你帮忙，你净帮倒忙。这下好了，她现在成了校长和班主任面前的大红人，班长这位子是坐稳了，估计加分名额也非她莫属！"

"啊！啊！副班长，没办法啊，我也是尽力了，这就是命啊！"

邵斌拿着命运推卸责任，不料姜鑫却生出"我命由我不由天"的豪情并且混搭着"王侯将相宁有种乎"的雄心，一脸励志地说道："我不信命，凭什么她能当班长，我就当不了？"说罢，姜鑫转过脸来用殷勤的目光看着邵斌，仿佛几千年前陈胜在凝视吴广，恳切地问道，"邵斌，你愿意将功补过，再帮我一次么？"

邵斌闻听此言，恍如看到了恶毒的阴谋诡计正潜伏在不远处朝自己招手，他一边不停地摇头一边惊呼："姜鑫，你和罗小梅的班长之争为什么非要把我掺和进去呢？我不干！我不干！"

姜鑫脸上如春风沐浴般的笑容立刻消尽，取而代之的则是冬天般冷峻的神色："邵斌，你不帮我，就不怕那摞照片……"

邵斌破釜沉舟道："哼，你们不要逼我，再逼我，我就转学！"

姜鑫一怔，随即大笑，跟着化身成如来佛祖，伸出右掌五指做拿捏状，幽幽道："邵斌，你太天真了！"

邵斌被她气势所震慑，忐忑道："姜，姜鑫，你，你什么意思？"

姜鑫哼笑道："初中学业马上就结束了，有学校会轻易接纳转校生么？再说了，你学习成绩那么差，去哪儿都是拖后腿，根本没有学校会要你的！"

邵斌争辩道："别的学校又不知道我成绩差！"

姜鑫冷笑道："我可以给你宣传啊！和我一起上课外补习班的都是各个学校各个班的尖子生，我只要把你的情况一说，到时他们再回去一传十，十传百……"

"副班长你太狠了！"邵斌发出绝望的哀号。

姜鑫微微一笑，走上前温柔地拍拍邵斌的肩膀，以示抚慰："邵斌啊，其实你根本没必要转校，只要你帮我最后一次，以后我绝不会再要挟你。"

邵斌缓缓抬起头，脸上布满了恐怖，而他的身体则如惊涛骇浪里的一叶扁舟，在不停地颤抖。

姜鑫眼里散出妩媚的光，她吐气如兰，在邵斌耳边轻语："放心，这次你要做的事情很简单，就是在班里传播一样东西。"

邵斌迟疑了一下，小心地问道："传播什么？"

姜鑫嘿嘿一笑，说道："还有三个月就要中考了，我希望你把这样东西在班里散播开来！"说着，她如变魔术一般，突然从身后抽出一张卷子，递给邵斌。

邵斌接过一看，整个人现出了不可思议的表情，他捧着卷子的抬头反复端详，直到确认无误之后，这才惊喜地问道："副班长，这，这是今年的英语中考试卷？！"

姜鑫笑着反问："你觉着呢？"

"我？我从来没参加过中考啊，我不知道中考试卷什么样哇！可，可是还有三个月才中考，现在卷子就已经印出来了么？"邵斌用疑问的目光询问姜鑫，姜鑫却笑而不语。

无奈，邵斌只得自己寻找答案，沉思了一会儿，恍然大悟道："对了，我想起来了，之前各学科组长老师都集体出差，出差两周，前两天才返回学校上课，如果他们是去出中考试题的话……"邵斌说到这儿，化身成刘伯温掐指一算，自己骗自己道，"这么说来，时间刚刚好！可是副班长，这是中考试卷啊，你怎么会拿到手？"

姜鑫扮看破红尘状，淡淡道："高考都会泄题，何况区区一个中考。"

邵斌听到此处，对手中试卷的身份更是深信不疑。他颤抖着声音，用几乎哽咽的语调，深情地问姜鑫："副班长，你把这么重要的试卷给我看，你为什么对我这么好？"

姜鑫刚要开口解释，邵斌却仿佛什么都明白了，他用手指轻轻地按住姜鑫的嘴，柔声道："你不要说，我都懂了，你想让我和你一起上高中，对不对？可是，可是只有一份英语卷子，我做不到啊，必须凑齐语文数学英语物理化学历史思品七份试卷，我才有可能和你比翼双飞，在高中的知识海洋里遨游。啊！啊！副班长，你干吗咬我手指啊！"

"比你妹，这试卷不是给你的，是让你拿到班上给同学们私下传阅的！"

"拿到班上给同学们传阅？这么重要的试卷，你怎么可以这么任性！"

"这有什么，"姜鑫不以为然道："我这里不只是有英语卷子，还有数学语文物理化学历史思品的卷子呢！"说话间，身为副班长的她再次施展出魔术神技，又从身后变出其他六门试卷，一并交予邵斌。

邵斌将这七门中考试卷拿在手中，激动得如同凑齐了象征着无所不能的七龙珠，恨不得插上一对翅膀满世界飞。

而此时此刻，姜鑫则慷慨大方得如同观世音转世，对邵斌道："这些试卷全都拿到班上，让同学们私下传阅！"

"什么？你说什么？这么机密的东西，这么重要的试卷，你居然让班里同学传阅？这太不合常理了！"说到这儿，邵斌忽然又想起了什么，抬头质问姜鑫道，"等等，副班长，这里面有问题啊，你提前知道了中考试卷内容完全可以自己拿高分，考进本校高中更是易如反掌，没必要还跟罗小梅争加分名额，所以，所以这些所谓的中考试卷全是假的，对不对？"

姜鑫见纸包不住火，索性坦白："不错，邵斌，这些中考试卷全是伪造的。"

邵斌见美丽的幻想猛然破灭，心有不甘道："可是，副班长，这些中考试卷仿真度很高啊！"

姜鑫哼笑道："这是因为我特意找我表哥进行的高仿。"

"你表哥？你表哥是印试卷的么？"

"不，他是骗子！"

"骗子？"

"嗯！"姜鑫认真地点头，然后开始揭露家世，"我表哥是职业骗子，他叫辛小松。"

"什么？是职业骗子？等等，副班长，你找职业骗子仿造中考试卷，然后让我拿到班里给同学传阅。你，你，你是在布一个很大的局，你是在误导全班同学的复习方向，让大家在中考集体失利啊！可是，这么做对你有什么好处？本来咱们班的文化课成绩已经年级垫底了，这样一来只是垫得更厉害而已。"

"邵斌，你错了，我这么做，不是针对咱们全班同学，而是针对一个人。"

"针对一个人？罗小梅？"

姜鑫笑着点头，躲在名言里装大尾巴狼："所谓一将功成万骨枯，我和罗小梅之间的争斗早晚会演变到这一步的。"

"副班长，我不懂，你让我拿着假中考试卷在班里传播，和你跟罗小梅的争斗有什么关系呢？"

"邵斌，我问你，如果中考试卷突然泄露，并在班里传阅，罗小梅会不会知道这件事？"

"她是班长，人缘又那么好，同学们一定会告诉她的。"

"不错，那么罗小梅获知试卷泄露这件事，她会怎么做呢？"

"她为人那么正直……"

"正直？哼，邵斌，你太天真了，在中考面前没有哪个学生是绝对的正直！"

"啊？副班长，你的意思是？"

"哼哼，如果罗小梅是假正直，那么她一定会把试卷据为己有，按照卷子上的试题拼命背诵记忆。当她把所有的精力都运用在背假卷子上，那么她中考肯定会受很大的影响，成绩也一定不如我！"

"啊，副班长，你做这一切不是为了当班长这么简单！"邵斌惊骇不已地大呼。

姜鑫呵呵笑道："邵斌，我问你当班长是为了什么？当然是为了中考加分。同样，中考加分又是为了什么？当然是为了中考能取得好成绩。哼哼，我既然当不上班长，也争取不到加分名额，那我不妨直接在中考成绩上做手脚。用假试卷误导罗小梅的复习方向，进而让她在中考中发挥失常！"

"副班长，你太狠了。可是，话又说回来，罗小梅那么聪明，她很可能一下子就识破卷子是伪造的诡计。"

"呵呵，邵斌，这一点我也早就考虑到了。我问你，如果罗小梅发现卷子是假的，她会怎么做？"

"呃，她为人那么正直，一定会跳出来阻止，不让同学们按照假试卷上的内容复习功课。"

"不错，她确实会这么做。这时候，你就要在班里偷偷传播'宁可信其有，不可信其无'的思想观念。"

"哇，副班长，为什么是我来传播啊？"

"这点小事难道还要我亲自来做么？何况你只是煽风点火造谣生事而已，又不是逼你干别的。"

"好吧，好吧，我干，但这是最后一次，没有下一次。"

"哼，你放心吧，我和罗小梅的争斗，这一次便能见分晓，不会再有以后什么事了。"

"但愿吧。然后，后面呢？怎么弄？"

"后面？呵呵，同学们听了你的蛊惑，一定会摇摆不定。而以罗小梅的性格，她必然会将假试卷一事调查清楚，以此让同学们对中考试卷泄密之事彻底死心，专心复习功课应对中考。"

"啊？副班长，你要引诱罗小梅调查假试卷一事？她一定会查到我头上的，然后从我头上查到你头上，到那时怎么办啊？"

显然，邵斌已经做好了随时出卖姜鑫的准备，但姜鑫似乎并不在意。她只是微微一笑，安抚道："放心，她查来查去，最后只能查到我表哥头上。"

"你表哥？"

"对，是我表哥，辛小松。"说这句话的时候，姜鑫亮出了最后一件法宝，是一张小广告。

邵斌打眼看去，只见小广告上赫然写着：中考答案，绝对保真，五千一科，童叟无欺。再下面是联系电话。

"副班长，以罗小梅的查案本事，你就不怕她发现你表哥骗子的身份，将他送进警局？"

姜鑫笑着说："放心吧，邵斌，我已经嘱咐过我表哥，不是真骗她钱，而是拖着她。"

"拖着她？"

"嗯，以假试卷这个诱饵拖着罗小梅，让她在临近中考的最后三个月里分散精力来查案，没有心思复习功课。"

"我明白了，副班长，你是想通过这种方式牵扯她的精力，没法全身心地参加中考复习？"

"哼，哼，不错，邵斌！"

"哇哇哇，姜鑫，你太狠了，居然想出这么恶毒的计谋。"

"错！不是我狠！是这中考太激烈，在这条通往成才的道路上不能有丝毫的差池，要披荆斩棘，懂么？她罗小梅就是荆棘，要斩斩斩，必须斩！"当姜鑫一边做着手势，一边说这句话的时候，身为副班长的她，脸上显露出来的是无限的感慨与悲哀。

🔍 盗墓二人组

"老大，咱们是盗墓的，干绑架杀人，这不合适吧？"熊刀仰着脸问旁边的谢孝洋。

身为盗墓二人组的核心领导，谢孝洋看待问题显然更加全面一些："那个侦探很可能是警方派出来的卧底，专门看守木头楼的。所以必须除掉他，才能进行下面的行动。"

"老大，就因为那个侦探凑巧破了几起案子又正好打乱了咱们的计划，便怀疑他是卧底，要杀他灭口，这样是不是太武断了啊？"作为行动的执行者，熊刀本着能不出手就不出手的原则和谢孝洋讨价还价。

而后者显然不愿意多费口舌，以一句宁可错杀一千不可放过一个盖棺定论。

盗墓二人组的内部会议刚刚结束，被误当做警方卧底的名侦探狄元芳便出现在了犯罪分子的视野之中。

只见他和往日里的衣着一样，黑色修长的风衣下是天蓝色的运动裤外加橘红色的李宁跑鞋。这种进可耍酷退可逃命的装束打扮，虽然不中看，却有很强的实用性。然而略有改变的是，狄元芳的额头缠着纱布，隐隐暗示着他前一阵儿刚刚挨过揍。

挨揍受伤的狄元芳沿着马路急行，盗墓二人组不敢有丝毫怠慢，压低脚步紧随其后。

如此走了大约十来分钟，狄元芳忽然驻足，四下窥望了一番。忘记观察身后的他以为自己没有被跟踪，这才悄无声息地拐进一个院子里。

谢孝洋和熊刀相互对视了一眼，熊刀忍不住说道："老大，你看，那侦探鬼鬼祟祟的，很有问题啊！"

谢孝洋深以为然，悄悄靠近那个院子，待还有三四步时，职业的直觉突然让他嗅到了危险的气息，赶紧停下脚步举头望去。

但见偌大的院门旁赫然挂着一个牌子，上面用黑笔书着四个大字：市南警局。

谢孝洋眼见如此，当时就倒吸了一口冷气，赶紧伸手招呼熊刀过来同看，然后得意洋洋道："我猜的没错吧，这侦探准是警方雇来的卧底！"

"老大，下面该怎么办？"熊刀问道。

谢孝洋没有应声，再朝那侦探偷偷窥望。

只见走进警院的狄元芳更加谨慎小心，他将大衣的衣领高高竖起刻意遮挡自己的面容，似乎是怕被周围的警员认出。

熊刀也瞧出其中的异样，忍不住问道："他在搞什么鬼？进了警局还这么神秘。"

谢孝洋也琢磨不透，转头对熊刀布置任务，道："小熊，去，你盯紧了他，千万别盯丢了，要形影不离。看清楚他的意图，回来报告我。"

熊刀愣了一下，急道："喂，老大，前面是警局啊，你叫我怎么盯哇？"

谢孝洋回答不出，仗着自己是老大，呵斥道："不要什么都问我，自己想办法！"

熊刀智力不济，站在原地冥思苦想破解之道。

谢孝洋着急,催促道:"站着干想有什么用,快付诸行动啊!等他进了警局办公大楼,那可就不好找了……"

他话还说完,熊刀突然打断道:"等等,老大,我看他好像不是要进楼的意思。"

谢孝洋愣了一下,顺势看去。只见那侦探在警院里徘徊了片刻,突然趁周围人不注意,从怀里掏出一个信封,三步并作两步冲向传达室外面的信箱墙,以迅雷不及掩耳之势将信投进信箱里,然后低着头故作无事地匆匆离开。

看到这突如其来的一幕,熊刀惊疑不定:"老大,他往信箱里塞的是什么?"

谢孝洋见多识广,缓缓道:"鸡毛信!"

"什么?鸡毛信?难道是传说中象征着重要情报的鸡毛信?"

谢孝洋点了点头,开始发号施令:"小熊,快,去瞅一眼,信箱上的收件人是谁。"

熊刀得了命令,当自己是长坂坡七进七出的赵子龙,咬咬牙撒腿冲进警院,不一会儿又冲了出来,禀告道:"老大,那信箱上写着局长办公室。"

"什么?局长办公室?警察局局长?"

"是啊,老大,这肯定是警察局局长的信箱啊!"

谢孝洋面色变得凝重起来,他沉思了片刻,缓缓道:"一个私家侦探居然直接给警察局长写信,小熊,这里面的水很深啊!那个狄元芳,背景很复杂啊!他肯定是得到了警察局长的亲自授权参与案件调查,而所有的调查结果也只对局长一人汇报,他,他绝对是在查大案!"

说到这儿,谢孝洋顿了一下,跟着自己往自己脸上贴金:"要论起大案,弄不好他是在调查咱们!"

熊刀听到这里,脸色不由大变,赶紧道:"那咱们现在怎么办?"

谢孝洋生出明知山有虎偏往虎山行的豪情壮志,大义凛然道:"按原计划进行,先把这侦探绑架了再说!"

谢孝洋和熊刀急赶慢赶，终于在一个小胡同里追上了狄元芳。

他二人兵分两路，以左右包抄前后夹击之势将名侦探堵在了胡同中央。

狄元芳一见此景，心中已然预感不祥。前一阵儿刚挨过揍的他，登时意识到噩梦又要重演了，惊呼道："你们是谁？！"

谢孝洋嘿嘿冷笑："你做侦探那么久，难道看不出来么，我们是你的死对头！"

狄元芳更是大惊，大声叫道："你们是警察？"

堵住后路的熊刀愣了一下，奇道："我们不是警察啊！"

身为老大的谢孝洋显然更加老练，赶紧说道："小熊，不要搭腔，小心中了圈套，暴露身份！"跟着，又质问狄元芳说，"老实交代，你给警察局长的那封信里都写的什么内容？"

"呵！你们果然是警察！"狄元芳脸色苍白，他步步后退的同时，手下意识去摸自己的胸口。

谢孝洋目光锐利，瞧出他手上的小动作，大步踏前，逼问道："你胸前的口袋里还藏着东西？"

"没有啊！什么都没有！"狄元芳欲盖弥彰。

谢孝洋却是冷笑："小熊，去，搜他身！"

"啊！你们不要乱来！不然别怪我不客气了！警告你们，我可是会功夫的。喂喂！居然还敢动手动脚，当我开玩笑呐，哼，快住手，给你们三秒钟时间，三、二……啊！！！"狄元芳捂着脑袋，一声惨呼，摔倒在地。

"穷叨叨个毛啊！"熊刀捡起地上的板砖朝名侦探的脑袋又补了一下。旧伤未愈又添新伤，狄元芳扛不住双重打击，当即晕厥过去。

熊刀拍人上瘾，高举转头还想再来，谢孝洋赶紧制止，说道："正事要紧，快看他胸口口袋藏着什么。"

熊刀嗯了一声，恋恋不舍地抛去手中砖头，蹲下身子去翻名侦探风衣的内口袋，再伸出来时，手中已多了两封信。

谢孝洋见这两封信的样式和名侦探之前投进局长信箱里的那封信相同，心中暗喜，自言自语道："把情报分成几份传达，这是汇报大案要案的节奏。"跟着不由分说，抢过熊刀手里的那两封信，仔细端详。

只见第一封信封上写着"《法制专栏》记者刘欣收"，而第二封则直接是"写给尊敬的市委领导的一封信"，两封信都没有落款署名，隐隐暗示着里面藏匿着巨大的秘密。

熊刀也凑过身来发表意见："老大，你看，这个侦探又认识记者，又认识市委领导，似乎来头很不小哇。"

谢孝洋嘿嘿冷笑，借着教育下属，自己跟自己邀功："小熊哇，你还是年轻了，不成熟啊。当初我觉着这个侦探有问题，怀疑他是警方的卧底，你还不信，还跟我犟嘴！现在这两封信摆在这，你还有什么可说的。"

"是，是，老大，我年轻，我不成熟，我错了。"

"哼哼，到底是天真无邪，非吃个亏才肯低头。告诉你，幸亏你是跟我混，要换别的老大带你，你早玩完了，知道么？"

"啊，老大，有这么严重呐？"

"呵呵，不信是吧？你看这两封信分别写给市委和记者，再加上之前那封信是写给警察局长，这是什么节奏，你看不明白么？"

"啊？啊？老大，这是什么节奏啊？难道你光看信封，就能看出里面的道道儿？"熊刀小心翼翼地探问。

谢孝洋微微一笑，不吝赐教道："侦探很可能是是受了市委领导的委托，并由警察局长亲自授权来调查一件大案，而这件大案显然已经调查得差不多了。他联系记者，八成是想在逮捕犯罪时来个实时报道，或者结案后搞个采访什么的。"

"哇靠，老大，你不看内容，只扫了一眼信封便能看出里面这么多事儿，太厉害了吧。"

谢孝洋哼笑一声，佯装谦虚道："嗯，我猜的，估计八九不离十吧，至于是不是真有这么一回事，你拆开信封看看里面的内容不就清楚了嘛。"

熊刀依言取过谢孝洋手中的两封信，先拆开写给市委的那封，捧着信照着宣读道：

"尊敬的市委领导，你们好。我原本是一名奉公守法天真烂漫的老百姓，可是在过去的一年里，我屡次遭到市南警局警员的错判，被误当成凶手抓捕审讯。尤其是最近一次，以薛飞薛警官为首的市南刑警大队，再次不问青红皂白将我抓进警局，并且意图使用武力逼迫我认罪！所以，这次给诸位领导写这封检举信，我实在是走投无路了，恳求你们能……"

读到一半，熊刀终于觉察出不对，赶紧停下读信，小心对谢孝洋说道："老大，信里的内容和你分析的似乎有些差距啊。"

谢孝洋面色难看却依旧坚持着不见棺材不落泪的倔强，大声道："读下一封。"

于是，熊刀赶紧撕开写给记者的那封信，开场白是这样：

"敬爱的《法制专栏》记者刘欣，你好。我这里有一桩涉及市南警局薛飞薛警官暴力执法诬陷人民群众的恶劣事件，需要向您反映……"

"好了，小熊，不要再读下去了！"

"啊！老大，我们好像真的搞错了。"

"嗯，是稍微出现了点儿偏差。"

"这个侦探他不是卧底，他前面几次破案被抓进警局，不是在演戏，是真被诬陷。"

"哦，看来确实是巧合。"

"那么，老大，下面该怎么办啊？"

"呃，小熊，把手里的信放回人家的口袋，没什么事咱们也该走了。"

"啊？老大，咱们这么一走了之合适么？他不会认出咱们么？"

"嗯，匆匆一面应该认不出咱们吧？哎呀，小熊别纠结这个了，趁他还没醒，咱俩快离开这里。"

结果这谢孝洋属乌鸦嘴的，他话音刚落，原本被打晕在地的狄元芳便渐渐清醒过来。

他非但清醒过来，他嘴上还不住地念叨着："好，你们敢打我，我记住你们的脸了，你们给我等着……"

熊刀不待狄元芳说完，捞起地上的板砖冲着他脑袋又是一下。那可怜的名侦探刚清醒过来，啊的一声惨呼，再次给拍晕在地。

"喂喂，小熊，你怎么又把他打晕了？"

"啊，老大，他说他认得咱们啊，不打晕不行啊。"

"唉，这事越来越复杂了。这样吧，小熊，先把他绑架到咱们的住处，后面的事走一步看一步吧。"

"好嘞，老大。"熊刀说着，拿出一个编织袋子将晕过去的狄元芳套了起来。

意外的巧合

"薛警官，薛警官，坏了！坏了！大事不好了！"

"小冷，慌什么！跟我学了这么久还是不够从容镇定啊。所谓身为警务人员，要时刻保持着雷霆起于侧而不惊，泰山崩于前而不动的心理素质，你懂么？"

"不是哇，薛警官，有个案子和你有关！"

"呵呵，和我有关？很正常啊。小冷，你自己说说，在咱们辖区发生的案子哪一件我没有参与？所谓伸张正义惩恶不怠，是我荣升刑警队长以来时刻谨记的职业操守。只要有犯罪的地方，必然会有我来终结恶行！"

"不是哇，薛警官，这个案子一上来就是针对你的！"

"针对我？"薛飞愣了一下，随即醒悟，叹了口气，脸上露出淡然的笑容，"小冷，我明白了，是有犯罪分子要打击报复我对么？呵呵，小冷啊，我不怕。其实从我进入警队的那一刻起，我就意识到一身正气的我在打击邪恶匡扶正义的道路上，有朝一日必然会遭到邪恶奸佞之辈的疯狂反扑和围攻。哼哼，这一天总算来了……"

"薛警官，你想偏了。"

"啊？小冷，不是有人寄恐吓信到警局，说要取我性命？"

"有人寄信不错，但不是恐吓信。"

"那是什么信？"

"投诉检举信。"

"投诉我？检举我？"

"嗯。"

"开什么玩笑，我一身正气两袖清风，有什么好投诉检举的？"

"呃，是投诉你乱用权力，检举你暴力执法。"

"乱用权力？暴力执法？啊啊啊，写信人是那个狄元芳，对不对？"

"呃，也只能是他。"

"啊啊啊，他人现在在哪里？"

"寄完信跑了！"

"啊啊啊，那信现在在哪里？"

"在局长大人的办公桌上。"

"你说这个狄元芳，都是一场误会，用得着这么较真么！"

"不是一场误会，是四场误会，这一年里，他已经被误当成凶手抓进警局四次了。"

"哎呀，在那几起案子里，他的嫌疑确实很大嘛。我也是按章办事，又没有刻意为难他。再说，每次一抓到真凶，就立刻把他放了啊！"

"每次都放了他是不错，但最近一起案件，就是那个连环杀人案，薛警官，你在审讯过程中对他严刑逼供了，是不是？要不人家能那么大的宿怨！"

"我靠，不要诬赖我好不好，当时大家为了破案都对他严刑逼供了。"

"没有啊，我们只是吓唬他而已，并没有真的动手。"身为下属，警员小冷在第一时间洗清自己的同时还不忘拉帮结伙，便看他又问旁边的同事道，"小吴，前一阵审讯狄元芳的时候，你动手了么？"

"我只是刻意摔碎一个杯子，表演而已，就是为了恐吓他。现在权力监督这么严，哪敢随便动手动脚啊。"

"就是，就是，现在舆论到处宣扬把权力关进笼子里，稍微审讯过当就可能丢了饭碗，为个嫌疑人不值当啊！我才没那么傻呢！"警员小崔也趁机赶紧表明立场。

薛警官凭空生出被众叛亲离的感觉，对手下的警员呵斥道："你们都不承认自己动手，他额头的伤哪来的？怪我咯？"

众警员都不出声，借着忙手头事情以作默认。

薛警官气急败坏道："行，出了问题，都往领导头上扣屎盆子，是不？放心，我就算是被局长大人革职查办了，也会拖着你们下水的。"

"啊，啊，啊，薛警官，你怎么好这样呢？"

"是啊，我们好歹也在你手下干了那么多年。"

"没有功劳还有苦劳呢！"

薛警官哼了一声，不再多语。

这时，小冷凑过身来，建议道："哎呀，与其大家在这相互拆台推卸责任，还不如把狄元芳找出来，求他撤销投诉呢。"

薛警官闻听此言，深以为是："对，还是小冷考虑问题周全，如果找到狄元芳让他撤销投诉，局长大人本着多一事不如少一事的原则，一定不会再追究的。"

余下三名警员见小冷争宠成功，皆都心有不甘，纷纷请缨道："对对，薛警官，我们这就去把那个狄元芳抓来。"

"抓什么啊！客气点懂么？算了，还是我亲自去找他吧，这样显得有诚意。"薛警官沉思道。

警员小冷却阻拦道："薛警官，你如果见到狄元芳，该怎么说？"

"怎么说？还能怎么说？备上水果跟他道歉呗。"

小冷嘿嘿道："水果是要准备的，但道歉这个话却万万不能说出口。"

"哦？小冷，为什么不能道歉啊？"

"薛警官，你想了，如果你跟他道歉，那就等于自认理亏。他如果得理不饶人，揪住这个事不放，怎么办？"

薛警官拍着自己的脑袋醒悟道："小冷，还是你想得周到啊！可是，去了不道歉，和那侦探说什么啊？"

"说感谢的话。"

"感谢的话怎么说啊？"

"嗯，就是感谢他协助警方侦破案件，为了伸张正义惩治罪恶不惜自己受伤之类的话。"

薛警官恍然大悟道："我懂了！我懂了！就是戴高帽呗！等给他戴了高帽，他就不好意思再追究审讯受伤的事了，对不对？"

小冷笑着点头："顺便再叫几个记者采访报道一下，高帽越戴越高，让他下不来台最好。"

薛警官亦是抚掌大喜道："不错！不错！我正好认识个记者，是《法制专栏》的，叫刘欣。我现在就给她打电话，预约采访。"

🔍战胜警察的法宝

"老大，把这侦探绑架来做什么？趁他还没醒，快杀了灭口吧。"

"小熊，不能杀他！"

"啊？老大，之前不是你说的要绑架来灭口么？现在人绑来了，你怎么又改主意了？"

"唉，小熊啊，你为什么总是这么不成熟呢？你用脑子好好想想，这个侦探给警察局长写了投诉检举信，现在整个市南分局的警察们很可能在满城找他。如果咱们在这节骨眼儿杀了他，那就没有回头路了。"

"啊，啊，老大，那咱们下面该怎么办？"

"让我好好想想。"谢孝洋沉思了一会儿，忽然说道，"这个侦探非但不能杀，咱们还要好好地利用他。"

"啊？怎么利用？"

"小熊，我问你，干咱们盗墓这一行最大的敌人是谁？"

"当然是警察了。"

"那么，咱们战胜警察的法宝是什么？"

"胆大、心细、谨慎、认真。"

"你喊的这是高考取胜的口号吧？我问你，犯罪之后怎么样才能不被警察抓到？"

"呃，老大，我想咱们只要作案计划再周密一些，作案准备再充足一些，作案手法再隐秘一些，就一定不会被那些警察抓捕的。"

谢孝洋哼笑道："提高自身技艺确实非常重要，可是这仅仅只是防守。一个优秀的犯罪分子，要想逃脱法律的制裁，必须能做到攻守兼备。"

熊刀不由一愣，急问道："攻守兼备？怎么攻？直接攻打警察局么？"

"攻你大爷啊，就咱两个人，没枪没炮没坦克没炸药攻打毛警察局！我这里说的攻，指的是攻心。"

"老大，什么是攻心啊？"

谢孝洋微微一笑，道："扰乱警察军心，让对方无暇顾及查案。咱们只要能做到这一点，基本上就算是赢了。"

熊刀闻听此言，跟着看到昏倒在地上的狄元芳，脸上登时现出了拨云见日般的恍然大悟，急呼道："老大，我懂了，我懂了，你是要利用这个侦探的投诉信，让警方内部忙于自查自纠，分散他们的精力不能专注破案，对不对？"

"自查自纠还远远不够，必须要捅到报社，通过舆论对警局施加压力，让他们疲于应对。"说到这儿，谢孝洋忽然想起了什么，又道，"对了，小熊，咱们的作案地点是属于市南警局的管辖范围吧？侦探投诉检举的又恰巧是市南警局，哈哈，这个狄元芳真是上天赐给咱们的礼物。"

"可是老大，咱们刚刚揍过他，他还认得咱们，他会听咱们的安排么？"

谢孝洋听到这儿，原本洋洋自得的脸上现出了一丝淡淡的哀愁："是啊，之前你就不该急着动手，先搞明白怎么回事就好了。唉，小熊啊，年轻啦，不成熟啊！"

"啊，啊，老大，我可是按照你的指令去做的，不要又赖在我身上哇！"

谢孝洋慷慨大方地大手一挥，表示不再追究责任，跟着道："现在说这些已经没有用了，快想想怎么办。"

"老大，要不咱们把他送回那个胡同，就当什么事都没有发生过？"

"幼稚！太幼稚了！你把人家揍了一顿，露了相，你就不怕他回过头来报警画像抓咱俩啊。"

"啊，啊，老大，你真是高瞻远瞩啊。"

"还有啊，小熊，你再想想，他投诉检举警方，被检举的那个警察可能坐以待毙么？他肯定会到处疯狂地寻找侦探，意图私了。如果真被他找到，而开出的价格又合适，那么这个穷酸的侦探很可能会委曲求全。如此一来，咱们扰乱警方军心的计划也就落空了。"

"啊，啊，老大，你真是真知灼见啊！"

"行了，别拍马屁了，快想想办法吧。"

"老大，你没想到办法啊？"

"废话，什么都我来做，要你干什么。小熊，你快抓紧时间想，我感觉这个侦探马上就要醒过来了。"

结果谢孝洋话音刚落，躺在地上的狄元芳突然动了一下身子，跟着一声痛苦的呻吟从嘴里如便秘般挤压出来。

"坏了，老大，他这是要醒的节奏！"

"怎么办啊，小熊？"

"要不我再打晕他一次，为咱们想出办法争取时间？"

"嗯，也只有这样了。"

于是，熊刀捞起桌子上的烟灰缸，熟练地亮出招式。像这种敲晕人的功夫显然他已经轻车熟路了。

便看他高举烟灰缸悄悄接近，与此同时，狄元芳也睁开了眼睛，他非但睁开了眼睛，他还一脸迷茫地四下张望。

就在熊刀即将出招的时候，狄元芳突然开口说话了。

他说："你们是谁？"

熊刀一愣，高举烟灰缸的招式顿时停在半空中。

只见狄元芳摸着自己额头的伤口又说道："我，我怎么受的伤？"

熊刀感到迷茫，他回看谢孝洋，谢孝洋也同样是疑惑不解。

熊刀迟疑了片刻，咬咬牙，决定不管三七二十一，先砸晕了再说。于是，复又抢起手中的烟灰缸，对准名侦探的额头准备砸下去。

就在这关健的时刻，一瞬间一刹那，坐在地上的狄元芳猛然大叫道："啊！我怎么什么都不记得了！"

狄元芳的叫声未尽，跟着谢孝洋也急呼起来："小熊，住手！不可莽撞！"

在这电光火石之际，时空突然定格，然后熊刀手里的烟灰缸在距离狄元芳额头正上方一寸二分三厘四毫处的位置停住了。

总之，经历了一次非常惊险的收招之后，狄元芳幸免于难。

谢孝洋从后面一把推开熊刀，热情洋溢地问道："你，你真的什么都不记得了么？"

狄元芳手抓脑袋扮冥思苦想状，口中喃喃自语："我记得我从警局出来，然后……"

谢孝洋紧张地追问："然后怎么了？"

"然后我竟然什么都不记得了！"

谢孝洋长吁了口气，熊刀凑过来耳语道："老大，不对啊，在胡同里他醒过来时明明说他认得咱们，否则我又怎么可能把他再砸晕。"

谢孝洋想当然地小声回复："一定是你第二次砸他的时候把他砸得失忆了。"

"啊？老大，会这么巧合么？"熊刀表示疑问。

不待谢孝洋回答，狄元芳却先惊呼了起来："难道我是失忆了么？"撕心裂肺的惨叫搭配着手舞足蹈的肢体动作，似乎是在凸显失忆者彷徨无助的内心世界。

洞察心灵完毕的谢孝洋笑了笑，他蹲下身子，抓住名侦探的手，温和地说："你不要急，也不用怕，有我在。"

狄元芳惊疑地问道："你是谁？"

谢孝洋睁着眼说瞎话道："我是一个好人，我会帮你恢复记忆。"

"哦？真的么？"

"你刚才说你记得你从警局出来，那你知道你去警局做什么吗？"

狄元芳冥思苦想之后，眼神更加迷茫，他失望地摇头。

谢孝洋把握好时机，亮出那两封检举信作提示。

狄元芳立刻识时务地恍然大悟，道："我想起来了，我是给警察局长寄投诉信去了。对，他们严刑逼供打伤了我！"

一言至此，他跟着自己误导自己，继续说道："啊？我头上的伤，我的失忆，难道都是警察干的？"

谢孝洋颔首以示默认。

狄元芳一把抢过那两封信，愤愤不平道："不要拦着我，我要把这两封信投递出去，我要揭露他们的罪恶。"

谢孝洋却起身挡在门前，微微一笑道："勇士，不可莽撞，现在警察肯定在全城找你，你这一出门，绝对是自投罗网。"

"啊？那怎么办？这两封信总是要投递出去的。"

"放心，信由我的小弟替你投递。"说着，谢孝洋转头吩咐熊刀道，"小熊，你今天把写给市委的检举信送去，明天再送给报社送记者那封。这两封信你一定要亲自送到相关的负责人手里，切勿层层递交耽误时间。"

"好嘞，老大。"熊刀领了任务，从狄元芳手里抢过信，蹦跳着离开了。

狄元芳又道："那我回家等消息去。"

"不行，外面太危险，全是警方的爪牙，我建议你还是先在这里躲两天吧。"

"也好，但是我饿了，要不先下楼吃个饭，再回来？"

"我已经叫了外卖，尊宝比萨，一会儿就到了。"

"呵呵，你真贴心。对了，你看到我的手机了么？"

"不好意思，我们发现你时，你身上没有任何通讯设备。"

"哦，这样啊！那没事，我到沙发上坐会儿，你该忙忙，不用管我。"

"我没什么可忙的。"

"那你一直拿着刀做什么？"

"来，我来给你削个苹果。"

🔍警察找来了

"薛警官，真没想到，这世上还有这么富有责任心的公民，为了配合警方破案，居然不惜让自己受伤。你快告诉我，他住在哪里，我一定要去采访他，做专栏报道！"听完薛警官的一面之词，《法制专栏》记者刘欣已经被感动得几乎要热泪盈眶。

薛警官在旁边昧着良心点赞，随即又叹了口气，话锋一转，惋惜道："我刚去他家找过，人不在。打他手机，是关机。我想他是躲起来了。"

刘欣的眸子里闪烁出敬佩的光芒："学雷锋，不留名啊！如今社会还有这样品德高尚的人，实在是太难得了。你放心，找人这件事包在我身上。刊登一条寻人启事，发动人民群众一起来找，一定能把他找出来的。"

"啊！太好了！太好了！一定要快啊！等你的好消息！"

薛警官话音刚落，忽然手机铃声响起。他低头一看来电显示，是小冷的号码，登时心头浮上一片阴影。于是一边向刘欣做出接电话的手势，一边往走廊走去。

等走到走廊再接通电话后，那种倒霉的气息更是将他全身笼罩。

"薛警官，不好啦，市里成立督察组来咱们局调查你暴力执法的事情了，点名要找你谈话。"

"啊？啊？市里怎么可能知道这件事？"薛警官感觉整个世界都开始变得黑暗。

"是狄元芳，他给市里写的检举信。"

"什么？给市里写检举信？这个丧心病狂的男人！"薛警官大怒，一脸的横肉因为气愤而颤抖不已，跟着，他问道，"对了，小冷，局长大人那边什么意思？"

"局长大人啊，把你停职查办是肯定的了。至于后面怎么处置你，他要根据局势的变化再做决定。"

"小冷，什么叫根据局势变化再决定处置方案啊？"

"你想啦，这毕竟涉及到局长大人的仕途命运，是坚定立场一致对外，还是弃车保帅断臂疗伤，领导肯定要好好观察形势之后才敢做出判断啊！"

"竟然有这么严重啊！"

"哼哼，薛警官，给市里寄检举信不算什么，只怕更严重的还在后面呢。"小冷以祸不单行之势开始恐吓。

"小冷，你，你什么意思啊？"

"薛警官，你想想，如果狄元芳把检举信寄到报社，把这件事捅到媒体，通过舆论宣传煽动人民群众，那你可就彻底没救了。"

"啊，他应该，应该不能吧？"

"呵呵，不要说应该，我看你现在还是赶紧去找狄元芳吧，再晚的话怕就什么都来不及了。"

说完，小冷挂断了电话，而薛警官则神色呆滞一脸木然。

"啊，薛警官，你怎么了？脸色好难看啊。"刘欣关心地问道。

"哦，没什么，案子的事。"

"看你这么愁眉苦脸，是不是案子很难破？"

"嗯，邪恶势力太强大，又勾结外部势力，我有点战胜不了他。"薛警官深有感触道。

"你不要说丧气话啊，自古邪不压正，所以，薛警官，你要乐观起来！"

"呵呵。"薛飞无奈地笑，他一肚子悲愤无处发泄，只得化身成尼采装大尾巴狼，借着《心理罪》里的台词吐露心声，"唉，刘记者，你不懂的。所谓，与恶龙缠斗过久，自身亦成为恶龙；凝视深渊过久，深渊将回以凝视。"说这句话时，他目光凝重且遥视远方。

遥视了片刻，满目雾霾，薛警官不得已收回目光。他收回目光，他忽然看到记者桌子上多了一封信。只见信封上赫然写着"《法制专栏》记者刘欣收"几个大字，字体扭曲甚是眼熟。

薛警官警觉起来，问刘欣道："咦，刘记者，这封信是怎么回事？"

"哦，刚才你去走廊接电话的时候，一个读者送来的，非要亲自交到我的手上，说是检举警方审讯严刑逼供，让我一定要看。"

闻听此言，薛警官又惊又喜，他见那封信如见失散多年的亲骨肉，激动地一把抢过来死死攥在手中。跟着他反应过来，急忙又催问道："刘记者，送信人在哪儿？"

刘欣怔了一下，起身领薛警官来到走廊，遥指走廊尽头道："瞧，还在那儿等电梯呢。"

薛警官顺势看去，便看到一个不认识的矮胖子鬼鬼祟祟地站在电梯前。

"啊？不是狄元芳？难道是狄元芳的爪牙，专门到处投递检举信？"

"对，一定是这样，哼哼，自己不现身指使别人投信，真是狡猾。如果，偷偷跟踪这个送信人，说不定也许能找到狄元芳呐！"

薛警官一念至此不再多想，赶在电梯到达之前，快步跟了上去。

现在在他眼中，狄元芳是恶龙，送信者是小恶龙，而自己和恶龙缠斗得久了亦化身成了恶龙。

来吧！这是恶龙之战，更是警察与侦探的名誉之战，彼此缠斗一年之久，今日终于要见分晓了！

此时此刻，薛警官的胸腔里充满了无穷的力量，他像是点燃了小宇宙的圣斗士，怀着破釜沉舟绝地反击的信念，义无反顾地走进了电梯。

经过长途跋涉的秘密跟踪，薛警官来到了和狄元芳初次交手的地方——礼贤中学。

所谓，仇恨起始的地方同样是仇恨终结之处。

薛警官这样想着，可是送信人并没有走进礼贤中学，而是钻入了学校对面的一栋居民楼里。

薛飞迟疑了一下，紧随其后，蹑手蹑脚，拾阶而上。

待抵达三楼时，矮胖子终于驻足，从口袋掏出钥匙开门。就在他进屋转身准备关门的时候，薛警官一个箭步冲上前去，冒着被夹手的危险强行阻住了即将关闭的门。

矮胖子大惊，急忙问道："你是谁？"

薛警官下意识喝道："不许动！我是警察。"话一出口，登时觉着自己态度过于恶劣，忙又重新调整语气语态，变出和蔼的微笑，亲切地说，"你好，我是为人民服务的警察。"

矮胖子没有因为薛警官态度的转变而放松警惕，反倒更加惊恐地对屋里喊道："老大，不好啦，警察找上门来了！"

薛警官一见对方心中有鬼，更加认定狄元芳就藏在屋里，于是温柔地高呼："请问，尊敬的名侦探狄先生，在么？"

伴随着这腔柔美的呼唤，从屋里踱出一人，仍不是狄元芳。只见此人身材体型正好与送信人相反，是个又高又瘦的男子。

看来，他就是被称为老大的那个人。

果然，先听老大对矮胖子呵斥说："小熊，镇定，勿乱阵脚。"接着又对薛飞道，"我们这里没有你要找的什么名侦探。"

薛警官不好用强只得软磨："我不信，求你让我进屋里看一眼。"

对方二人摸不清深浅，迟疑不定。

薛警官趁机又呼喊道："英俊潇洒风流倜傥疯魔万千少女的狄先生，烦请您出来一见，我是来向您道歉，哦，不，我是来向您表示感谢的。"

本来，狄元芳是不打算出来的，可是自我膨胀的虚荣心还是没有抵挡住华丽辞藻的诱惑。最终，他仿佛登上了《非诚勿扰》的舞台，伴随着薛警官的千呼万唤缓缓现身。

🔍名侦探真正的实力

薛飞见狄元芳如见张三丰祖师，激动地说道："狄先生，你总算肯见我了。"

"哼，你是想抓我回去逼我撤去投诉么？"

"不，不，你误会了，我来是想向你表示……"

狄元芳大手一挥,打断道:"表示歉意?哼,连个水果都没买,你们市南警局这一年来对我的所作所为,你觉着是区区一个口头道歉就能弥补的么?"

"哦,不,不,你还是误会了,我来不是向你表示歉意,而是表示感谢!"

"表示啥?"

"感谢!表示最真挚的感谢!"

"感谢?感谢我什么?"

"感谢你这一年来协助我们市南警方屡破奇案。"

"哦?"狄元芳愣了一下,随即醒悟,摇着头叹息道,"你们终于理解我的苦心了,可是现在说这些有什么用呢?这一年来,我多少次想协助你们警方抓捕罪犯,但你们警察是怎么对我的?每次都是先把我当成罪犯抓起来!唉,身为一个名侦探,面对种种疑难案件居然没有丝毫的用武之地,无法体现自己的价值,这是多大的屈辱!"

"不,不,狄先生,你太妄自菲薄了,其实你每次被误抓进警局,就是你协助警方破案最好的方式。"

"你,你什么意思?"

"因为你的含冤被抓,才使得真凶放松警惕露出马脚,否则他们又怎么会那么快相继落网。"

"这么说,你一直都知道我是被冤枉的?"

"嗯,知道,但为了抓捕真凶,才不得已每次都故技重施。"

"啊啊啊,难道一个名侦探的价值,就仅仅是通过被诬陷成凶手而让真凶放松警惕自露马脚么?"

"呃,狄先生,请你不要纠结于过程,其实侦探和警方的合作模式有很多种,而你这种无疑是最实用的。"

"合作?可是薛警官,你抓我的时候从来没提过'合作'二字啊?"

"有时候,为了保证破案过程的保密性,我们警方是单方面强制合作的,所以请你理解。"

"哦,这样啊,你说的这些好像很有道理,但我又觉着不大靠谱。会不会是因为我投诉检举你，你为了让我撤去对你的投诉检举，故意编这些谎话蒙我的吧？"

被说中心事的薛警官赶紧矢口否认："狄先生，你怎么会有这么不切实际异想天开的念头呢？不瞒你说，我这边都已经安排了记者采访，可惜啊一直联系不到你。"

"记者采访？采访我？"

"当然啊，你为了配合我们警方破案，不惜受伤，这可是值得新闻媒体好好宣传一番。"

"好了！薛警官，请你不要再说了！身为名侦探，通过被诬陷为凶手而让真凶放松警惕进而露出马脚落入法网，以这种方式协助破案，实在不值得夸耀。"说到这儿，狄元芳顿了一下，深邃的眸子里重新燃起了正义的火花。然后，他低沉着声音，慢慢说道："薛警官，今天，在这里，就让你见识一下我名侦探真正的实力！"

"见识什么？"

狄元芳笑而不语，他朝薛警官走去，他一边走一边去解包缠在额头上的纱布。当他走到薛警官面前时，他包缠的纱布已经解开，露出了额头上伤口。

于是，名侦探低下了头，指着伤口，问薛警官道："你见识到了么？"

薛飞一时摸不透其含义，小心翼翼地问道："见识你的伤口？"

"是的。"

"这，这伤口难道是审讯时留下的？"

"我头上只有这一处伤口，当然是审讯时留下的。"

"啊，你让我看你的伤口，是要坐地起价敲竹杠的意思么？"

"不，薛警官，让你看我的伤口，是想让你见识到我的智慧。"

"敲竹杠的智慧？"

"唉，薛警官，我问你，我被从警局释放出来已经有多长时间了？"

"呃，一周时间是有了吧。"

"那么我再问你，一周的时间，又经过了简单的医疗包扎，伤口是不是该有所愈合？"

"是啊！"

"可是，你再看我现在的伤口，又裂开了还流血呢。"

"啊啊啊，狄元芳，你是想表达你伤口反复发作，对吧？你说来说去还是在展示你坐地起价敲竹杠的智慧哇！"

"不！薛警官，你完全误会我的意思了。我真正想告诉你的是，我的伤口在离开警局之后又被人痛击过，所以才会复发流血。"

"被人痛击过？你是说又有人袭击过你？"

狄元芳点点头。

薛警官终于抓住了一次将功赎罪的机会，兴奋地大喊："是谁？快告诉我，我要将他绳之以法！"

狄元芳呵呵一笑，又道："薛警官，你打我手机联系不到我，去我家找不到我，其实并不是我在故意玩失踪，而是我被打我的人软禁起来了！"

说着，狄元芳突然转身，以名侦探柯南的手势指向了谢孝洋和熊刀二人，冷冷地说："是他，就是他俩，打晕我并把我绑架到这里的！"

这般突如其来的逆转，别说谢孝洋和熊刀，就是薛警官也始料不及，呆愣当场。

过了许久，薛警官才回过神来，问道："他们为什么要打你啊？又为什么要绑架软禁你？"

狄元芳脸上露出了世人皆醉唯我独醒般的迷人笑容，幽幽道："因为他俩才是真正的犯罪分子！他俩打晕我，把我绑架软禁起来，不只是因为我是名侦探，担心我会阻碍他们作案。更重要的原因是，他们想借着我的投诉检举信，分散你们警方的注意力，无暇顾及其他。"

"啊？竟有这么一回事！"薛警官惊讶不已。

惊讶的不只是薛飞一人，熊刀亦是大呼："老大，他怎么什么都知道？"

谢孝洋则是恨得咬牙切齿："你没有失忆！你是装的，我居然没看出来！"

狄元芳洋洋自得道："这一年来，总是被警察当成凶手抓进警局审讯，装痴卖傻扮失忆早就是我惯用的伎俩了，你怎么可能轻易识破。"

谢孝洋气急败坏地说道："可恶的侦探，为了这个计划，我整整酝酿了一年，千算万算最后还是栽在你的手里，我，我，小熊，咱跟他拼了！"

"呀呀，想狗急跳墙啊？哼，不自力量！薛警官，快把你的人叫上来吧！"

"……"

"薛警官？叫你的人上来啊？别埋伏了。"

"……"

"薛警官，快叫啊！"

"呃，其实，这次我没带人。"

"你没带人？别闹了，你哪次来抓我不带人啊！"

"这次真没带人！"

"那四大警员呢？成天把我抓来抓去的，没跟着来啊？"

"没有，这次就我自己。"

"我去，那你快掏枪啊！"

"枪，我也没带。"

"不能吧？"

"因为你的投诉检举，局长大人扣了我的枪。"

"我去，还好，他们人不多，也是两个，你快去制服他们！"

"我，我不会功夫。"

"你是警察，你不会功夫？"

"我从扫黄组升职上来的，和女人打交道，用不上拳脚，早就荒废了。"

"服了！那你能做什么？"

"狄元芳，你抵挡一下，我报警。"

"我一人民群众，还受了伤，你让我抵挡？开什么玩笑啊！"

"你有手机么，你报警？"说话间，薛警官赶紧掏出手机开始拨打下属的号码。

可是当他刚按到第三个数字时，熊刀突然欺身，猛地出拳击向薛警官的面颊。

先是"扑"的一声拳头打脸，跟着是被打者"啊"的一声惨呼，最后是"咔嚓"手机落地开花的响音。

前后不过一秒钟，熊刀已然收招，而薛警官则被打晕在地不醒人事。

狄元芳识出熊刀打人的招式，大叫道："你会功夫！这，这是形意拳？"

"不，是大成拳！"说这句话时，熊刀的拳头毫不留情地挥向了狄元芳的额头。

不错，他的落拳点还是那个伤口！

⌕ 木头楼下的宝藏

"老大，他俩都已经捆好了，关里屋呢，都还昏迷着没醒，现在怎么办？"

"小熊，你先别急，这局势有点乱，让我好好想想，理理头绪。"谢孝洋沉思道。

熊刀打架上了瘾，一时不想收手，摩拳擦掌道："老大，我看你别理什么头绪了，把他俩杀了局势就不乱了。"

"胡闹！幼稚！小熊，年轻啊，不成熟！现在杀警察杀侦探不是添乱么？我问你，目前什么最重要，当然是盗取藏在礼贤中学木头楼里的那个宝物，所以千万不要节外生枝。"

"可是，老大，警察和侦探都见过了咱们的脸，不杀他俩灭口不行啊！"

"杀，是一定要杀，但不是现在。"

"那是什么时候？"

谢孝洋掐指一算，说道："做完手头的案子吧。当警方开始着手调查礼贤中学失窃案的时候，咱们再把他俩杀了，抛尸街头。借着之前媒体关于警方滥用权力暴力执法的大肆报道，民众的目光又会集中到狄元芳投诉检举案上。迫于舆论的压力，警方必然无暇顾及失窃案，进而改去调查狄元芳和警官被害的案子，这样咱们的目的不就达到了。"

熊刀听谢孝洋说完，顿时有一种拨云见日醍醐灌顶般的恍然大悟，连连拍手称赞道："啊！啊！啊！老大神机妙算！神机妙算啊！"

谢孝洋受了阿谀奉承，却依旧保持着谦虚谨慎的态度，他沉思了片刻，查缺补漏了一番，忽然又道："我这计划有一漏洞，如果侦探和警察都被杀死，这不就等于告诉外界凶手另有其人么，到时查来查去只怕终究会查到咱们头上。"

熊刀一想也是，原本恍然大悟的表情立刻又蒙上了一层迷茫，喃喃道："老大，你这么一说也是很有道理啊。两个都杀了的话，警方顺着他俩调查，确实很可能查到咱们身上。"

谢孝洋哼笑一声，启动了自我升级模式，装作诸葛孔明摇头晃脑道："小熊，其实咱们可以杀一个嫁祸另一个！"

熊刀闻言一愣，原本笼罩在心头的迷茫立刻又被驱散殆尽，他欢喜道："老大所言极是，所言极是啊！杀一个嫁祸另一个实在是妙计，可是警察和侦探杀哪一个好呢？"

谢孝洋谆谆教诲道："小熊啊，你不能总是指望我告诉你答案啊！我能教你一时却不能教你一世，你终究要学会自己独立思考问题。"

"好吧，老大，让我好好想想。"

关于警察和侦探杀谁嫁祸谁的这个问题，熊刀想了半晌，也没想出个所以然来，仗着是二选一于是决定先胡蒙一个："老大，我想好了，杀侦探嫁祸警察。"

谢孝洋不置可否，只是笑吟吟地点头，说道："哦？说说原因。"

熊刀说道："这起投诉检举事件里，侦探是弱者，警察是强者。侦探受到警方的暴力执法进而进行投诉，而警察肯定会急于找到侦探要求他撤掉投诉。于是双方发生争执，最后警察失手杀死侦探，这是最容易让人联想到的下场。同样，强势方杀死弱势方的桥段也最容易煽动民众的情绪。"

"呵呵，小熊啊，能从煽动民众情绪的角度设计诡计，很有长进啊。"

"哈哈，谢谢老大赞扬。"

"可惜，你说的不对！"

"啊？不对？"

"是的，是不对，唉，也难怪，你毕竟年轻了幼稚了还不够成熟，也难免会忽略一个很重要的问题。"

"我，我忽略了什么重要问题？"

"你忽略了警察的身份。"

"警察的身份？"

"警察的身份是公务员，代表政府机关。你杀了侦探嫁祸警察，就不怕最后死无对证官官相护，到时还是集中力量调查咱们么？"

"啊！啊！啊！老大，你真知灼见，真知灼见啊！"

"呵呵，小熊，没有关系，不要灰心。这个问题我再问你一遍，你重新回答，警察和侦探这两个人杀谁嫁祸谁？"

"杀警察嫁祸侦探！"

"哦，说说原因。"

熊刀心想二选一的题目，选错一个另一个肯定是答案呗，当然这个想法毕竟不好说出口，于是沉吟了片刻，道："前面剧情不变，警察和侦探发生争执，侦探失手杀死警察的桥段也是合情合理，人民群众比较能接受。何况之前几起凶案，侦探一直被诬陷成凶手，这次还嫁祸他应该不是难事。再说，站在警方的立场，为了掩盖暴力执法遭到投诉的不良影响，把侦探定性为袭警杀警的恶徒，无疑可以让警方在民众面前重塑形象！"

"呵呵，小熊啊，能站在警方的立场考虑问题，很有长进啊。"

"哈哈，谢谢老大赞扬。"

"可惜，你说的还是不对！"

"啊？又不对？"

"是的，是不对，唉，也难怪，你毕竟还是年轻了幼稚了也不够成熟，难免会忽略一个很重要的问题。"

"我，我又忽略了什么重要问题？"

"你忽略了侦探的能力。"

"侦探的能力？"

"侦探的能力是善于推理。他知道咱们绑架他的目的，他也知道咱们意图通过投诉检举扰乱警方的视线，他假装失忆潜伏在身边我甚至怀疑他都已经知道了咱们的作案计划。像这么一个阴险狡诈诡计多端的私家侦探，你敢把他交给警方让他胡言乱语么？"

　　"啊！啊！啊！老大高瞻远瞩！高瞻远瞩啊！"熊刀跟着又问道，"可是，我们到底该怎么办呢？"

　　谢孝洋等其将所有错误答案都说完一遍之后，这才跳出来收拾残局，借此彰显自己的聪明绝顶："两个都不能留活口，都杀！"

　　"都杀？"

　　"不错，杀侦探抛尸街头，杀警察藏匿尸体，给外界造成凶手是警察并且亡命天涯的假象。这样一来，警方迫于舆论的压力，必须还民众一个真相，他们就要集中精力搜捕那个警察，进而无暇顾及其他案子。呵呵，可是一个死人，都已经被烧成了灰，又怎么会被找得到呢？"

　　"精彩！精彩！实在是太精彩了！"熊刀听到这里忍不住鼓掌赞叹，他赞了一会儿忽然反应过来，又道，"老大，不对啊！你给我出的这个题目不对啊，你一上来就假设两个人不能都杀，然后问我杀谁嫁祸谁，所以我怎么回答都是错误。"

　　"呃，呃，小熊啊，做大事者不要总是纠结这些细枝末节好么？我教给你的不是单纯的 个答案，而是思考问题的方式好吧。好了，好了，咱们先不说这个了，说说下面的行动吧！"谢孝洋赶紧转移话题。

　　"老大，咱们不是要等到中考前夕学校清校布置考场的那天再动么？"

　　"小熊啊，现在咱们手里多了两个人质，距离中考还有三个月呢，这么拖下去夜长梦多啊。"

　　"那么，老大，你打算咱们什么时候行动？"

　　"事不宜迟，这个周六的下午吧，学生老师都离校了，趁着还没封校，咱们混进去。"

　　"这么急啊，老大。"

　　"兵贵神速么！"

"可是，你之前不是还说要谋定而后动么？"

"顶嘴！现在计划一下不就行了。"说着，谢孝洋从口袋里掏出一张手绘的草图展在桌面上，指点道，"这就是我们的目标地点，礼贤中学的木头楼。"

熊刀不以为然道："老大，从你的草图来看，似乎很容易就能找到，很普通的一个二层小楼啊。"

谢孝洋哼笑一声，开始介绍具体位置，言语之中掺杂了《桃花源记》里的诗词，以作暗喻："咱们先是从校门进，沿着红旗路上行，初极狭，才通人。复行数十步，穿过旁边的篮球场和看台，就会豁然开朗，而隐藏在校园最深处的那栋德式别墅便是了。"

熊刀受语境感染，真当自己身处世外桃源中，催问道："老大，咱们通过什么方式潜入学校啊？"

谢孝洋嘿嘿一笑，显示出领导者因地制宜因材施教的灵活多变："小熊啊，不瞒你说，我本来打算是强攻的，但现在看来完全没有这个必要。你瞧，那警察被咱绑架，他的警官证也一同落到咱的手里，只要把证件照片一换，咱可以化装成警察进入学校。"

"可是，老大，警官证只有一个，万一学校保安谨慎，咱俩都检查身份怎么办？"

"小熊，你笨啊。警官证只有一个，当然是我扮演警察啊。"

"老大，那我演什么？"

"你本分演出，演犯罪分子呗！"

"啊？有没有别的角色，比如侦探？"

"侦探你大爷，我这是有计划的。"

"老大，什么计划啊？"

"你听好了，在这个计划里，我扮演警察，你扮演歹徒，我以执行公务秘密抓捕罪犯为由，骗保安打开校门，清空学校。然后咱们就可以大摇大摆地进木头楼寻找宝物了。"

"啊！老大，妙计！妙计！对了，那木头楼里到底藏了什么宝物，让咱们费尽心思准备了一年？"

谢孝洋笑了笑，开始追溯历史，反问道："小熊，我先问你，这礼贤中学最初是谁建立的？"

"德国传教士卫礼贤呗！他建立这所学校据说至今都已经一百多年了呢。"

"小熊，你说的不错。当年在同善会的支持和资助，卫礼贤建立了礼贤书院，原本的校址不在这里，是1903年才迁过来的。"

"哇，1903年，到现在也有112年的历史啊。可是，老大，从学校外面看，里面的校舍很现代的样子，保养的真好，一点看不出百年老楼的破旧感。"

"呃，小熊，你看到的那些校舍是建国后推倒重盖的，整个学校都翻新了，当然除了那栋木头楼。"

"哦，原来是这么回事。那咱们去木头楼里盗取什么宝物啊？"

谢孝洋笑吟吟道："历史记载，礼贤书院建成之后，教授中西文化，办学成绩优异，1906年清政府曾赏给卫礼贤四品顶戴……"

熊刀欢喜地打断道："我懂了老大，咱们是要偷那四品顶戴是吧？"

"呃，四品顶戴被卫礼贤带回德国了，不在这里。"

"老大，既然不在中国，那你提它干吗？"

"呃，我是想告诉你，卫礼贤当时名气很大，和许多前清遗老饱学之士交往甚密。比如大名鼎鼎的康有为先生，来这里避难时，就和卫礼贤关系极好。传说卫礼贤收藏了不少康有为的墨宝……"

熊刀兴奋地插言道："我懂了老大，咱们是要盗取康有为的墨宝是吧？"

"呃，康有为的墨宝也被卫礼贤带回德国了。何况咱们真想要盗康有为的墨宝直接去浮山脚下的康有为墓就行，没有必要跑这礼贤中学来。"

"老大，既然不是盗取康有为的墨宝，那提康有为做什么？"

"唉，小熊啊，我提康有为是为了引申出下面这个重要人物。"

"谁啊？"

"张勋，辫子军的张勋！"

"啊！啊！我在初中历史书上知道这个人，张勋复辟嘛！"

"不错，小熊，当年张勋复辟时得到了众多前清遗老的支持，其中就有保皇派的康有为。"

"老大，你扯的人物太多了，关系太复杂，你能简单说一下你想表达个什么意思，好么？"

"好吧，小熊，这段气势恢宏波澜壮阔的历史，我回头有时间再专门给你补习一下。现在我简说一下整个故事的来龙去脉，当年张勋复辟时妄图通过康有为得到卫礼贤的物资援助。而卫礼贤也确实利用自己在中德两国之间的声望从德皇那里申请到了大批物资援助，可是不幸的是，物资刚运到中国，复辟失败了。"

"啊！啊！啊！老大，我明白了，那批物资运进中国退不出去，就藏在礼贤中学里，是吧？"

谢孝洋点了点头。

"我靠，老大，一百多年前的德国原装进口货，现在可都是价值不菲的古文物啊！"

谢孝洋点点头，他目光深邃，幽幽道："建国后，礼贤中学几次翻建，整个学校，只剩木头楼还存留着，所以我猜东西一定藏在木头楼里。"

熊刀的眼睛里亦闪出贪婪的目光："不错，那些物资一定藏在木头楼里。对了，老大，你说那些物资会是什么呢？要是肉食罐头可就完蛋了，这一百多年过去，早变质发霉腐烂成渣了。"

"你放心，不是吃的。"

熊刀开启了杞人忧天模式，又道："军服也不好啊，埋在地下这么久，再好的布料也都完了。"

"你放心，也不是穿的。"

"啊？老大，你是不是知道那批物资是什么？"

谢孝洋笑了笑。

"老大，你笑什么？你难道真的知道？你快告诉我啊，我好有个心理准备。"

"是枪。"

"是什么？"

谢孝洋收起脸上的笑，淡定地重复道："那批物资是五千支枪！德国原装进口的毛瑟步枪！"

熊刀惊讶地倒吸了一口冷气："五千支枪？那是要叫搬家公司的节奏啊！"

"呃，现在没有五千支了。"

"怎么了？"

"建国后，大部分上交政府，回炉炼钢铁了。"

"我靠，现在还剩多少支？"

"一支。"

"就一支啊？"熊刀惋惜得直跺脚。

谢孝洋却呵呵冷笑："虽然只剩一支，却价值连城。因为……"说到这儿，他顿了一下，咽了口唾沫接着道，"因为物以稀为贵！"

我的救命恩人是个小妹妹

"薛警官，你终于醒了。"

"呃，我，我这是在哪儿？"

"你忘了么，咱俩被歹徒打晕了，关在这里。"

"哦，哦，我想起来了。可恶，他们竟敢袭警，不想活了么？"

"薛警官，别喊了，他们决定袭击咱俩，肯定是抱着必死的信念做最后一搏。"

"必死的信念？啊，狄元芳，难道歹徒会杀咱俩灭口么？"

狄元芳悲伤地点头，叹息说："可惜，代表推理小说里最重要的两大主角，警察和侦探，居然在案发之前相继落入犯罪分子的魔爪，并且惨遭毒手。这种事情如果传播出去，被编成书出版，那可就太丢人了。"

薛警官听到这里，深知这是生死存亡的时刻，猛然间也看破了红尘。他抬头看了看被捆在身边的狄元芳，看着这个一直被自己视为头号敌人、一年来都在与之斗智斗勇的名侦探，薛飞脸上终于现出了一笑泯恩仇的表情。他恍若是洪七公附身，在华山顶上与欧阳锋诀别，仰天长叹道："狄兄，没想到最后伴我共同赴难的人居然是你！"

狄元芳亦是淡淡一笑，坦然道："我也没有想到现实中会是这样的结果，要知道在我的意识里，我应该是死在你的手上。"

"狄兄，对不住了，这一年里总是把你当成凶手抓进警局。"

"不，薛警官，这不怪你，都是我推理得不好，是我把自己推理成凶手，和旁人无关！"

一时之间，中华民族的四种传统美德，认错、改过、宽宏、互谅如同芬芳的花香在空气中弥漫开来，将人世间所有的卑鄙龌龊肮脏污秽的思想驱散殆尽！

一番孔融让梨般的谦逊礼让之后，薛警官忍不住问道："狄兄，事到如今，有一件事我始终耿耿于怀，还希望你能告诉我真相。"

"哦？薛警官，你是想问什么事呢？"

"当然是严刑逼供害你受伤这件事。"

"唉，薛警官，咱们没几天活头，马上就要归西了。我都已经不再计较这件事，你还放不下么？"

"狄兄，不是放下放不下的事，他们都说是我打伤的你，可是我记得我只是吓唬过你，但我没有动手啊。"

说到这儿，薛警官叹了口气，真诚地说道："不瞒你说，我一直在回想那几天发生的事情。但有时候回忆得越用力，却记得越模糊。当时大家都为了立功，蜂拥而上，争先恐后地审讯你。几天下来，你的额头莫名其妙地就流血了。狄兄，你一定知道是谁打的你，真的是我干的么？请你给我一个答案，不然我死不瞑目啊！"

"唉，薛警官，你都这么求我了，我还有什么不能告诉你的。在审讯中打破我头的那个人，不是你！"

"啊？你说什么？果真不是我？哈哈，我没有违反警例，我还是一名好警察！"薛警官兴奋得恨不得把这个消息告诉认识的每一个人，但可惜他被困于此，也活不过几天。当他想到这一点时，他的心情又沉重了下来。他忽然想起一事，催问道："狄兄，那打你的人到底是谁，你可以告诉我么？"

"薛警官，咱们都快死到临头了，你为什么还要纠结于这些世俗恩怨呐。"

"狄兄，那个人打了你，又把暴力执法的罪名嫁祸到我头上，这样的害群之马混在警队，我心中不安还是要死不瞑目的啊！"

狄元芳见薛警官如见范仲淹托世，大受感动，道："薛警官，告诉你真相吧，其实审讯过程中，没有人打我。"

"你说什么？没有人打你？那你额头的伤是怎么回事？"

狄元芳重重地叹了口气，开始了一段痛苦的回忆旅程："薛警官，我被你们刚抓进警局的时候，我以为小妹妹会像往常那样，在第二天晚上将真凶逮捕归案扭送至警局。结果，我等了她一天、两天、三天，她始终都没有来。当我等到第四天的时候，我彻底绝望了，我想小妹妹是不会来了，我只能靠我自己救自己了。可惜，我没有黄飞鸿以一敌百的功夫，不能杀出警局。也没有迈克尔·斯科菲尔德严谨缜密的思维，没法越狱出来。最后我想来想去，想到了电视剧里保外就医的办法。"

"等等，狄元芳，你的意思是说，你为了所谓的保外就医，自己弄伤自己的额头？"

"呃，准确地说是撞墙撞的，但可惜的是前面刚撞破头，后面小妹妹就领着真凶来投案自首了。"

"那你后来顶着满头的纱布到处投诉检举我……"

"我是觉着头也破了血也流了，这些苦不能白受……"

"呃，狄元芳，你这样不太好吧，虽然我们一直误抓你成凶手，但毕竟是无心之过，可你回过头来恶意中伤造谣就很过分了。"

"唉，薛警官，我也是被你们抓得没辙了，想到这么一个反守为攻的法子。本来啊，就是想吓唬你一下，也没有非要把你告上法庭的意思。"

"唉，也是，都不容易。"

"薛警官，你能理解我，真好。"

"是啊，要是咱们早能这么相互理解该多好啊，那样也不至于让犯罪分子有机可乘，将咱俩一网打尽。"

"是啊，是啊，如果咱俩一开始就相互理解相互包容齐心协力打击犯罪，恐怕现在早已传为一段佳话。"

"何止如此，只怕还会流芳百世人人称颂呢！"

"这样一来，我的侦探事务所也一定会生意兴隆财源广进。"

"那我则必然是官运亨通平步青云。"

"啊啊啊，薛警官，我突然不想死了。"

"狄元芳，其实我一直都不想死。"

"有没有什么能活命的办法？"

"要不，咱俩联手，挣脱开这捆绑，看看能不能逃出去？"

"开什么玩笑，咱俩没被绑之前都打不过他俩，现在咱俩被绑还受了伤，又饿了一天，更不是他俩的对手啊！"

"可是，狄元芳，咱们也不能就这么坐以待毙啊！"

"薛警官，我没有在坐以待毙，其实，我一直在祈祷，祈祷有个人会来救我。"

薛警官愣了一下，追问道："真会有人来救我们么？"

"会，一定会。"

"那个人是谁？"

狄元芳笑了笑，目光变得坚毅不拔而又意味深长，他缓缓开口，像是在叙述一个美丽传说："我的救命恩人是个小妹妹，我知道有一天她会在一个万分紧急的情况下出现，身披礼贤中学校服，手牵拉布拉多名犬赶来救我。"

"狄元芳，你说的是那个叫罗小梅的小妹妹，对么？"

"不错，是她，每次我被抓起来的时候，她总会在最关键的时刻抓住真凶将我救出，我觉着这一次她也不会例外。"

"呃，狄元芳，她知道你被歹徒绑架的事么？"

"她不知道。"

"那她怎么可能来救你。"

"薛警官，只要你和我一起做一样事情，那么我相信她一定会来救我们的。"

"哦，什么事情？"

"闭上眼睛，默默祈祷。"

"我去！扯什么淡！"

"不是扯淡，是信念。来来来，让我们从心底发出那声呼唤，坚信小妹妹她一定会心灵感应到的。"

"我晕！"

🔍假试卷的来源

"邵斌，听说班里传阅的那些卷子是今年的中考试题，你相信会是真的么？"

"班长，我觉着像这种事吧，信则灵不信则不灵。"邵斌不敢贸然回答，留个后话，先观察班长的态度再做定夺。

结果罗小梅不动声色，只是追问道："邵斌，那你信还是不信呢？"

"我只信班长的。"在领导面前，有时候表明立场远比辨明是非更重要。

"嗯，反正我是不信，像中考这么神圣的考试，怎么会发生泄题这种事情呢！"

邵斌闻听此言，立刻抚掌称赞："班长圣明！班长圣明！其实我也觉着中考试卷不可能泄露。"说到这儿，他忽然想起副班长姜鑫的嘱托，于是话锋一转，跟着又道，"可是同学们都在温习那些试卷上的考题，万一真是中考卷子也说不定。"

罗小梅倒很坚定："这种事情没有万一。"

在正副班长的夹缝中艰难生存的邵斌小心翼翼地拿捏着用词的分寸，斟字酌句道："班长，有时候宁可信其有不可信其无啊。"

"哼，班里很多同学就是抱着你这样的想法，才置老师划的考试范围不顾，全都一窝蜂地背那些没用的考卷。照这样下去的话，咱班的中考成绩肯定会一塌糊涂的。身为班长的我，绝对不能容忍这样的事情发生！"罗小梅信誓旦旦地说道。

"没用的试卷？班长，你说得这么肯定，是不是有所发现啊？"

罗小梅嗯了一声，脱下背上的书包，从里面掏出那几份卷子，在邵斌面前展开。

"啊，班长，你不是说不相信试题是真的么，怎么会有一整套考卷啊？"

"哎呀，邵斌，你别误会，我把这些卷子复印下来是为了研究它们。"

"哦？卷子有什么好研究的。"

"呵呵，邵斌，你别说，还真让我发现了一些端倪。"

"班长，什么端倪啊？"

"邵斌，以我多年的做题经验来看，这些所谓的中考试卷有百分之四十的题目是来自于最近三年来的中考题，而剩下的百分之六十的题目则是来源于咱们礼贤中学历年中考模拟试卷。"

"哇靠，班长，你这都能研究出来！"

"哼哼，作为一名久经题海战术的预备考生，一眼识出每道题目的来龙去脉，是在考试中取得优异成绩的基本素质啊！"

"啊啊！班长，你简直就是传说中的活题库，你中考不拿第一，简直是天理不容啊！"邵斌不失时机地拍马屁，可以有效地博得班长的好感。

果然，罗小梅笑得很开心，然后非常谦虚地说道："也不能这么绝对，万一考试那天我发挥失常的同时第二名又恰巧发挥超常，那我就很有可能从第一名掉到第二名喔。"说到这儿，她顿了一下，跟着又道，"呀呀呀，话题偏了，咱们言归正传。邵斌，我问你，像这种试题东拼西凑出来卷子，你觉着可能是中考试卷么？"

"不，不是，绝对不是，看来是有人伪造的呗。"邵斌说着，小心地引诱道，"班长，你破案那么厉害，要不你查查这是谁做的吧！当然，当然不能耽误你中考复习啊。"

"邵斌，我身为班长，肯定要以班级的利益为重，看着大家都被假中考卷蒙蔽，不查清这件事，我也没心情复习。不瞒你说，其实我还发现了一丝蛛丝马迹。"说着，罗小梅又从书包里拿出了第二样东西。

是一张广告单页，单页上赫然写着"中考答案，绝对保真，五千一科，童叟无欺"的字样。再下面是一个姓辛的经理的联系方式。

邵斌眼睁睁地看着罗小梅走向圈套的正中央，他心中对副班长的神机妙算佩服得五体投地。

"班长，那你联系这个卖试题的人了么？"

罗小梅点点头："这个姓辛的坏人很狡猾，和他通了几次电话，他始终不与我见面，只是催我把买试题的钱打到他卡上。我想来想去，他很可能是对我起疑，故意拖着我，试探我是不是真买试题。后来啊，我为了抓住这个可恶的坏蛋，我让姜鑫替我联系他，然后我再报警……"

"班长，等等，你找谁替你联系他？"邵斌忍不住打断道。

"姜鑫啊，我想卖假试卷的坏蛋可能提防我了，所以换姜鑫联系他啊！"

"班长，你为什么要找姜鑫去联系呢？"

"她是副班长啊，和我一样肩负着守护班级成绩的重任。"说到这儿，罗小梅脸上现出一丝失落，她叹了口气，又道，"也许是我之前联系卖试卷的人太频繁，打草惊蛇了，也可能是有人通风报信。反正，当姜鑫再拨打那个号码时，手机居然停机联系不到了。唉，这样报警抓他的计划也就落空了！"

听到这里，邵斌很想告诉罗小梅，其实姜鑫就是幕后主使，是大反派，但副班长的淫威像一把锋利的利刃倒悬在头顶，时刻警醒着自己。

　　"班长，既然卖试卷的人藏起来找不到了，你也该安心复习中考了，是吧？"邵斌继续小心地试探。

　　"哼哼，换作其他班干部，这个事也许就不了了之了，可是被我遇到，就不可能这么容易结束。"罗小梅脸上现出与坏人决一死战的神情，跟着往下说道，"邵斌，我刚才跟你说过，这些所谓的中考试卷是由最近三年来的中考题和咱们礼贤中学历年中考模拟试题拼凑起来的。从题源上来看，你难道没有发现什么问题么？"

　　邵斌深知下属的无知是领导装逼的本钱，即便是学生和班长之间亦不例外，于是赶紧虚心请教："问题？有什么问题？还请班长明示啊。"

　　罗小梅缓缓说道："我怀疑拼凑出这些试卷的人就是咱们礼贤中学的学生，他对各个学科知识点了如指掌，他能巧妙地避开今年的考点来摘选试题蒙蔽大家，说明他学习成绩应该很好，而且他很有可能也是初三的应届毕业生。"

　　邵斌听到这里，立刻预感到姜鑫即将要暴露的节奏，身为良禽的他随时准备着择木而栖，于是启发道："班长，你说的这个人会不会就在咱们身边，你是不是已经有了怀疑对象？"

　　罗小梅点了点头，认真地说道："不瞒你说，这个想法在见你之前我跟姜鑫交流过，还听取了她的意见。"

　　"啊？班长，你跟姜鑫交流过？你为什么总要跟她交流啊？"

　　"喂，邵斌，我说过多少次了，她是副班长啊，和我一样肩负着守护班级成绩的重任，我和她之间是完全相互信任的啊。"

　　"呃，好吧，好吧。她是怎么说的？"作为知情者的邵斌，隐隐感觉到班长下面的回复必定背离真相越来越远。

　　果然如他所料，罗小梅目光里散发出自以为看透真相的眼神，幽幽地说道："姜鑫认为，做这件事的人是二班的学生。"

　　"哦？为什么这么说？"

　　"因为假试卷只在咱们一班传播，而同年级的其他班并没有这样的事情发生。由此可见，很可能是兄弟班级为了中考的年级排名，故意使出这种下三滥的手段拉低咱们班的平均分。"

"可是，班长啊，咱们班的文化课成绩一直是年级倒数第一好不好，有必要多此一举么？"

"邵斌，怎么能说是多此一举呢？咱们班分数虽然总是垫底，但这些年在班主任的不懈努力下，成绩已经有所回升。而反观年级倒数第二名的二班，却一直是在不断地退步。他们二班为了防备咱们中考成绩反超，想出这么一个诡计也不是没有可能。"

"班长，这是你的想法，还是姜鑫的想法？"

"是姜鑫先提出来的，当然我也很认同啊。而且我俩经过分析一致认为，伪造假试卷的幕后主使很可能就是二班的班长赵齐兵。因为姜鑫说她曾经看到赵齐兵拿着一摞旧卷子偷偷交给一个鬼鬼祟祟的男子。不仅如此，那个赵齐兵最近还一直跟咱班同学打听中考泄题的事呢！"

说到这儿，罗小梅沉思了片刻，接着又道："造谣中考泄题，紧跟着就有假试卷在咱们班流传，像这种阴谋诡计必须要里应外合才能得以实施。所以，我大胆猜想，二班的赵齐兵肯定和那个姓辛的骗子在相互勾结。而那个辛坏蛋突然关机，则很可能是赵齐兵的告密，毕竟我以前破了些案子，很有声望。"

很明显，班长已经被副班长误导，侦查方向完全偏离了真相。邵斌心中琢磨着，说道："班长，那你下面准备该怎么办啊？"

"哼哼，当然是抓住赵齐兵的把柄，报告老师。"

"伪造的假试卷已经在班里传阅开来，还有什么把柄能抓啊？"

"邵斌，中考的七份试卷确实都已经伪造完了，可是你忽略了还有一个题型。"

"班长，什么题型啊？"

"英语听力！英语听力还没有现身！"

"啊，是啊，我怎么把英语听力的考题给忘了。所有出现在市面上的中考试卷里，真的单单少了英语听力的考题。"

"所以，我们只要张贴出高价求购中考英语听力试题的广告，贪婪的骗子一定会上钩。到时他们制作出英语听力的考试题，录音会录下造假者的声音，那样我们不就等于抓住对方犯罪的证据了么！"

"呃，班长，光靠录音作为证据，恐怕还不行吧？"

"呵呵，邵斌，我就知道你会这么说。而且不只是你，姜鑫也提出过和你一样的疑问。所以，为了能让邪恶的犯罪分子乖乖地俯首认罪，录音仅仅是辅助证据，最关键的证据还要靠我们自己来取得。"

"啊，班长，你说的最关键的证据指的是什么？"

"当然是抓他们的现行！"

"抓现行？怎么抓？"

"前面几份试卷都是用往年的考试试题作为素材拼凑而成。伪造听力考试试题，造假者必然也会故技重施，通过赵齐兵搞到往年的听力考试录音带，然后以此为蓝本进行伪造。"

"啊？班长，你的意思难不成是要一直跟踪赵齐兵，抓他与那个姓辛的骗子接头交易的现行？"

罗小梅笑着摇头，以此彰显自己智商上的博大精深，缓缓说道："不不，邵斌，跟踪赵齐兵这个办法太武断了。咱们只是听了姜鑫的一面之词，怀疑赵齐兵是勾结骗子伪造假试卷的内奸。万一他不是怎么办？万一内奸另有其人怎么办？咱们盲目地跟踪他，岂不是白费精力。"

邵斌听到这儿，预感到班长又要开始装聪慧绝顶机智过人了，忙提前铺垫道："啊？班长，你是不是有什么更好的办法，快说来听听，让我长长见识。"

当领导的从来都不会直接告诉下属答案，而是通过一问一答的形式循序渐进慢慢启迪，以此突显上下级之间的智力差距。身为班长的罗小梅亦不能免俗，于是上来先反问道："邵斌，我问你，咱们的试卷都存放在哪里？"

邵斌故意想了半天，然后用不确定的语气回答："是在木头楼的教研室，对么？"

罗小梅点点头，又问："现用的卷子放在教研室，可是往年的试卷呢，又放在哪里？"

邵斌想都不想，直接摇头表示不知。

罗小梅说道："告诉你吧，往年不用的卷子都是锁在木头楼的地下室里。"

邵斌识时务地做恍然大悟状："原来是存放在那里。"

"所以说啊，那个学生内奸要想搞到往年的英语听力录音带就必须去木头楼的地下室拿，我只要利用课外时间盯紧了木头楼，就不怕抓不到他们的把柄！"

"妙计！妙计！实在是高啊！高啊！"邵斌跟着话题一转，假惺惺地试探道，"可是，班长，你每天下课放学盯着木头楼，那么还有时间复习中考么？"

罗小梅叹了口气，说道："邵斌，我本来是打算请求名侦探大叔帮我一起调查的，可是，他似乎还在躲着我，以前只是不接电话，现在干脆是关机。然而，让我想不到的是，居然连薛警官也联系不到。"

"薛警官？就是那个市南警局的刑警队长？哇哇，班长，这么点小事你还惊动警方，不至于吧？"

"邵斌，怎么能说是小事呢？这叫关系到咱们全班同学的中考成绩，进而牵扯到他们以后的前途呐！唉，不过，太不可思议了，一直自诩为人民守护神的薛警官也会有关机不接电话的时候。然后，我又拨打他们市南分局的座机，你猜怎么着？"

"怎么了，班长？"

"薛警官手下的警员悄悄告诉我，现在他们警局正在开展自查自律的整风运动，像我报告的这种预测性的疑似案件，他们暂时都不能提供警力协助。"

"班长，什么意思啊？什么是自查自律啊？"

"唉，邵斌，我也不清楚，我想应该是类似于停业整顿吧。"

"我去，警局还有停业整顿这一说啊？"

"说不好，但我感觉接电话那警员兴奋地跟打了鸡血，好像马上就要升职了似的。我想他们市南警局也许是在忙着侦破大案，所以无暇顾及咱们。"

听到警察插不上手，作为真相知情者的邵斌长吁了口气，赶紧打断道："咱们学校内部的事情，找外人掺和不合适吧。"

"你说的也是。"罗小梅若有所思地点头，她忽然想起了什么，真诚地说道："既然名侦探大叔，薛警官他们都来不了，叫其他人又不方便。那么，邵斌，你能帮我么？"

"啊！啊！班长，为什么这种事你老要拖着我呢？"

"事关全班同学的前途命运，这么光荣而伟大的事情，你难道不愿意参与进来么？"

"参与进来？你不会让我陪着你一起在木头楼盯梢吧？"

"不是叫你陪着我一起盯梢啊。"

"哦，吓死我了。"

"咱俩是分开盯梢，轮班倒好吧。"

"别闹了，班长，我还要忙着复习中考呢！"

"邵斌，你才闹了呢，以你目前的成绩，不论再怎么复习，中考对你来说也只是重在参与罢了。你的考试分数注定是充当分母，当不了分子的。"

"班长，你居然这么打击我学习的积极性。"

"我只是实事求是。"

"班长，难道你就不能找别的同学帮忙么？"

"其他同学学习都比你好，咱们就别耽误他们了，好么？"

"啊啊啊！班长！"邵斌捂着脑袋，他显然开始有些抓狂。

罗小梅突然变得认真起来，她说道："邵斌，你不要总是计较个人得失，你要学会付出！这样吧，我带你去个地方。"

"去哪儿啊，班长？"

罗小梅没有应声，不由分说地拉着邵斌朝校门口跑去。

他们跑出校门口，他们过了马路，他们站在马路对面回视着礼贤中学。

而此时此刻正值下午放学，大批大批的学生背着书包欢快地涌出学校。

罗小梅遥指着放学的人流，感慨地说道："邵斌，你看这些学生，里面哪一个学习不比你好，哪一个成绩不比你优秀？面对着一群刻苦努力孜孜不倦的祖国花朵，相形见绌的你难道就不想奉献，不想为他们做些什么吗？"

"哇靠，班长，你赢了！我听你的！一切都听你的。"

"好嘞，邵斌，那么从明天起，咱俩轮番在木头楼盯梢。"

"盯盯盯。"邵斌一边敷衍着，一边准备过马路返回学校，这时他突然发现罗小梅还站在原地不动。

"喂，班长，你发什么愣，你不走我可要走了，我书包还落在教室里呐。"

"等等，邵斌，我怎么感觉好像有人在呼唤我。"罗小梅迟疑了一下，回身仰望身后的居民楼。

"有么？"邵斌复又走回到罗小梅的身边，侧耳倾听了片刻，说道，"班长，没有人呼唤你啊！"

"不，邵斌，有，我能感受的到，而且不是一个人，是两个人齐声呼唤我。"

"是么？"邵斌愣了愣，再次屏息倾听，过了一会儿道，"班长，你听错了吧，我怎么一点呼唤你的声音没有听见呢？"

罗小梅嗯了一声，略大且又不失秀美的脸庞现出高深莫测的神情："邵斌，那种呼唤不是通过声音发出，也不是用耳朵能听到。"

"啊！啊！班长，你说什么啊？这次我是真的听不明白了。呼唤不是通过声音发出，那是通过什么发出？"

"念力！"

"什么？"

罗小梅淡淡一笑，缓缓道："那是通过念力发出的呼唤，只有心灵相通的人才能感应得到！"

"班，班长，你说的这，这是心灵感应吧？是，是谁在用这种方式呼唤你？"邵斌惊恐万分地问道。

"不是一个人在呼唤，是两个人，同时呼唤！"罗小梅闭上眼睛，屏住呼吸，仿佛是在捕捉那来自心灵的声音。

过了许久，她忽然睁开了双目，她像是得到了答案，脸上现出豁然开朗的表情。跟着，她斩钉截铁地对邵斌说道："我知道是谁在呼唤我了！"

"班长，是谁啊？"

"肯定是我爸妈，他们在盼着我回家吃饭呢！"说完这句话，罗小梅便背着书包蹦跳着朝家跑去。

副班长又出招

在漆黑的夜里，总是酝酿着邪恶狠毒的阴谋诡计，即便是像礼贤中学这种省重点名校也是如此。

暗淡的月光散落在姜鑫凄冷的脸上，伴随着她嘴角的笑，给人一种不寒而栗的恐惧感。

她躲在黑暗里冷笑，仿佛是地狱里的恶魔在哀鸣低吟。

"邵斌，你说罗小梅准备以后每天都在木头楼盯梢？"

"是啊，副班长，她还想拉着我跟她轮班盯梢呐。"

"哈哈哈哈，愚蠢幼稚！本美女只是略施小计，用几张假卷子和一些流言蜚语就把那个所谓的班长玩得团团转，哈哈哈哈，太不堪一击了。"

"呃，副班长，你吩咐我的事我已经按照你的要求做完了，罗小梅也确实上钩了。至于她安排我陪她盯梢这件事，我就不掺和了，你们俩单挑吧。"

"邵斌，你现在撤出来不合适吧。如果你不陪着罗小梅盯梢，我怕她是三分钟热度，盯不了两天就放弃不盯了，回去继续复习中考。那样一来，我之前的计划可就全部前功尽弃了啊。"

"我去，副班长，别闹了，你设计让罗小梅盯梢盯三个月，我岂不是要陪着三个月，开什么玩笑！"

"你说的也是，邵斌，等等，让我再好好想想。"姜鑫突然不再说话，低头沉思起来。

邵斌看着姜鑫似曾相识的表情，终于反省过来，惊呼道："副班长，你不是又在酝酿什么阴谋诡计了？"

结果他话音刚落，姜鑫便对拍双手，猛地抬起头来，兴奋道："邵斌，我又心生一计！"

"我去，副班长，你用假试卷误导全班同学的中考复习方向，从而引诱罗小梅入局这个计策已经很逆天了。"

"邵斌，你说得不错，假试卷的计策确实很逆天，但是它有一个非常严重的缺点，那就是见效太慢。"

"副班长，慢就慢吧，武侠小说里最容易取人性命的不都是那些无色无味的慢性毒药么？"

"可是，邵斌，你等不了，我也等不了。何况在武侠小说里，高手之间的对决都是一招定生死。"

"副班长，你什么意思？难道你想到了一个计策可以一下子扳倒班长？"邵斌惊骇道。

姜鑫笑吟吟地点头。

"快告诉我，是什么计谋。"邵斌迫不及待地催问。

姜鑫却收起了笑，一脸肃穆的表情凝视远方，然后幽幽道："嫁祸，陷害！"

"副班长，你是要嫁祸陷害罗小梅么？你用什么嫁祸陷害她啊？"

"当然是假试卷。"

"又是假试卷？"

"我可以伪造出罗小梅依照广告单页上的联系方式联系卖家购买中考试题的假象。你想，身为一班之长，居然私下购买中考试题，成何体统。如果计划进展顺利，甚至还可以把班里传阅假试卷的罪名扣在罗小梅的头上。"

"我靠，副班长，你太狠毒了。但是你怎么伪造罗小梅购买试卷的假象呢？难不成，你真的让你表哥现身？你就不怕罗小梅直接报警抓你表哥么？"

"呵呵，我怎么可能那么笨，真让我表哥现身。我只需要借他的手机一用就可以完成布局。"

"副班长，你什么意思啊？我怎么听不大明白。"

"邵斌，其实很简单，但是我需要你的帮忙，这个惊天计谋才能得以顺利实施。"

"副班长啊，你为什么老是拖我下水呢？"

"不能算是拖你下水，只需要你在陪罗小梅盯梢的过程中，一个小小的举手之劳就可以搞定。"

"真的是举手之劳这么简单？"

"当然，身为副班长的我怎么可能骗你。"

"好吧，副班长，到底需要我做什么，你快说吧。"

"明天，我会要来我表哥的手机卡，就是卖试题的单页上留的那个号码。然后，我再买一个新手机，用那个号码给罗小梅发类似于确定交易的短信。她之前不就想用假交易吸引卖题者现身么，所以我完全可以将计就计。当然，这条短信绝对不能早发，否则她肯定会在交易前报警。"

邵斌疑惑地问道："那什么时候发呢？"

"你陪她盯梢的时候发，放心，短信我会提前编辑好，你只需要按发送键就可以。"

"这倒是举手之劳，不过副班长，如果罗小梅一时性急回拨那个号码怎么办？那我可就暴露了！啊，副班长，一旦我暴露的话，你也很快会暴露的。"邵斌话中藏话，表示自己绝对不会守口如瓶。

姜鑫笑了笑，淡定地说："放心，按照我说的步骤做，你不会暴露的。"

"哦？什么步骤？"

"你发短信前，先借口离开罗小梅，然后发完短信将手机丢在不易被人发觉的地方。之后，你就去通知保安，说在学校里看到可疑人物，带着保安去发现手机，以此烘托出卖试卷者交易不成落荒而逃的假象。而手机里与罗小梅约定交易的短信便成了最有力的证据。"

邵斌听到这里，忍不住叹为观止道："副班长，你为了陷害罗小梅，新买的手机都不要了，太下血本了。可是，罗小梅肯定会辩解的，她会说自己约买中考试卷是为了设圈套让伪造试卷的骗子现身。"

姜鑫冷笑道："她说故意伪装成买家让卖试卷者现身的计划，之前有谁知道么？除了咱俩再无旁人，哼哼，只要咱俩不出来作证，她那套说辞就是一面之词。"

"副班长，即便这样，以罗小梅在学校里的声望，校长和班主任也会相信她的。"

"嘿嘿，所以邵斌，咱们要挑一个校长和班主任不在学校的时候来实施这个计划。"

"校长和班主任不在学校的时候是什么时候啊？"

"你笨啊，当然是周六下午。周六只有初三年级加课，校长肯定不在学校。而班主任上午上完课估计下午就回家了，所以周六下午放学之后是行动的最佳时间。"

邵斌仍不放心，继续举手提问："副班长啊，即便你刻意避开校长和班主任实施嫁祸计划，但是这个事早晚还是要传到校长和班主任那里，最后还是由他们来决断啊。"

"邵斌，你放心吧，在传到校长和班主任那里之前，警方会先介入的。因为在你叫保安去发现手机的时候，我就会在校外报警的。"

"报警？哇靠，为了扳倒班长，你真是费了很大的心思。不过，副班长，不瞒你说，罗小梅之前为了抓住伪造中考试卷的造假者也曾打过电话报警。可是，你猜怎么着，人家警方根本无暇顾及这种事。"

姜鑫不屑地笑道："一般的伪造中考试卷售卖骗钱的案子，如果影响范围不大，警方通常只是备案，不会太在意。但是，如果由我来打这个电话，那么警方一定会重视起来的。"

"副班长，为什么你报警，警方就会重视啊？"

"因为我会提一个人。"

"提谁啊？"

"那个人的真名到底叫什么我不知道,但是我表哥一直尊称他为刘老。"

"刘老?提这个人就会管用么?"邵斌眼神里充满了不相信。

姜鑫却坚定地说:"管用!警方不但会重视,还会派出专案组来负责,在最短的时间赶到现场。"

"副班长,你说的这个刘老,是警方的卧底么?"

"不,他是警方的通缉犯。"

"我去,副班长,你是生长在恶人谷么?这都认识些什么人啊!"邵斌咽了口唾沫,接着又道,"不过话又说回来,即便报了警,警方也会查明真相的,到时她还是能证明自己的清白的。"

听到这儿,姜鑫突然仰天大笑了起来,她一边笑一边拍着邵斌的肩膀,语重心长道:"记住了邵斌,在这个世界里,真正能伤害人的不是真相,而是谣言。"

说完这句话,副班长的脸上露出了更加邪恶的表情,在这幽暗的月光下,恍若地狱里的恶魔重临人间。

🔍计划有变

"班长,你在盯梢啊,我陪你一起吧!"身上挂着树叶打扮成葫芦娃模样的邵斌,匍匐着朝罗小梅爬去。而此时此刻,罗小梅正化装成一堆杂草趴在一棵大树下面。

"邵斌,不是明天才轮到你盯梢么,怎么突然这么有觉悟了?"罗小梅惊喜地问道。

"班长,我回去反思来,我觉着查清贩卖假考题的幕后黑手,让同学们的中考复习不再被误导,是我离开母校前所做的最后一件有意义的事了。"

"邵斌,你能理解奉献精神的真谛,我太欣慰了。"

"主要是班长你树立的好榜样，把我感悟了。"

"邵斌，你能这么想，真是太好了。"

"对了，班长，你带手机了么？"

"带了，怎么了？"

"还是之前的那个号码，没有换号码吧？"

"当然了，谁没事换手机号啊。邵斌，你问这个干什么，有事么？"

"呃，没有没有，班长，你千万别多想我就是随便问问。"

"哦，别说话了，让我们一起认真地盯梢吧！"

这时，邵斌忽然施展着只有实力派演员才身怀的绝技，伸手指着远处的空景，说道："咦，班长，你看，那里好像有个人鬼鬼祟祟的。"

罗小梅顺势看去，只见到一片花草树木建筑物，疑惑不解道："邵斌，你眼花了吧，哪有人啊？"

邵斌凭空酝酿出焦急的神情，睁着眼说瞎话道："看！看！班长，他就在那里，是个男的！你看到没有？"

罗小梅被对方惟妙惟肖的面部表情所蒙蔽，真当自己眼拙，揉揉眼睛，复又睁大了再看，小声道："在哪儿啊？我真没看到啊！"一边说着，一边匍匐前进，妄图靠近了看。

邵斌怕再演下去会穿帮，于是收了千里眼的神通，开始金蝉脱壳，改口道："咦，明明刚才还在呢，怎么一眨眼没了，一定是躲起来了。班长，你在这儿继续盯梢，我过去看看。"

"啊！邵斌你怎么突然这么勇敢了？"

"班长，是你伟大的形象洗涤了我的灵魂。"

"啊！邵斌，你能这么想，说明你进步了。"罗小梅说到这儿，看了看远处，又看了看面前的邵斌，忧虑地说道，"不过，你自己一个人去我不放心，咱俩一起。"

邵斌赶紧亮出准备已久的台词："不，班长，你不能离开，小心被调虎离山！"

罗小梅一听，惊醒道："也对，邵斌，那你自己可要小心，有事打我手机。"

邵斌笑着点头，朝罗小梅挥挥手表示不用担心，然后煞有其事地弯着腰小跑着离开。

在跑到红旗路上时，回首确认罗小梅没有跟来，邵斌这才放下心来，戴上手套从书包里拿出副班长交给他的那个新手机。

打开手机屏幕一看，果然短信已经编辑好，罗小梅的号码也已输入完毕，真的只需要按一下发送键就可以了。

邵斌又看了一遍短信内容，上面写道：

"你好，同学，你要购买的中考试题我已带来，在木头楼等你。由于试卷机密事关重大，望带足现金，谢绝刷卡。"

邵斌深知短信一旦发出，身为班长的罗小梅很可能就陷入万劫不复之地。所以他开始犹豫开始彷徨，他脑海中闪现出班长对他循循善诱谆谆教诲的种种感人画面，最后他仰天长叹了一口气，毅然决然地按下了手机屏幕上的发送键。

这是班长与副班长之间的生死之战，在残酷的"政治斗争"面前，人的感情总是显得脆弱柔软不堪一击！

按照姜鑫的命令，发完短信后，邵斌赶紧将手机丢在红旗路旁边的名人雕像下面，然后小跑着往学校门口的传达室跑去。

奔跑的过程中，他遇到一个陌生的矮胖子迎着自己跑来，他愣了一下的时候，那个矮胖子似乎也愣了一下。他俩擦肩而过还彼此回望，但都没有驻足。

邵斌心想：那人是谁啊，一看就是校外的，算了，不管了，还是先找保安吧，别耽误了正事。

终于，邵斌来到了校门口的传达室，他气喘吁吁却不敢耽搁，他对着保安惊呼，借此烘托出事情的紧急性："老师，不好啦！我刚才在学校里看到一个可疑男子，鬼鬼祟祟的，很像不法分子，你快来看看啊！"

保安很是镇定，化身成刘伯温，洞察先机道："同学，不用紧张，你看到的那个人，他就是不法分子。"

邵斌愣了一下，不知道是自己的演技太高超还是对方太天真，居然一说就信没有丝毫的质疑。这反倒让邵斌不太适应，过了半晌才反应过来，想起下面的计划，于是催促道："那老师，你快点跟我去抓他啊！"

保安微微一笑，气定神闲，只见他回身给自己泡了杯茶，端起杯子吹散茶面上的热气，饮了两口，缓缓道："同学，不要慌张，一切尽在我的掌握。"

"尽在掌握？"邵斌被这份镇定所蒙蔽，跟着他忽然想起手机才是嫁祸罗小梅至关重要的道具，而道具就放在名人雕像的下面。虽然说现在已经放学，同学们都已离校，但是难保还有其他学生逗留，如果被别人抢先发现手机拿走，那副班长一定会勃然大怒的。

一念至此，不及多想，邵斌拉起保安的手，说道："老师，先别喝茶啦，咱俩去抓不法分子去。"

保安放下手中茶杯，呵斥道："同学，别胡闹，警察已经接手了，咱们不要掺和。"

邵斌一听警察接手，下意识联想到肯定是副班长报的警。可关键问题是，自己应该先带保安去发现手机，发现手机嫁祸陷害罗小梅之后，姜鑫再在场外报警。没想到的是，计划的步骤居然出现前后颠倒。这样一来，副班长夺位篡权扳倒班长的阴谋诡计就要失算。

邵斌想到这里，更是心急如焚，再次拉起保安的手，催促道："老师，快，来不及了，快跟我去协助警方一起阻止不法之徒的恶行，还大家一个平安校园！"

"喂！同学，别拉拉扯扯的！"保安厌恶地甩开邵斌肮脏的手，义正言辞道，"你以为是我在故意懈怠保安工作么？我也有一腔伸张正义的热血好不好！我也想亲自还大家一个平安校园好不好！但是办案警察警告过我，说他们这次是秘密抓捕要犯，不准我声张更不准我参与，所以，我是没办法了，只能在旁边看热闹啊！"

"什么？秘密抓捕要犯，不准声张，我去，真被姜鑫说中了，这哪是普通警察办案，分明是专案组调查啊！啊，啊，老师，不管怎么，你必须跟我进学校一趟啊！"

"你怎么回事，还纠缠不休啊！咦，对了，同学，都放学一个多小时了，你怎么还在学校逗留，快回家，走走走，这里危险！"

被保安强推出学校的邵斌实在是走投无路了，百般无奈之下，他只好拨通姜鑫的手机。

"副班长啊，你等我带保安去发现完手机，再报警啊！"

"邵斌，你说什么呢？"

"我说，专案组已经把学校封了，不让外人进校，关键是保安还没跟着我去找手机呢。"

"你的意思我没听明白。"

"我说，副班长，你报警报早了。"

"邵斌，我没报警啊！"

"副班长，你说什么？"

"我说我还没报警呢！"

"那，保安所说的抓捕歹徒，难道……"

"等等，邵斌，你是不是把我的计划搞砸了？"

"不，不是啊，副班长，可能，可能学校里真进了歹徒了！"

"编吧，接着编吧！这事你如果给我搞砸了，看我怎么收拾你！"

"别，别，别，副班长你听我解释啊！"

"我不听你解释，我现在就给警方打电话报警。"

邵斌被挂断电话之际，却发现不知什么时候，班长给他发来一条彩信。邵斌扫了一眼，见是车牌号的照片，也没往心里去，正琢磨着该怎么跟副班长求饶。

就在这时，忽然砰的一声枪响，自木头楼的方向传出，惊彻了整座寂静的校园。

邵斌愣了一愣的时候，传达室里的保安却兴奋地跑了出来，他满脸激动地奔走相告："一定是警察开的枪，一定是警察开的枪！看来是歹徒落入法网啦！"

　　果然，大约过了几分钟，一辆东风标致 4008 的城市 SUV 从校园深处驶了过来。

　　"看，那就是警察的车！"保安热情洋溢地给邵斌做着解说。非但如此，当 SUV 驶近的时候，他还套近乎般地对着车敬礼致意，然后小跑着回传达室去启动拦车杆放行。

　　然而意想不到的是，那辆标致 4008 不等保安拉启拦车杆，竟然横冲过去直接撞开。

　　随着啪的一声脆响，是拦车杆断裂的声音，再然后，是 SUV 扬长而去。

　　看到学校公共财产遭到破坏，学校保安当场就懵住了。

　　站在旁边目睹这一幕的邵斌，过了半晌才回过神来。

　　"老，老师，你确定开车的真是警察？"

　　"应，应该是吧。"

　　"直接撞开门杆，做事风格不是很像啊！"

　　"也，也许是急着回去复命，毕，毕竟是大案。"

　　"那么，老师，这损坏的门杆是你赔么？"

　　"不能吧……"

　　"老师，那你刚才看到车牌号了么？"

　　"大体看到了。"

　　"老师，你是不是应该记下来，打 110 跟警方核实一下？"

　　"可是，我只记住了前两位。"

　　"后面几位车牌号呢？"

　　"同学，车开得那么快，谁能记得全啊，你也在旁边，你厉害你记啊！"

　　"呃，老师，我也没记住。不过，你等等，我手机之前进来一条彩信，原本我不太明白，但现在我好像明白了。"

　　"哦？同学，是什么彩信啊？"

"是我们班长发我的，你也看看吧！"

"咦，是车牌号？等等，好像就是刚才那辆车的车牌号！同学，你班长怎么会给你发这条彩信？"

"老师，我也不清楚她为什么会给我发这条彩信，但我知道她可是神人呐。"

"好，好，好，那我现在就跟警方打电话核实车牌号。"

🔍 伸张正义的时刻

躲在树下冒充杂草的罗小梅听到自己的手机响了几声，拿出来一看，是一条短信。再打开，短信里的内容直接把她愣住了。

"你好，同学，你要购买的中考试题我已带来，在木头楼等你。由于试卷机密事关重大，望带足现金，谢绝刷卡。"

这，这是卖试卷的骗子的手机号！他给我发这样的短信，是什么节奏？难不成是飞蛾扑火式的自投罗网？可是，等等，他之前不是关机么？怎么会突然开机？还主动跟我联系？而且，他发的这条短信我完全看不懂，难道他是发错人了？

让我再好好想想。

难道，卖假试题的骗子和别人约了在木头楼交易，却不小心把交易短信错发到我手机上？世上会有这么凑巧的事情么？

罗小梅正疑惑不解的时候，忽然一个鬼鬼祟祟的矮胖子现入她的视线范围之内。眼见如此，身为班长的她立刻警觉地瞪大眼睛窥视，便看那矮胖子东张西望一番，果真悄悄钻进木头楼里。

罗小梅心想，莫非那人就是卖假试卷的骗子？跟着又想，现在卖方已经来了，是不是一会儿买方也会现身？

结果她刚产生这种想法，紧跟着一辆标致 4008 的城市 SUV 行驶过来，然后从车里下来一个高瘦男子也进入了木头楼。这两人一前一后，先后钻进木头楼里，显然是碰头交易的节奏。

罗小梅看到眼前一幕，不再多想，于是站起身来，摘去身上的花花草草，除尽所有伪装现出真身。她来到车前不往车里望，先看后车牌，这不看不要紧，一看登时发现了端倪，只见那车牌是假的，是用胶贴在原本的真车牌上的。

罗小梅心灵手巧，当即把假车牌撕去，露出真车牌，用手机把车牌号拍下来发给邵斌，以此暗示他报警，然后便急匆匆跟上前去，也溜进了木头楼。

进了木头楼，"见贤思齐"四字校训赫然入目，再找那高瘦男子，却没有踪影。罗小梅心中不舍，猜测那两人偷偷摸摸一定藏在某处交易。可是这木头楼上下两层，又有地下室，敌人到底会在哪里呢？

罗小梅正凝神苦思之际，忽然地板下面传来翻箱倒柜的声音。身为班长的她顿时反应过来，那两个人定是藏在负一层的地下室。

她跟着又想到，木头楼的地下室向来是存放历年模拟考试试卷的要地，自古便有题库之称，其地位足以与河南少林寺的藏经阁相媲美。

一个存放卷子的地方为什么会有如此高的声誉？

那是因为那里存放的卷子不是普通的卷子！卷子上出现的每一道试题都凝聚着礼贤中学历代老师教育的精华，而卷子上出现的每一个答案则体现着礼贤中学院学生们对课本知识最深刻的领悟。

换句话说，礼贤中学之所以能成为省重点名校并且扬名立万几十年，全是得益于地下室里这些代代相传且不断更新升级的模拟试卷。

模拟试卷对于学校的重要性，就如同武功秘籍之于门派。

所以，如果有人盗取了地下室里存放的那些试卷，那么礼贤中学就会如同丢失了降龙十八掌掌谱的丐帮，自此一蹶不振永无翻身之日。

想到这里，从内心深处燃烧起的学校荣誉感，让罗小梅再也按捺不住了，为了守护住省重点名校的金字招牌，她以迅雷不及掩耳之势冲了下去。

她跑下楼梯，她来到地下室门口，她看到地上到处散落着卷子。

她看着那些由历代老师穷尽心思编写的，象征着无价之宝的模拟试卷，罗小梅便感到一种莫名的心痛。

也就在她心痛的时候，地下室里传来了一个男子的惊呼："老大，找到了，找到了，你看是这东西么？"

惊呼声刚落，跟着便听到另一个男人回应："小熊，好样的，给你点个赞，就是它没错！"

"老大，这次行动真顺利，而且我还有额外收获呢。"

"哦？小熊，怪不得刚才看你一直偷着乐，快说，你又发现什么值钱的东西了？"

听到这里，罗小梅再也忍无可忍了，她不计个人安全，她挺身而出，她看到了地下室里有两个男子，一个又高又瘦，一个又矮又胖，她还看到那个矮胖子手里居然拿着一杆长枪。

罗小梅万万没有想到，对方穷凶极恶到会拿着枪抢试卷，即便是这样，她依然要维护学校的尊严，绝不允许外人将礼贤中学的内部试卷带出校外。

于是，罗小梅大喝道："你们住手！"

她这一声立刻将那两名男子吓了一跳，其中的矮胖子率先醒悟，对同伴道："老大，她就是那个和侦探一伙，屡次破案的女学生！"

罗小梅没想到自己也有威名远播的一天，愤怒之中不乏生出些沾沾自喜的小情愫，继续道："你们被我逮个正着，这次是不是可以跳过推理直接认罪了？"

"认罪？"瘦高男子脸上现出狞笑，"认不认罪又有什么关系呢？小妹妹，你不觉着你现在自身难保么？"

面对威胁恐吓，早已习以为常的罗小梅表现得异常镇定，她说道："你们这些犯罪分子，是不是又要准备杀我灭口了？"

"哼哼，小熊，快动手吧！"高瘦男子冷笑着发号指令。

而矮胖子则手拿长枪，步步逼近。

"等等！"罗小梅依旧镇定，她倒退一步，把手指放到嘴边用力吹了一声口哨。

尖锐的哨音如利刃划破空气，直接把那两个男子吹懵了。

先是矮胖子惊疑不定，回看同伴道："老，老大，她吹口哨什么意思？难，难道咱们中了埋伏？"

被称作老大的高瘦男子亦是心神不安，硬着头皮道："小，小熊，别，别自乱阵脚，所，所谓兵来将挡水来土掩，没，没什么解决不了的。"

于是，时间像静止了一般，那两个男子都停下手中的动作，直直地盯着楼梯口，他们在等待哨音过后，是不是真的会有千军万马从那里杀将出来。

同样，不只是那两个男子在等，其实就连吹口哨的罗小梅，她也忍不住回首张望。

在三个人漫长的等待中，时间一点一点流逝，大约过了三四分钟，他们什么也没有等到。

高瘦男子见多识广最先警觉，喝骂道："妈的，根本没有什么援兵，吹口哨就是缓兵之计，小熊，上，先打晕她！"

这时，罗小梅也急了，辩解道："肯定是地下室信号不好！"说着，又跑到楼梯口重新吹口哨，吹完仍不放心，再扯着嗓子大叫，"小欧，你伸张正义的时候到了，快出来哇！"

结果，她话音刚落，楼梯里当真传出野兽的低吼。

高瘦子和矮胖子愣了一下，面面相觑。也就在这空档儿，便看楼梯上缓缓踱步下来一条狗。

不错，是一条狗。

是一条头戴花环，浑身狗毛被染成迷彩色的拉布拉多名犬。

高瘦子看到那条大狗，又见它一身迷彩毛，误以为是军犬，当即脸色大变，他催促道："小，小熊，快，快开枪！"

矮胖子也随即反应过来，赶紧举枪。

可此时，庞大的拉布拉多犬已然咆哮着飞驰扑来，它腾空的那一刻，被扑者甚至都能清楚地辨认出这是一只公狗。

也就在这一瞬间一刹那，反正就是千钧一发之际，矮胖子终于扣动了扳机，伴随着砰的一声枪响——虽然相隔咫尺，子弹居然还能打偏！

当然，更想不到的是，那只拉布拉多犬安然无恙的同时，紧跟着吓得发出一声惊叫，然后掉头跑了。

那罗小梅直接就懵了，跺着脚地喊狗回来："小欧，快回来，你这怂货！"

伴随着主人的呼喊，那小欧显然是惊吓过度，化身成送荔枝的快骑，头也不回绝尘而去。

然后，然后罗小梅就被打晕了。

再然后，等罗小梅醒来的时候，她发现自己嘴上被塞了一块布，然后全身给五花大绑地捆在一辆 SUV 的后座上。

在她身边，她见到了失联许久的名侦探大叔和薛警官，然而让罗小梅想不到的是，这两个象征着正义化身的男人居然也被嘴上塞布五花大绑！

从名侦探大叔绝望的眼神里，罗小梅终于意识到了事态的严重性。

这，这到底是什么节奏？难道要大结局了么？

你觉着我和一般的警察有什么不同？

在武侠小说里，英雄陌路浪迹天涯，是何等的悲壮豪迈。

同样，在推理小说里，穷途末路亡命天涯，亦是不乏惊险刺激。

虽然前无强敌后无追兵，但这并不影响谢孝洋驾驶着标致 4008 在东西快速路的高架桥上疯狂疾驰，就仿佛正被千军万马追赶一样。

而坐在副驾驶座的熊刀则紧紧握住手中德国原装进口的毛瑟步枪，脸色现出惊喜表情的同时还隐隐暗藏着些许不安。

"老大，后座绑架来的这三个人，你准备怎么处理？"

谢孝洋计划得逞，得意忘形道："杀了灭口呗。"

熊刀又问："哦，什么时候动手？"

"出了城，找个没人的地方。"

"出城？不堵车，至少还要跑两个小时呢，如果堵车，就更没准了。非要出城灭口么？我担心夜长梦多，警察会追查到咱们。"

"追查咱们？小熊，你只要按照我的要求，搜过他们的身，将他们身上的手机都关机，警方就不可能追查到咱们。"

"哦，老大，我不明白啊，为什么手机关机，警方就追查不到咱们？"

"小熊啊，你不看电视么？在警匪片里，警方不是有个法宝，可以根据手机信号锁定匪徒位置，我让你关机就是为了防备他们这个法宝。"

"可是，老大啊，电视上警方那个法宝只有在电话接通十几秒之后才能锁定位置，咱们只要不接电话就行，也没必要都关机啊！"

"唉，小熊啊，还是年轻啦，幼稚啊，不成熟。电视上演的那都是骗人的，现实中警方这个法宝的威力远比警匪片里演绎的厉害得多。你根本不用接电话，只要手机开机，基站就能锁定你的信号位置。"

"老大，警方的那个法宝，真有这么厉害么？"

"哼哼，小熊，我问你，每次你去外地的时候，刚抵达地点，是不是就会收到当地的通信运营商的欢迎短信。你又没通电话，通信运营商怎么会知道你的行踪。"

"啊！啊！老大，是啊！看来真是这么一回事，太，太可怕啦！那，那咱们的手机用不用关机啊？"

"关你大爷啊，警方又不知道咱们的手机号，也无从锁定咱们的位置。"

"对，对，老大，您真是秀外慧中神机妙算！"

"呵呵，哪里，哪里！咦？小熊，你换手机了？"

"没有啊！"

"我记着你以前用的是小米4啊，什么时候换成联想手机了，还挺新的，充话费送的？"

"哎呀，老大，不是啦。你忘了之前在学校里我跟你提到的额外收获，其实就是这个手机了。"

"小熊，什么意思啊？"谢孝洋偏头瞅了熊刀一眼。

熊刀脸上现出踩了狗屎运才会有的沾沾自喜，神秘兮兮地说道："这手机是我在学校里捡的，就在通往木头楼的路上，一个名人雕像下面。老大，你说这是不是天上掉下的馅儿饼，手机不但是崭新的，里面还配着手机卡呢！"

"小熊，你说什么？！这手机是你在学校里捡的？你为什么不关机！"

"关机？为什么要关机啊？"

"哎呀，小熊，你怎么这么幼稚这么不成熟啊！你就没有想过警方可能会顺着这个手机的信号，追查到咱们的位置啊！"

"啊？哈哈，老大，你多疑了吧！我捡这个手机完全是巧合，再说警方也不知道这个手机在我手里啊！"

"小熊，你太单纯了，你总是低估警方的智商！我跟你说了多少遍，这世上没什么无缘无故的巧合！"

"可是，老大……"

"不要可是，小熊，我就问你一句话，从你捡手机到现在，失主有没有拨打这个手机联系你？"

"没，还没有吧。"熊刀终于意识到了什么，脸上现出了惊恐的神色。

也就在这一刻，谢孝洋猛地急刹住车，跟着怒吼道："小熊，快，快关手机，直，直接拿掉电池！"

卸手机壳，拔电池，伴随着手机屏幕的变黑，熊刀长吁了一口气，然后小声问道："老大，这下安全了吧？"

谢孝洋一边专注开车，一边说道："嗯，就算警方定位了咱们的位置，又听那学校保安报警知道咱们的车型，但是这高架桥上来来往往这么多车，和咱同款的车也不在少数，只要车牌号不符，咱们就没有危险。"

"啊！老大，关于刚才停车撕车牌这件事，我还有个情况没来得及向你报告！"

"我去，小熊，你不会是忘了撕假车牌了吧？"

"不，不，老大，忘倒没忘，但是我只撕了前面的假车牌，没撕后面的假车牌！"

"小熊，你为什么不撕后面的假车牌啊？"

"不是我不撕啊，是后面的假车牌不知道什么时候被刮掉了，直接露出了真车牌！"

"被刮掉了？还有这么巧的事？什么时候发现的？"

"我也不知道啊，老大。"熊刀正说着的时候，他把目光飘向车窗外，然后他发现了一个奇怪的现象。

"老大，你快看啊，怎么整个高架桥空荡荡的，只有咱们一辆车？"熊刀一边说着，一边摇下车窗探出脑袋前后张望，跟着又道，"其他车都去哪儿了？是改路线了么？他们为什么要改路线啊？怎么没有人通知咱们改路线呢？老大，你说话啊？老大？咦，老大，你脸色怎么这么难看？"

此时此刻，谢孝洋的脸色确实很难看，他脸色难看是因为他已经预感到了危险的气息。

对于一名资深的犯罪分子来说，预感往往是非常灵验的，谢孝洋亦是如此。

所以当他感到大祸临头的时候，空旷的高架桥上忽然传来了轰隆的马达声，那气势恰似万马奔腾一般，紧跟着数十辆警车列成方队浩浩荡荡地行驶过来。

待行驶到还有五十米距离的时候，车停，门开，全副武装的警察们蜂拥而出，以包围圈的形式步步逼近。

也就在这个时候，警察甲有人拿着喇叭喊话："车里的人听好了，你们已经被包围了，快点束手就擒吧！"

熊刀大惊失色，忙又回看车后，只见退路不知何时也已经被警方布置下了路障。

"老大，怎么办？咱们中埋伏啦！"熊刀被吓得几乎泣不成声。

谢孝洋反倒镇定许多，呵斥道："小熊，怕什么！咱们手里还有人质呢，警察不敢硬来！"

熊刀闻言，仿佛又看到了生的希望，重振旗鼓道："对啊，老大，你说的没错，咱们手里有三个人质呢！"

谢孝洋冷笑，生出挟天子以令诸侯的豪迈，发号施令道："小熊，把那刑警队长带下车,看看那些警察谁敢阻拦咱们。"

熊刀依言,用枪指着薛警官走出车来。谢孝洋亦离开驾驶室,他来到薛警官面前,摘去塞在他嘴里的布,威胁道:"快,命令你的手下闪开一条道路,不然有你好看!"

薛警官打眼看去,只见参与围捕的警员全是生面孔,没有一个是自己的手下,登时心如死灰,只好摆出视死如归的气势,大义凛然道:"你死了这条心吧,他们是不会听我的命令的!"

熊刀气急败坏,用枪托狠砸薛警官后颈。

谢孝洋怕此举激怒在场警员,急忙喝止:"小熊,冷静!冷静!"然后指着薛警官对着众警员大喝道,"条子们,你们看看这个人是谁?"说罢,担心距离隔得远了,警察们看不清相貌,遂又赶紧介绍道,"你们睁大眼睛瞧仔细了,这可是你们的刑警队长啊!"

此言一出,包围圈登时掀起轩然大波,再看那些警察果然都在交头接耳窃窃私语。很快,又有警员上前两步走近查看,显然是确认薛警官的身份好回去禀告。

谢孝洋暗自欣喜,趁机提出条件:"怎么样,我没有骗你们吧!哼哼,条子们,要不咱们做个交易,你们放我们走,我们便放了你们队长,怎么样?"

众警员们无人应声。

谢孝洋以为对方是在犹豫不决,当是超市购物买一送一,继续讨价还价做出让步:"我不只是放了你们领导,另外两个人质,等脱险后我也一并放了,总行了吧?"

警员们依然没人回应。

谢孝洋摸不清警方底牌,急问道:"我都已经这么配合了,你们到底想怎么样,起码表个态吧!"

他话音刚落,跟着就有人表态,只见警察中不知谁扔出一张 A4 大小的白纸,顺着风直吹到熊刀等人脚下。

谢孝洋好奇,弯腰拾起一看,竟然是一张菜谱,上面赫然写着:糖醋里脊、南乳大排、铁锅鲶鱼、干煸大肠、红烧鸡心、秘制猪蹄等六道菜名。

熊刀也凑过脸来，看完后问道："老大，这什么意思啊？"

谢孝洋想当然地说道："应该是跟咱们示好吧。毕竟他们是警咱们是匪，有些话不好明说，所以借着菜谱暗示呗。"

这时，薛警官却冷笑了起来，他非但冷笑，脸色也变得更加难看。

谢孝洋听出他笑中有话，忍不住问道："你笑什么，难道我说的不对么？"

薛警官重重叹了口气，反问道："朋友，我问你，菜谱上这六道菜都是什么菜？"

"荤菜啊！"

"那你知道这表示什么含义？"

"表示和好呗？"

"不，表示我们警方不是吃素的！"

"不是吃素？什么意思？难道是要强攻？"

"是的，他们是准备要强攻了！"

谢孝洋大惊失色，再抬眼看去，只见众警察们各个虎视眈眈气势汹汹，忙劝慰道："喂！喂！喂！条子们，冷静！冷静！你们队长可在我手上啊！"

他刚说完，警察中不知谁喊了一句："他不是我们的队长！"

跟着，又有其他警员应和："是啊！我们有自己的队长！"

谢孝洋没想到警察也会翻脸不认人，登时生出土木堡之变英宗被俘改立皇帝的悲哀。可事到如今，也只得最后拼命一搏，于是对熊刀喝道："小熊，端好了枪，他们谁敢踏前一步，你就毙了这个刑警队长！"

谢孝洋这喝声极大，除了发号施令外，还有威慑警方之意。

结果，他刚威慑完，便听啪的一声枪响，警队里的狙击手已然扣动扳机。然后，谢孝洋啊的一声惨呼，翻倒在地。

熊刀当时就愣了，低头看去，只见老大的肩头鲜血汩汩直流。

不只是熊刀，中枪者本人也愣住了。那谢孝洋躺在地上看着自己伤口鲜血流淌不止，过了半天才反应过来，冲着警察们喊道："有病啊！看清楚了再开枪行么？是他持枪胁迫人质，不是我！狙击手你眼瞎啊！打我不打他！"

跟着警察里有人高呼："是我让狙击手瞄你的。"

"为什么啊？"

"因为擒贼先擒王！"

"我靠，你是谁？"

那人仰天长笑，过了许久才冷冷道："我是谁并不重要！重要的是你觉着我和一般的警察有什么不同？"（详情请见作者《季警官的无厘头推理事件簿》系列作品）

当谢孝洋听到这句话时，他也看到了一个人从包围圈里缓缓走出。可惜，他还没来得及看清那个人的相貌，数十名手持各种样式枪械的警察已从四面八方围将上来。

谢孝洋咬咬牙，生出同归于尽的念头，可是当他转头准备再下命令时，却见熊刀不知什么时候已将手中的枪丢在地上，做举手投降状，且动作非常标准……

《把自己推理成凶手的名侦探》完

站在东川老师身后

在武汉暂居的前三个月里，我完成了这部小说。而这个时候，我的《季警官的无厘头推理事件簿》系列已经写到了第三本。我之所以迟迟不写《季警官的无厘头推理事件簿4》，反倒改去开新书写这本《把自己推理成凶手的名侦探》，最主要的原因是《季警官的无厘头推理事件簿》的创作遇到了瓶颈，让我有一种不停复制模式量产故事的厌恶和恐惧。

这种厌恶和恐惧逼迫着我必须停下来思考，思考后面的幽默创作该怎么走。于是，我静下心来想了三个月。这三个月里，不是想故事怎么编，而是想风格怎么变。后来，我又用了三个月完成了这本书。

虽然同样称为幽默推理，但是《把自己推理成凶手的名侦探》和《季警官的无厘头推理事件簿》是风格完全迥异的两种套路。《季警官的无厘头推理事件簿》走的是讽刺路线，即所谓的黑色幽默，它是通过剧情意外反转带动人物来制造笑点。而《把自己推理成凶手的名侦探》则是吐槽手法，算是轻松搞笑吧。它和《季警官的无厘头推理事件簿》最大的不同是，它的剧情是按部就班照套路来的，但人物性格逗比，换句话说，它是由人物带动剧情来制造笑点。

其实，在很长一段时间，我一直陷入一个思考，那就是小说里的两个重要元素，人物和故事，二者之间的关系。是故事塑造人物，还是人物制造故事，谁是主导，谁是辅助？

在这个问题的困扰中，我创作了《季警官的无厘头推理事件簿》系列，随后又写了《把自己推理成凶手的名侦探》。当我完成《把自己推理成凶手的名侦探》一书的时候，我明白了这其实完全是两种风格，两种创作方式。

一种是《季警官的无厘头推理事件簿》这类方式。里面的角色性格是很严谨的，并不逗比，但是因为剧情发生了意外反转，从而导致了剧情里面的人物角色措手不及，进而制造笑点取悦读者。

其实，这种创作风格和宁浩的《疯狂的石头》、《疯狂的赛车》模式如出一辙。但是这种模式创作久了，就会产生一个问题，一个很重要的问题。当你的笑点是来源于剧情不断的意外和反转，那么你笔下的人物就要服务于剧情，就要不断地制造各种意外和巧合。久而久之，你会发现你所塑造的每一个人物都形象模糊，缺乏性格。同样，故事里过多的意外和巧合，也会成为你作品的诟病。

不过，这些诟病，对于独立的短篇小说来说是无所谓的，因为独立短篇小说受限于篇幅，无法塑造人物性格，只能强调故事性。同样，也非常适宜于改编成电影搬上大荧幕。

第二种是《把自己推理成凶手的名侦探》这类方式。它的剧情是很严谨的，按部就班不走偏门。可是人物角色的性格是很逗比的。通过固定故事模式下的逗比人物来制造笑点，是日本幽默推理小说惯用的伎俩。

比如东川笃哉老师的《推理要在晚餐后》，发现尸体、勘察现场、询问目击者、推理分析、揭露真相，这些推理小说里的固定套路如行云流水一般一气呵成，然后在里面穿插几个性格逗比的人物角色来插科打诨，制造笑料。

看完东川老师的作品，我有时候常想，为什么很少能见到幽默本格推理小说呢？

也许和传统观念有关吧。

作者们固执地坚持着推理小说的卖点在于诡计，而不是故事。推理作家一直把精力用在诡计的设定上，却忽略了小说的故事性。当情杀财杀仇杀误杀不断演绎，恐怖血腥惊悚凶残反复卖弄之后，读者们终于厌烦了。他们已很少有人会仅仅为了一个精妙的诡计而去耐着性子读完一本情节枯燥得几乎能倒背如流的小说了。所以，最后，推理作者自己把自己的作品硬生生逼成了小众读物。

于是，推理作者中，才会有人想到用轻松搞笑的方式来弥补推理小说里情节枯燥故事偏弱的短板，所以有了日常轻松推理和幽默推理这些风格。

我读书不多，孤陋寡闻，在日系的幽默推理大师中，只知道东川笃哉老师。他是唯一一个我所认知的始终坚持幽默推理风格的名作家，毫不忌讳地说，我所创作的这本《把自己推理成凶手的名侦探》就是受东川老师的作品影响。

在动笔写《把自己推理成凶手的名侦探》之前，他的所有作品，只要是翻译成中文的，不论大陆简体版还是港台繁体版我都拜读过，尤其是《推理要在晚餐后》系列。

当我读完东川老师诸多系列小说，却迟迟没有动笔，是因为我发现以系列短篇集的形式创作幽默推理存在着一个巨大的瓶颈。这个瓶颈就是，在推理小说里固定剧情套路的束缚下，幽默笑点很难出新。也就是说缺少新颖性，翻来覆去就那么几个笑点，很容易让读者厌烦。

以《推理要在晚餐后》为例，管家对大小姐的毒舌吐槽、大小姐对风祭警部的鄙视，以及风祭警官每次在案发现场的卖蠢，这些桥段几乎都是一成不变。第一次看觉着搞笑，第二次看觉着还行，第三次就索然无味了。

我如果写《把自己推理成凶手的名侦探》，也会遇到这个问题，那么我应该如何解决或者避免它呢？

关于这个问题我想了很长时间，最后我决定在这本书里融合《季警官的无厘头推理事件簿》的写作方式，用剧情意外反转来不断更新固定套路束缚下的笑点。即在大故事线固定模式不变的前提下延伸了很多小故事线，用小故事线不断地意外反转来更新升级笑点。

当然，我说这些，并不是要证明自己这本书比东川笃哉老师的作品怎么怎么样。说实话，东川老师对于幽默推理的贡献，他的作品的价值意义早已大过了他的作品本身。

幽默推理这条路罕有人敢去试验，而东川老师，他用他的销量已经在这个领域拉开了一个非常精彩的序幕。但是，在幽默推理文的创作中，还有很多问题需要去解决，去完善，只有这样才会渐渐被读者们所认可所喜欢。

今天，我创作完《把自己推理成凶手的名侦探》，我可以很高兴地在后记里说，我解决了固定推理模式下笑料乏味的难题。

那么我是真的解决了吗？这还要等读者们的答复。也许侥幸，得到你们的喜欢，勉强算是我弥补了这个短板。但我想这只是众多解决途径中的一种，在后面，随着幽默推理的蓬勃发展，我相信肯定会涌现出更多的写作高手，他们肯定会用更好的方式诠释幽默推理的意义。

我不是第一个写幽默推理的，在我前面有陆小包的《撸撸姐》，有时晨的《斜眼少年》，也许还有更多的推理作者在摸索这条路，只是我不知道。

在这个到处充斥着恐怖惊悚高智商犯罪的图书市场里，我的《季警官的无厘头推理事件簿》得到编辑华斯比的肯定，侥幸出版，同时又被影视公司买下全系列的影视改编权，马上，我的《季警官的无厘头推理事件簿2》也将出版面市。而此时此刻，我的新系列作品《把自己推理成凶手的名侦探》第一部也已经完笔，并将通过神勇无比英俊潇洒风流倜傥的漫娱文化副总横刀老师（我如果说这本书里的那个笨贼熊刀就是基于此人杜撰，你一定不会相信……）的打造，走到正在阅读此书并坚持读到了这里的你面前。所以，我写了这篇后记。

一为反思，一为感谢，也为了把我的创作心得和体会说给读者听，并与同行的作者分享。

毕竟，写书，又不是高考，没必要局限在一座独木桥上死磕。换一个方式写悬疑推理文，绝对是一个不错的尝试。

所以，我希望将来，会有更多的作者来丰富这个领域，有更多的读者能接受这个领域。

如此足矣。

2015 年 6 月 13 日
于武汉

BY 天蝎小猪

学而有术的侦探学园

——从亮亮的作品兼论"幽默推理"的醍醐味

2012年1月，已出道10年之久的东川笃哉终于坐上了"畅销书之王"的宝座。在日本两大图书中盘商之一的"东贩"评选出的2011年度日本十大畅销书榜单中，他的《推理要在晚餐后》系列首作和续作分别占据了头名和末席，其气势恢弘可谓一时无两。对于这样的成绩，作者和出版方都大呼意外，更有文学评论家将之视为"一个奇迹"，或者称作"东川现象"。

其实，"东川现象"的产生很值得玩味。毕竟《推理要在晚餐后》系列的剧情、人设并无特殊的亮点，只是描写一个富豪之家的千金小姐兼菜鸟刑警宝生丽子，在她的"毒舌"管家影山的协助和不断提供"伪解答"[1]的"臭屁"上司风祭的反衬下屡破杀人案件，文风在诙谐搞笑的同时，保留了纯正的本格推理趣味（本书作者亮亮的绝大多数作品亦是此种风格）。那么，是怎样的因素让并非当今大众文坛主流的"幽默推理小说"在书市中辟得偌大疆土呢？

1　在本格推理作品中，"伪解答"是指一般由配角发布，放在最终真相揭示之前，用以误导读者和制造剧情反转效应的错误推理。

按照文学社会学的理论，"文学现象本质是一种社会现象"，它观照着社会生活的方方面面，并且同其中的政治、法律、道德、哲学、宗教、艺术等各种意识、思潮、心态交织在一起，从而形成了文学的社会意义和精神价值。"东川流"[2]崛起前的那几年，日本先后经历了"3.11大震灾"的极恸、摘得女足世界杯的狂喜、首相换位不断的迷茫等等事件、变故所带来的社会心理的大起大落。这时，一本文风幽默、笑点十足的推理小说领跑畅销书榜，正是日本读者于多事之秋中保持平常心态和追求健康阅读的价值取向使然。

现如今，"东川流"已渡海来到中国，在推理小说创作上以陆小包、亮亮为代表，在推理影视制作上则以《名侦探狄仁杰》为代表。其中，亮亮的作品更是直承东川衣钵，几乎可以"中国的东川笃哉"誉之，或者戏称为"中川流"。

如前所述，这股热潮绝非表面上的"和风西进"的结果，而是整个社会精神面貌的一种体现，尽管这一过程中由新星（"午夜文库"）、吉林（"七曜文库"）、南海（"新经典文库"）等出版社所引发的日系推理译介风功劳不小。当下，中国在经济、政治、社会、自然灾害等大的层面虽未出现有如日本般的动荡，但公共安全、环境问题、就业形势、生活节奏等因素持续压迫着国人神经，这就使得人们在精神上产生了类似于日本的价值取向，即追求健康阅读、减压阅读。而这一倾向反映在大众文化创作上，自然就是原本关注不多、产量有限的"幽默"作品逐渐"铺天盖地"起来。大凡炙手可热的IP[3]，轻松幽默必然是其重要的卖点之一。即便是再严肃的主题，没点"黑色幽默"的桥段，都不好意思拿出手。对于受众个体来说，

2　非杜撰词汇，在日本确有一部分书评人、读者用以指称东川笃哉的作品风格。

3　即英文"Intellectual Property"的首字母缩写，原意为"知识产权"或"智力成果权"，现在多指在小说、漫画、动画、电影、话剧、游戏等各自领域拥有足够人气、制造持续话题、带动一波改编转化热潮，从而形成产业链和特定社会精神现象的文化产品。

喜爱"幽默"作品仅仅是即时享受生活的态度体现,但就整个社会群体而言,却是现今"消费文化"在追求娱乐性、消遣性、商品性等方面型态的风向标。

诚然,上述分析仅是就着大环境、大背景来谈,可能无法说服普通读者,那么且从推理文学本体出发,聊聊亮亮和他的"中川流"作品。

先简单介绍一下作者生平:亮亮,山东青岛人,1985年生。本名杜亮,在微博、豆瓣等社交网络上又名"瘦亮亮"。大学期间及毕业后的几年,曾在《萌芽》等杂志发表都市情感小说,但反响不大。直到2011年11月,他的短篇推理小说《还魂夜》刊登在《推理世界》上,从而正式以推理作家的身份出道。之后陆续在该杂志和《超好看》、《漫客悬疑》等杂志发表着"季警官的无厘头推理事件簿系列"(已出书《季警官的无厘头推理事件簿》,续集即将出版)、"笨侦探系列"(即本书《把自己推理成凶手的名侦探》),以及少数非系列作品(都是中短篇,暂无长篇推理问世[4]),逐渐成为广受好评的新锐作家和年度悬疑小说、侦探推理小说选集[5]的常客。亮亮的推理小说充满幽默感,将"搞笑"情节融入本格元素的演绎书写之中,无厘头的人物互动让原本残酷阴冷的谋杀案走出一种意外轻松的步调,阅读起米毫无负担,也因此吸引到许多以往从来不看本格推理小说的读者群体。一言以蔽之,"中川流"的主要魅力在于推理文体的"反写实"和推理文风的"幽默化",而这也是东川笃哉作品的趣味所在。

在冷硬派和社会派尚未出现的年代,推理文坛是本格派的天下。那时

---

4 按照作者本人的说法,现在还没有驾驭长篇的把握,但短篇已经越来越长了,不久的将来肯定是会尝试的。

5 由长江文艺出版社推出的作品年选丛书,涵盖悬疑小说、推理小说、奇幻小说、武侠小说、微型小说(小小说)、短篇小说、中篇小说、故事、网络文学、青春文学、儿童文学、校园文学、科普文学、报告文学、诗歌、散文、杂文、随笔、时文、精短美文等多个子目,已出版近130种。

候的本格推理小说，剧情是围绕谜团布置和推展的，其核心则是各种匪夷所思、奇想天外的诡计。但这样的设计不是随随便便就可以进行的，著名的《侦探小说二十守则》、《推理十诫》[6]都是当时用以规范推理创作的圭臬。对这些守则、规条予以分析，我们发现讲求科学、注重写实是本格推理创作的要义。亦即，写实性是推理小说的基本属性（以奥斯汀·弗里曼的作品为代表的科学鉴识小说则更加强调这一属性）。另一方面，早期的推理小说对世界观（舞台背景）、人物形象等的设定，尽管不是作品最核心的元素，但也须大体具备真实感。按照英国文艺评论家、推理作家 G·K·切斯特顿的观点，推理小说是最早、也是最有自觉地融入现代性的大众文学类别，对现代都市风俗世情的描绘最是得心应手。因此，我们才在福尔摩斯等英伦名探的故事中看到真实的伦敦，看到各色人等的面容、衣着及其生活，巨细靡遗。从这层意义上讲，写实既存乎推理之骨，亦附于推理之肉。

在文风方面，建立在解谜这一要义基础上的本格推理小说，自然是以追求脑力激荡为价值取向，而读者似乎也非常认同自己的"与名侦探比拼智力"这一主体定位，严谨的逻辑性也就成了推理小说的另一大重要属性。这就导致了"幽默"元素在绝大多数作品中沦为可有可无的配餐，甚或直接付诸阙如[7]。因此，在文风上，要么吸收了哥特小说优点，以恐怖惊悚气氛裹挟离奇谜团；要么以微物观察为卖点，加上层层推进的冒险元素来接近真相。予以读者的阅读感受，自然以紧张刺激、殚精竭虑为主，鲜有轻松愉悦的体验[8]。

6　又称《范达因二十守则》和《诺克斯十诫》，因为其缔造者分别是 S·S·范达因和罗纳德·A·诺克斯这两位古典推理大师。

7　颇具吊诡意味的是，正是提出了《推理十诫》的诺克斯，写出了本格黄金时期最著名的一本"幽默推理"长篇《陆桥谋杀案》。

8　由阿加莎·克里斯蒂、克雷格·莱斯等女性推理作家所开创的"舒逸推理"文风，算是一大意外。

这以后，随着时代人心的变迁，以及其他因素的综合影响，且在纯文学笔法、价值观的启发下，欧美经历"美国革命"诞生了冷硬派，日本经由"清张革命"成就了社会派，一举改变了整个推理世界的格局。推理创作技巧上，逻辑性被两派弱化，而写实性则被强化，只是其重点由社会的方方面面转向个体人心。但格局的嬗变并未带来"幽默推理"的春天，其间虽不时有杰作闪现，却仅仅是个别作家偶一为之的产物，不成气候。

在日本，上述状况直到新本格派的崛起和"轻小说"的风靡，才大为改观。一方面，推理作品的逻辑性被重估，解谜是本格之魂，但其过程的严谨度不再是衡量水平质量的标准，趣味度逐渐被抬高，"幽默"元素大量应用到推理创作中，甚至成为颇受关注的焦点，令谜团本身的风味大减；另一方面，推理作品的写实性被打破，各种后现代的设定不断涌现，世界、人物、生活、对话等诸般设定皆呈现"反写实"倾向，剧情、结构则离完整性渐行渐远、趋于"碎片化"，这种近乎"二次元"的叙事处理型态被日本文艺评论家、推理作家笠井洁称作"脱格"。

正是在这种内在的推理创作境况和外在的推理阅读态势两相变化的影响下，以东川笃哉为代表的"幽默推理"（在新本格发轫之初的那段时期，赤川次郎也著有不少富含幽默元素、抒写青春风情的推理小说）受到了广泛追捧和好评。而以鸟饲否宇、霞流一等人为代表，由"幽默推理"极端发展而形成的"马鹿推理"[9]在近年来也兴盛起来，凭借着足够捧腹的剧情、超级脱线的对话、天马行空的诡计，俘获了一众拥趸。

至此，我们再回过头来观察亮亮的作品，就能很明确地进行归类了：以《季警官的无厘头推理事件簿》闯出名声，从篇目标题到文风、人设都

9　日文写作**バカミス**，又译作"巴嘎推理"、"恶搞推理"、"鬼马推理"、"蠢萌推理"。

满载"东川印记"的"季警官的无厘头推理事件簿系列",显然是"幽默推理";而由本书开启新天地,写作技巧更纯熟、诡计设计更本格、背景交代更简单、人物对话更脱线、剧情槽点更丰富、故事走向更偏激的"笨侦探系列",则更接近"马鹿推理"。从季警官的无厘头推理事件簿到笨侦探,我们见到了亮亮的成长——他逐渐摆脱了对东川的仿效和依赖,"学而有术"地充分汲取了东野圭吾"天下一大五郎系列"、陆小包"撸撸姐系列"等作品的优点,从校园推理这一经典背景题材出发,从密室杀人、预告杀人、交换杀人、暴风雪山庄杀人等经典本格主题出发,精心打造出了以"蠢萌侦探"狄元芳、"高能助手"罗小梅、"傲娇警官"薛飞为成员的探案"铁三角"(这似乎亦为佳作的绝配设定),他们的曼妙演绎使得整部作品的质量和档次又上了一层,足令读者朋友高看。

2011年,东川笃哉的《推理要在晚餐后》在最能代表平民阅读观点的第八届日本全国书店大奖[10]的决选阶段,一举击败森见登美彦、贵志祐介、有川浩、夏川草介等颇具实力的竞争对手而夺得桂冠,一方面成就了文学社会学研究的一个经典案例,另一方面推动了东川全部作品新一轮的书市销售和IP改编(漫画、电影、电视、广播剧、舞台剧等)热潮。如今,亮亮的两大系列也都售出了影视改编权。在为这二位道一声好的同时,更要为"幽默推理"的魅力喝一声彩。

---

10 日本全国书店大奖即"本屋大赏",由全日本书店工作人员的有识之士发起,是日本唯一由书店店员票选的书籍奖,被认为是日本平民文学奖中最具影响力与市场价值的一个图书奖项。本奖由书店(包括网上书店)工作人员在自己过去一年中读过的、觉得"有意思"、"值得推荐给顾客"、"希望在自己的书店销售"的书中投票选出。该大奖创办于2004年,入选作品涉及冒险、科幻、推理等多个领域,均以其独特的视角赢得大量读者的支援。获得该奖的重要作品有《金色梦乡》(伊坂幸太郎)、《告白》(凑佳苗)等。

Stupid Detective

把自己推理成凶手的名侦探

作者
亮 亮

总策划
李 靖

选题策划
熊 嵩

执行策划
许斐然

特约编辑
许斐然

流程校对
刘峰 李安安

封面绘画
血糖R

封面设计
刘江南

宣传营销
张 栩

运营发行
常蓦尘

出版社
长江出版社

总出品
漫娱文化

平台支持

图书在版编目（CIP）数据

把自己推理成凶手的名侦探／亮亮著．

—武汉：长江出版社，2015.10

ISBN 978-7-5492-3803-3

Ⅰ．①把…　Ⅱ．①亮…　Ⅲ．①推理小说－中国－当代　Ⅳ．① I247.5

中国版本图书馆 CIP 数据核字（2015）第 256266 号

把自己推理成凶手的名侦探／亮亮 著

出　　版	长江出版社	
	（武汉市解放大道 1863 号　邮政编码：430010）	
出　　品	漫娱文化	
	（湖北省武汉市积玉桥万达写字楼 11 号楼 19 层　邮政编码：430060）	
出 版 人	别道玉	
选题策划	长江出版社青春动漫编辑室	
市场发行	长江出版社发行部	
E－m a i l	cjpub@vip.sina.com	
责任编辑	张艳艳	
装帧设计	刘江南	
印　　刷	湖南凌华印务有限公司	
版　　次	2015 年 10 月第 1 版	
印　　次	2015 年 11 月第 1 次印刷	
开　　本	880mm×1255mm　1 / 32	
印　　张	9.75	
字　　数	170 千字	
书　　号	ISBN 978-7-5492-3803-3	
定　　价	25.00 元	